Benjamin Whitmer

Nach mir die Nacht

Aus dem Amerikanischen
von Len Wanner

Polar Verlag

Originaltitel: Cry Father

Deutsche Erstausgabe, 2. Auflage 2016
Aus dem Amerikanischen von Len Wanner

www.polar-verlag .de

Lektorat: Robert Schekulin
Umschlaggestaltung: Detlef Kellermann, Robert Neth
Autorenfoto: © 2014 Joshua Mork
Satz/Layout: Martina Stolzmann
Gesetzt aus Adobe Garamond PostScript, InDesign
Druck und Bindung: CPI books GmbH, Leck, Deutschland
ISBN: 978-3-945133-37-8

polar
VERLAG

Für Max Moody und Grace Roselee,
die einen der besten Väter hatten, den ich je kannte.

Therefore I say to son or daughter who has no pleasure in the name Father, »You must interpret the word by all that you have missed in life. Every time a man might have been to you a refuge from the wind, a covert from the tempest, the shadow of a great rock in a weary land, that was a time when a father might have been a father indeed.«

George MacDonald

1. Flaschen

Als Patterson Wells durch die Haustür tritt, ist Chase gerade mit einem Haufen Crystal Meth beschäftigt, einem Haufen so groß wie sein eingefallener Schädel.

»Setz dich, Arschloch«, sagt Chase. Er selbst hockt wie ein Vogel auf der Couch, die Augen so glasig, als hätte er sich die Scheiße direkt in die Tränenkanäle geschossen. Vorsichtig lässt Patterson sich auf dem einzigen anderen Sitzplatz im Raum nieder, einem weißen Ledersessel, der zur Seite sackt wie ein Haufen Schmutzwäsche. Chase zieht eine Line und lädt Patterson mit einem Wink ein, sich zu bedienen.

Es ist zwar erst zwei Wochen her, dass Patterson ihn zuletzt sah, doch Chase hat gute zehn Kilo abgenommen, und Patterson ist sich ziemlich sicher, dass er noch immer dasselbe versiffte Unterhemd anhat, in dem er von der Baustelle gerollt ist.

»Hast du auch irgendwas anderes?«, fragt er.

»Was denn?«, erwidert Chase.

Patterson reibt sich die Augen. Er hat eine lange Fahrt hinter sich. »'n Bier wär nicht schlecht.«

»Ich hab Limo, wenn du willst.« Auf dem Couchtisch stehen zig Plastikflaschen. Mindestens eine ist dick aufgebläht, und unter dem Deckel sickert eine Flüssigkeit hervor, die so gar nicht nach Limo aussieht. »Aber lass mich erst nachsehn«, sagt er. »In manche hab ich reingepisst.«

»Geht auch ohne«, meint Patterson.

»Ich wette, hier drin stinkt's auch schon nach Pisse.« Chase schnuppert. »Sag schon, stinkt's?«

Patterson betrachtet die Flaschen und nickt. Seine Augen tränen von dem Gestank. Schließlich schüttelt er den Kopf. »Gehn wir noch angeln?«, fragt er.

Chase zündet sich eine Zigarette an und schmeißt das Streichholz in Richtung Couchtisch, wo ein schwerer Glasaschenbecher bereits vor Kippenstummeln überquillt. Nach dem ersten Zug klappt er hustend und kichernd zusammen. Rauch strömt ihm aus Mund und Nase. »Meine Scheißhaut juckt«, sprudelt es aus ihm hervor, während er die roten Striemen an seinen Armen kratzt.

»Na dann.« Patterson klopft sich auf die Knie und steht auf.

»Warte.« Chase hört schlagartig auf zu lachen. »Geh noch nicht. Ich hab noch was anderes.« Er zieht eine Flasche Evan Williams hinter einem Couchkissen hervor und wirft sie Patterson zu. »Die hab ich immer in petto, falls ich zu hart runterkomm.« Erneut rasselt ein Lachen in seinen Lungen. »Meistens hab ich aber mehr Bock, wieder high zu werden.«

Patterson nimmt einen Schluck von dem Bourbon und setzt sich wieder. »Seit wann dealst du Meth?«

Chases Augen treten hervor, das linke weiter als das rechte. »Bist du etwa 'n Bullenschwein?«

»Nein, ich bin kein Bullenschwein«, sagt Patterson. »Aber als ich dich vor zwei Wochen gesehn hab, warst du noch kein Meth-König.«

»Meine Alte hat das organisiert«, sagt Chase. »Verdammt, mich juckt's vielleicht! Ich komm heim, find ein Meth-Labor in meiner Küche, und sie fickt aufm Fußboden so 'n dreckigen Rocker. Der liegt jetzt übrigens hinterm Haus.«

Patterson schraubt den Deckel fest auf die Bourbonflasche.

»Leck mich am Arsch.« Chases Lachen platzt aus ihm heraus wie eine Maschinengewehrsalve, seine Wangenknochen bohren sich fast durch die gelbe Haut. »Glaubst du echt, dass ich irgendeinem Wichser die Kehle durchschneide und ihn dann in meinem Hinterhof begrabe? Und dann dir davon erzähle? Leck mich am Arsch.«

Patterson steht auf. »Klo?«

Chase nickt in Richtung Küche, wo ein Flur zu sehen ist. »Erste Tür.«

...

Patterson pisst in die Kloschüssel. Er lehnt an der Wand, sein Blick ist verschwommen. Vor Müdigkeit schmerzt ihm der Nacken und die Knie knicken ein. Nach dem Pissen nimmt er seine abgewetzte Avrilla-Baseballkappe ab und dreht den Wasserhahn auf, um sich das Gesicht zu waschen. Sein Spiegelbild sieht abgezehrt aus, verbraucht, als hätte er sein eigenes Meth-Gelage hinter sich. Und da schießt ihm der Gedanke durch den Kopf, vielleicht ein oder zwei Nasen zu nehmen, nur um aufzuwachen. Dann hört er ein Geräusch, wie ein Atmen. Und zwar direkt hinter ihm in der Badewanne.

Patterson greift nach seiner 45er, die direkt an seiner rechten Hüfte in einem Holster hinten im Hosenbund steckt. Dann dreht er den Wasserhahn zu.

Tatsächlich, da atmet jemand. Und zwar immer schwerer. Polternd, grunzend, schnaubend, als renne ein Miniaturschwein in der Wanne auf und ab und ramme seinen Schädel gegen die Wände.

Patterson berührt mit dem Rücken der freien Hand den Saum des Duschvorhangs, mit der anderen packt er den Griff seiner Pistole fester. Er schiebt den Vorhang zur Seite, gerade weit genug, um in die Wanne sehen zu können.

Sie ist nackt, an allen vieren mit einer Nylonschnur gefesselt, ihr Mund mit schwarzem Isolierband überklebt. Ihre blauen Augen flehen Patterson an. Schwarze Wimperntusche läuft in Schlieren über ihr Gesicht.

Pattersons Beine wackeln. Drohen, endgültig nachzugeben. Er zwingt sich, neben ihr niederzuknien, und löst das Isolierband von ihrem Mund. »Alles okay?«

Sie krächzt etwas.

Patterson klappt sein Taschenmesser auf und schneidet ihre Handfesseln durch. Dann lehnt er sich über ihren entblößten Körper – weiß und flach und von blauen Venen gezeichnet – und durchtrennt auch die Schnur um ihre Füße. Sie schluchzt, erstickt es jedoch. Patterson zieht ein Handtuch vom Regal, wickelt es ihr um die Schultern. »Ich komm gleich wieder«, sagt er. »Bleib hier.«

Sie nickt und reibt sich die Handgelenke.

Patterson steht auf und zieht seine 45er. Erschöpft. Er geht den Flur zurück und bleibt am Eingang zum Wohnzimmer stehen. Die Pistole hält er hinter seinem rechten Bein verborgen.

»Hast du meine Alte da drinnen gesehen?« Chase hält eine Fernbedienung in der Hand, zappt sich durch die Kanäle eines kleinen Fernsehers auf einem Tisch an der Wand. »Sie heißt Mel. Mel, Patterson. Patterson, Mel. Das ist auch der Grund, warum ich in diese Flaschen gepisst hab. Jedes Mal, wenn ich da reingeh, wird sie fuchsteufelswild. Und ich kann nicht pissen, wenn mir jemand zuschaut, erst recht nicht, wenn der Jemand so 'n Heidenkrach macht.«

»Liegt die da drin, seit du sie mit dem Rocker erwischt hast?«, fragt Patterson.

Chases Hand schießt zwischen die Couchkissen und verharrt dort. Pattersons Ellbogen zuckt, doch die 45er bleibt, wo sie ist.

»Was zum Teufel weißt du von dem Rocker?«, fragt Chase. Erneut treten seine Augen hervor, und diesmal drohen sie zu platzen wie die Limoflaschen auf dem Tisch.

»Bleib locker«, sagt Patterson. »Ich weiß nur, was du mir erzählt hast.«

Chase zieht seine Hand zwischen den Kissen hervor, leer. »Willst du sie ficken?«

Patterson schüttelt den Kopf. »Keine Lust«, sagt er.

»50 Dollar. Du musst sie noch nicht mal losbinden.«

»Ich will sie nicht ficken.«

»20 Dollar.«

Patterson macht sich gar nicht erst die Mühe zu antworten.

Der Fernseher ist auf stumm geschaltet, die Sendungen flimmern vorbei. Sport, Nachrichten, Zeichentrickfilme. Es ist lange her, dass Patterson einen Fernseher gesehen hat.

»Wenn du ja gesagt hättest, hätte ich dich erschossen«, sagt Chase.

»Ich weiß«, sagt Patterson. Mit einem Rückwärtsschritt geht er etwas auf Abstand zu Chase. Dann zückt er seine 45er. »Greif nicht in die Kissen.«

Chase schaut ihn an. »Was zum Teufel soll das?«

»Ich kann sie so nicht zurücklassen.«

»Du kannst sie so nicht zurücklassen. Du kennst die Hure doch gar nicht. Fick dich, von wegen du kannst sie so nicht zurücklassen.«

»Komm schon«, sagt Patterson.

»Komm schon? Wohin denn?«

»Wo auch immer du die Schnur aufbewahrst«, sagt Patterson. »Jetzt bist du dran.«

Chase steht auf. »Du kommst hier nicht lebend raus, du großkotziger Wichser.« Er leckt sich die Lippen. »Der Hure schneid ich jetzt die Kehle durch, und du darfst zuschauen.« Er stolziert auf den Korridor zu. »Genau das werd ich jetzt tun, du Hurensohn.«

Der Baseballschläger trifft ihn voll ins Gesicht. Chase stolpert zurück, aus seiner geplätteten Nase strömt das Blut in Sturzbächen. Sie wartete gleich um die Ecke im Flur, unsichtbar für beide. Mit flatternden Augenlidern holt Chase zu einem Rundumschlag aus, doch wieder kommt sie ihm zuvor, schwingt aus den Schultern und drischt ihm den Schläger an die Schläfe. Er fällt rückwärts zu Boden, wo ihm mit einem letzten Augenflackern die Lichter ausgehen.

Den Schläger bereit, steht sie über ihm. Immer noch nackt. Unbehaart, kleine Brüste, ihre Haut hängt lose an ihr wie etwas zu große Klamotten. Chases linkes Knie zuckt. Dann zuckt es erneut, und plötzlich zittert es wie verrückt. Sie spuckt ihm ins Gesicht und stakst wieder den Flur hinunter.

Patterson steckt seine 45er zurück ins Holster und nestelt mit Mühe eine Zigarette aus der Packung. Mit beiden Händen gelingt es ihm gerade noch, sein Feuerzeug ruhig genug zu halten, um sie anzuzünden. Chases Bein zittert unaufhörlich weiter. Aus Nase und Ohren rinnt ihm inzwischen so viel Blut, dass sich langsam eine Lache unter seinem Kopf bildet. Patterson raucht seine Zigarette und wünscht sich sehnlich, das Bein würde aufhören, so zu zittern.

In einer Jeans und einem *Steve Earle* T-Shirt kehrt sie zurück. Ihr Gesicht ist sauber geschrubbt; ohne Schminke wirkt ihre Haut ungesund blass. Sie trägt einen Seesack.

»Kann ich dich irgendwohin mitnehmen?«, fragt Patterson.

»Wo hast du die Zigarette her?«

Patterson reicht ihr eine. Sie zündet sie an und gibt sich mit leeren Augen dem Genuss hin. »Mann, das hab ich jetzt nötig gehabt.«

»Wie lang warst du da drin?«, fragt Patterson.

»Einen Tag, vielleicht.« Sie geht einen Schritt auf Chase zu und tritt ihm in die Seite, hart. Er keucht wie ein kaputter Blasebalg. »Der wird schon wieder.«

»Liegt hier wirklich ein toter Rocker hinterm Haus?«, fragt Patterson.

Sie schnaubt. »Das hat er aus irgend so ’ner beschissenen Fernsehsendung. Der hat seit sechs Tagen nicht geschlafen.«

»Verstehe«, sagt Patterson. »Fährst du jetzt mit?«

Sie schüttelt den Kopf. »Ich nehm seinen Wagen. Dieser Wichser.«

Leise schließt Patterson die Haustür hinter sich und überlässt alles Weitere ihr.

Justin

Ich kann nicht gerade behaupten, dass es mir leicht fällt, dir wieder regelmäßig zu schreiben. Wenn ich im Einsatz bin, dann tue ich es überhaupt nicht. Wenn ich zwölf Stunden am Tag auf Bäumen herumklettere, muss ich mir keine Gedanken machen, wie ich mit meinen Erinnerungen umgehe. Ab dem zweiten Tag bin ich eh zu müde, um noch was zu Papier zu bringen. Und selbst wenn ich mich lang genug wach halten könnte, um dir zu schreiben, könnte ich mir kaum was Besseres vorstellen, so einen Einsatztrupp anzupissen, als das Licht anzulassen und meine Gefühle in ein Notizbuch zu kritzeln. Da könnte ich von Glück reden, wenn am nächsten Tag mein Gurtzeug nicht angeschnitten wär. Die Männer, mit denen ich arbeite, die trauern nicht. Die trinken, und dann rasten sie aus.

Dieses Jahr war die härteste Arbeitssaison seit langem. Im August verwüstete ein Tropensturm Texas und legte fast die gesamte Südhälfte des Staates lahm. Für das Freilegen von Stromleitungen boten sie doppelten Lohn, was ich mir nicht entgehen lassen konnte, aber es war eine brutale Knochenarbeit. Achtzehnstundentage mit sechs Stunden Auszeit. Da versuchten wir dann, in dem riesigen Zeltlager, das sie für uns errichtet hatten, Schlaf zu finden. Keine heißen Mahlzeiten, abgesehen von dem, was wir uns überm Lagerfeuer selber kochten. Aber ich dachte mir, da ich ja früh angefangen hatte, würde ich vielleicht schon im März Schluss machen. Nicht dass es so kam, natürlich nicht. Das tut es nie. Am Ende bin ich in Missouri, South Dakota, Virginia und, nach einem irren Frühlingssturm, unten in Florida gelandet. Weshalb jetzt schon Mai ist und ich gerade erst frei habe.

Eins sag ich dir aber, ich bin trotzdem noch nicht bereit, auf die Mesa zurückzufahren. Ehe ich mich zu dieser Fahrt aufmachen kann, brauche ich etwas Freiraum. In so manchem Jahr dauert es daher Wochen, bis ich nach Hause komme. Tausendmeilenschlaufen im Auto, Nächte auf Zeltplätzen und die andauernde Frage, was ich mit mir anfangen soll, wenn ich keine Arbeit habe, die mich von dir ablenkt. Dieses Jahr sollte ich mit einem Kumpel zwei Wochen zum Zelten in die Ozarks fahren, aber das ist gründlich in die Hose gegangen. So gründlich, dass ich gerade eine Meile von seinem Haus entfernt in East St. Louis sitze und dir in der Fahrerkabine meines Pickups schreibe. Ich fühle mich so verschlissen, als könntest du glatt einen Finger durch mich durchstecken wie bei einer Papierserviette.

Die Sache ist die: Es ist wohl gerade die Fahrerei, die mir am meisten zusetzt. Die vielen Meilen in dem Wissen, dass ich zu dir heimkommen sollte. Dass es dieses Heimkommen jedoch nie wieder geben wird. Ich weiß nicht, wie deine Mutter es schafft, immer noch im selben Haus zu leben, in dem du gestorben bist, immer noch am selben Küchentisch zu essen, an dem wir dich gefüttert haben. Ich kann nicht mal mehr dieselbe Musik hören, die ich damals gehört habe.

Chase hat alte Kassetten mit Country-Musik in meinem Pick-up gefunden und sich die ganze Saison lang über mich lustig gemacht. Ich habe ihm verschwiegen, dass ich mir die Musik nicht anhöre, weil sie mir besonders gefällt, sondern weil es die einzige Musik ist, die ich nie gehört habe, als du noch am Leben warst.

So ist das mit der Fahrerei. Als ob jedes Lied, das wir jemals zusammen gehört haben, zugleich liefe. Und dann noch all die Lieder, die ich dir zum Einschlafen vorgesungen habe. Zwar hat sich der schmerzende Knoten in meinen Eingeweiden so langsam gelöst, und ich muss inzwischen auch nicht mehr rechts ranfahren, weil es mich so schüttelt, dass ich kaum noch weiterfahren kann, aber ich fühle mich noch immer, als hätte mir jemand die obersten Hautschichten abgezogen. Mittlerweile spare ich mir sogar die Schlaf- und Essenspausen. Ich fahre einfach durch, halte mich mit weißen Knöcheln am Lenkrad fest.

2. Straßenkarten

Patterson sitzt in seinem Ford Ranger, auf dem Parkplatz einer Betonklotzbar an der Auffahrt zur I-70. Unterm Deckenlicht starrt er in ein liniertes Schulheft und schreibt seinem Sohn. Als ihm die Worte ausgehen, steckt er das Heft in seinen Militärrucksack und holt einen Straßenatlas hervor. East St. Louis. Und wohin jetzt? Es muss doch noch was anderes außer der Mesa geben. Montana, vielleicht. Oder die Black Hills. Es geht doch nichts über einen Frühling in den Black Hills. Noch wären die Nächte dort zwar ziemlich frostig, aber tagsüber wär's perfekt. Sancho und er könnten eine Zeit lang zelten. Der Hund könnte frei herumlaufen und Wild jagen, so viel er will.

Doch Straßenkarten bringen ihn nie weiter, wenn er erst mal Kurs auf die Hochebene genommen hat. Also klappt er den Atlas wieder zu und richtet seinen Blick auf die Auffahrt zur I-70. Dann auf die Betonklotzbar, und kurz spielt er mit dem Gedanken, sich ordentlich zu besaufen, doch auch dafür kennt er sich zu gut. Ein Rausch ist so ziemlich das Letzte, was er gerade braucht. Außerdem sieht die Bar aus, als wäre auch sie von einer Katastrophe heimgesucht worden. Der Betonschalstein ist vom peitschenden Wind gezeichnet. Selbst die Stahltür wirkt mitgenommen, als hätte sie sich einem Orkan in den Weg gestellt. Wenn Patterson am Ende einer Arbeitssaison aus den Trümmern steigt, überrascht es ihn immer wieder, wie heruntergekommen der Rest der Welt ist. Aber das hat seine Arbeit so an sich. Wer länger in Katastrophengebieten lebt, meint irgendwann, dass es dem Rest des Landes doch besser gehen muss. Und womöglich gibt es solche Gegenden ja tatsächlich. Irgendwo an den Küsten vielleicht, wo die wichtigen Leute leben. Doch im Landesinneren reiht sich ein Trümmerhaufen an den nächsten, so weit das Auge reicht. Zwischen Orkanschäden und dem Zerfall, den man im mittleren Westen heutzutage in jeder beliebigen Stadt vorfindet, besteht kein wesentlicher Unterschied mehr.

Besonders deutlich wird das an den Bars. Die sind nämlich identisch. Man kann sich eigentlich nur wundern, doch egal wie verheerend die Lage ist, Bars gibt es immer. Auch nachdem in New Orleans die Dämme gebrochen waren, hat garantiert am Tag darauf wieder jemand Alkohol ausgeschenkt. Alle Krankenhäuser unter Wasser, die Kirchen geschlossen, und trotzdem wird es eine Kneipe gegeben haben, in der irgendwelche Unglückssäufer schon am nächsten Tag wieder ihren Whiskey becherten, wenn auch nur an einem notdürftigen Tresen aus Sägeböcken und Sperrholzplatten. Und diese Ad-hoc-Bars, wie man sie in jedem Katastrophengebiet findet, sind auch nicht viel trostloser und erbärmlicher als eine durchschnittliche Bierkneipe im Rust Belt.

Weshalb Patterson auch gar keinen Bock hat, auszusteigen und diese hier zu betreten. Allerdings kann er sich nicht mal mehr daran erinnern, wann er zuletzt was gegessen hat, und er weiß, sobald die Fahrt richtig losgeht, wird er nur noch anhalten, um zu tanken. Außerdem hat er einen trockenen Hals. Es müssen ja nicht gleich ein Dutzend Drinks werden, sagt er sich, nur ein richtig kräftiger, vielleicht zwei. Also greift er hinter die Sitzlehne, krault Sanchos Kopf, ohne dem schlafenden Hund auch nur ein Seufzen zu entlocken, und öffnet die Tür seines Trucks.

Das Innere der Bar ist so bescheiden wie erwartet.

»Was darf's sein?«, fragt der Barmann.

Patterson lässt sich auf einen Hocker fallen, seinen Rucksack neben sich auf den Boden. »Gibt's was zu essen?«

Der Barmann nickt in Richtung eines Snackautomaten neben der Tür. Schweineschwarten und Minidonuts. »Hinten hätten wir auch noch 'n paar Tiefkühlpizzen. Aber die gibt's nur mit 'nem Drink.«

»Dann nehm ich ein Bier. Und einen Beam. Einen doppelten.«

Der Barmann schenkt den Bourbon aus und reicht ihn Patterson, gefolgt von seinem Bier. Den Bourbon trinkt Patterson in einem Schluck.

Genau in dem Moment hört er die Tür hinter sich aufgehen, und plötzlich wenden sie sich alle um, all die Rust-Belt-Krieger, die die schattigen Winkel der Kneipe bemannen. Wie ein Rudel hungriger Wildhunde, die Frischfleisch wittern, richten sie ihre starren Blicke auf die Tür. Die Frau kommt zu Patterson herüber und setzt sich neben ihn. Über ihrem Steve Earle T-Shirt trägt sie jetzt einen Kapuzenpulli, dazu ein Paar Bikerstiefel, in denen sie knappe drei Zentimeter größer wirkt.

»Ich hätt gern was zu essen«, sagt Mel zum Barmann.

Der Mann seufzt, als sei diese wiederholte Bitte ein Trauerspiel, das einfach kein Ende nehmen will. Mit einem kaum erkennbaren Nicken verweist er auf den Snackautomaten.

»Hinten haben sie auch noch 'n paar Tiefkühlpizzen«, springt Patterson ein. »Aber die gibt's nur mit 'nem Drink.«

»Auch gut.« Sie wirft eine frische Schachtel Marlboros und ein neues Bic-Feuerzeug auf den Tresen. »Bier?«

»Bud Select?«, schlägt der Barmann vor.

Sie reißt die Zigaretten aus der Zellophanverpackung. »Warum Bud Select?«

»Das bestellen viele Frauen, die hier reinkommen.«

»In Ordnung«, sagt sie.

»Eigentlich nur eine«, korrigiert sich der Barmann.

Sie zündet sich ihre Zigarette an und bläst ihm Rauch ins Gesicht.

»Die Frau, die hier reinkommt. Sie wohnt nebenan und ist so gut wie blind. Die Kneipe hier ist die einzige Alkoholquelle, die sie noch findet.«

»Bud Select ist in Ordnung«, versichert Mel ihm.

Der Barmann zieht am Zapfhahn und betrachtet sie. »Wohin geht die Fahrt?«

»Bin bloß auf der Durchreise.«

»Ich bild mir ein, ich hab Sie schon mal irgendwo gesehn.« Er reicht ihr das Bierglas.

»Haben Sie nicht. Wie sieht's jetzt mit der Pizza aus?«

Der Mann wirft entnervt die Hände in die Luft und macht sich durch die Barluke auf den Weg ins Lager.

Mel legt ihre Zigarette in einen Aschenbecher und putzt sich mit einer der Cocktail-Servietten ihre rote Nase, dann faltet sie die Serviette und schnäuzt sich erneut.

»Sie können bei mir mitfahren.« Das Angebot kommt von einem schweren Kerl in einem Flanellhemd. Ein Feuermal reicht von seiner Stirn bis in seinen buschigen Bart hinunter.

Sie knüllt die Serviette zusammen, lässt sie in den Aschenbecher fallen und nimmt sich wieder ihre Zigarette.

»Sie sind zu Fuß, stimmt's?« Er zwinkert einem kleinen Typen zu, der am anderen Ende der Bar im Schatten sitzt. »Ich hab draußen keinen Motor gehört, bevor Sie reingekommen sind.«

»Mach mal halblang«, sagt Patterson, ohne ihn anzusehen.

»Mach du lieber halblang, du Wichser«, erwidert er. »Ich rede mit der Dame hier. Biete ihr eine Mitfahrgelegenheit an.«

Sie sieht müde aus. Sehr müde. Aber nicht im Geringsten verängstigt. »Falls ich mich entscheiden sollte, Ihr Angebot anzunehmen, geb ich Bescheid«, sagt sie.

»Wie Sie möchten«, entgegnet der Mann. »Ich versuch nur, nett zu sein.«

Patterson greift nach seinem Militärrucksack und schlägt erneut seinen Straßenatlas auf. Insgeheim hofft er, auf Anhieb irgendeine magische Route darin zu finden. Obwohl er genau weiß, dass es kein Halten mehr gibt, wenn es wieder soweit ist und er die Rückreise auf die Mesa antritt. Wie ein führerloser Güterzug, der durch seine eigene Trägheitskraft unaufhaltsam dahinrollt. Und ihm wird klar, dass es ihm gerade in erster Linie darum geht, die neben ihm sitzende Frau zu ignorieren.

»Entweder hast du einen festen Plan, oder du wirfst ihn gerade über den Haufen.« Mels Stimme klingt, als flüstere sie ihm direkt ins Ohr, so nah beugt sie sich zu ihm, als sie in den Atlas späht und Colorado betrachtet.

»Ich hatte tatsächlich einen festen Plan«, sagt Patterson.

Sie lehnt sich zurück. »Und jetzt?«

»Und jetzt geht's ins San Luis Valley.« Patterson schließt den Atlas. »Ist Chase aufgewacht?«

»Chase kann mich mal am Arsch lecken.« Sie zieht ein letztes Mal tief an ihrer Zigarette und lässt den Rauch mit einem langen Seufzen aus ihrem Mund gleiten. Dann steckt sie sich die nächste an. Ihr Heißhunger hat etwas Brutales, und als sie das Feuerzeug wieder weglegt, ist die Kippe bereits halb aufgeraucht. »Chase kann mich echt mal am Arsch lecken.«

»Darauf trink ich einen«, sagt Patterson und nimmt einen Schluck.

»Bist du in einer dieser Untergrund-Biker-Gangs?«, fragt sie.

»Wie kommst du denn darauf?«

»Deine Tätowierungen.«

»Ich bin Holzfäller«, erklärt Patterson. »Daher kenn ich auch Chase. Wir haben zusammen gearbeitet. Und jetzt sollten wir eigentlich gemeinsam beim Angeln sein.«

»Holzfäller?« Zaghaft berührt sie seinen Unterarm und zeichnet mit ihren Fingerspitzen die purpurnen Tintenlinien nach. Aus dem Augenwinkel sieht Patterson, wie der Kerl mit dem Feuermal vor Wut in sein Bierglas beißt. »Wie bist du denn dann zu all den Tätowierungen gekommen?«

»Lange Geschichte«, antwortet Patterson. »Die meisten sind Cover-Ups.«

Selbst ihr Grinsen trägt sie schief auf den Lippen. »Ich glaub, ich kenn ein paar Jungs, die dasselbe vertuschen wollen.« Sie steht auf. »Kannst du mir einen Gefallen tun?«

»Wahrscheinlich.«

»Ich muss mal kurz aufs Klo. Würdest du auf meine Kippen aufpassen?«

»So viel trau ich mir noch zu.«

Sobald sie den Raum verlassen hat, hebt Feuermal sein Bierglas und prostet Patterson zu. »Sieht so aus, als hättest du sie voll im Griff.«

»Ich hab überhaupt nichts im Griff«, erwidert Patterson.

»Tu doch nicht so.« Trotzig streckt er ihm sein Kinn entgegen. Sein ramponiertes Gesicht zeugt vom Stolz und Stehvermögen einer Industriestadt, in der eine Fabrik nach der anderen verfällt. »Die Kneipe hier is nix für dich, Kumpel. Die ganze Scheißstadt is nix für dich.« Mit dem typischen Zittern eines Alkoholikers zerrt er umständlich sein Hemd hoch. Zwischen zwei bleichen Speckschwarten steckt eine abgesägte 38er.

»Ganz ruhig, Vince«, sagt der Barmann. »Du erschießt mir hier drinnen niemand.«

Der Mann lässt sein Hemd wieder über seine Wampe fallen. »Ich kann auch warten, bis er rausgeht.«

Als Mel vom Klo zurückkehrt, wirft sich Patterson seinen Rucksack über die Schulter und steht auf.

»Wir haben unsere Pizza doch noch gar nicht bekommen«, protestiert Mel.

»War wohl doch keine gute Idee.«

»Wie du meinst«, erwidert sie und setzt sich. »Aber fahr nicht zu weit in eine Richtung, bevor du wieder umdrehst.«

»Komm lieber mit raus hier«, sagt Patterson.

»Ohne meine Pizza verlass ich den Laden nicht«, entgegnet sie.

Als Patterson die Tür aufstößt, krächzt ihm der Typ mit dem Feuermal aus vollem Hals ein Whiskey-Lachen hinterher, dass seine Schulterblätter zusammenzucken. Aber heute lässt sich ja keiner mehr was sagen, und er kann sich auch beim besten Willen nicht vorstellen, wie etwas Gutes dabei herauskommen sollte, wenn er noch mehr Zeit in der Gesellschaft dieser Frau verbrächte.

3. Implosion

Die ersten drei Viertel der Fahrt verbringt er auf Fernstraßen, sprich hinter Lastwagen und Urlaubern. Für Kaffee und Kippen hält er an Truck Stops. Irgendein Countrymusiksender funkt noch über die Prärie, bis auch der außer Reichweite ist. Die Sonne geht auf und wandert über den weit offenen Himmel von Missouri. In Kansas sinkt sie langsam hinter den Horizont, und in Colorado ist von ihr nichts mehr zu sehen.

Eine schwere Fahrt, er fühlt sich fast wie im freien Fall. Als fahre er ins Innere des Planeten hinab zum zerklüfteten Plateau von Walsenburg, Colorado. Und dann wieder hinauf, über den La Veta Pass, wo der Himmel nur mehr drei Meter über der Straße schwebt und die Temperaturgrade zweistellig abstürzen. Auf der anderen Seite ist die Wolkendecke dann schlagartig verschwunden und der Himmel plötzlich wieder blau, als Patterson auf sanften Serpentinen durch die Berge von Sangre de Christo kurvt, durch hohe Tannenwälder auf Bergflanken, wo die letzten Reste Frühlingsschnee noch wie ausrangierte Winterkleider hängen.

Als er den Bergpass zum San Luis Valley endlich hinter sich lässt und ins Tal rollt, den Nurdachhäusern und Fertigbauten von Fort Garland – 400 Einwohner – entgegen, da steigt in ihm doch langsam die Vorfreude auf seine Blockhütte auf. Obwohl er schon seit fast zwei Tagen nicht mehr geschlafen hat, ist er kein bisschen müde, als er den Truck gen Süden auf die CO-159 schwingt und geradewegs auf eine massive graue Sturmfront zusteuert, die keine zehn Meilen vor ihm aufzieht.

Und dann tut er das, was er immer zu allererst tut, wenn er das San Luis Valley erreicht. Er spielt am Drehknopf seines Radios herum, bis er die Stimme von Bruder Joe hört. Der zieht gerade über den Geheimbund internationaler Bankiers her, die am 11. September 2001 das World Trade Center in die Luft gesprengt und dann den Arabern die Schuld in die Schuhe geschoben haben. Über die Israelis, die gewarnt wurden und entkamen. Über Implosionsmuster.

Patterson driftet irgendwo zwischen seinem Zigarettenrauch und Bruder Joes blecherner Stimme. Der Radiomann klingt nach Heimat. Gemeinsam rollen sie dahin, über nassen Asphalt, durch einen Regenschwall und schließlich mitten hinein in das Unwetter. Als schwere Tropfen wie Kugelhagel auf die Windschutzscheibe niederprasseln, wacht Sancho mit einem tiefen, kehligen Knurren auf. Er klingt wie ein Panther. Patterson greift hinter sich und streichelt seinen bebenden Hals. Ein, zwei Minuten lang jault der Hund, dann zieht der Sturm vorüber und Sancho schläft wieder ein, während draußen die ersten gräulichen Sonnenstrahlen auf San Luis fallen.

Das Ortszentrum besteht aus einer Tankstelle und drei Bars, die alle erst nach vier Uhr nachmittags aufmachen und um elf Uhr abends – unter strenger Aufsicht der Sangre de Cristo Kirche – pünktlich wieder schließen. Patterson parkt an der Hauptstraße und schlendert durch die kurzen Gänge eines Tante-Emma-Ladens, in dem er seinen Einkaufswagen allmählich mit Wasser, Bacon und allerlei Konserven füllt. Die Frau an der Theke schenkt ihm dasselbe Interesse, das sie den Insekten entgegenbringt, die unter dem verbogenen Fliegengitter hereinkriechen.

4 Pferde

Mit schlingernden Reifen kurvt Patterson die verdreckten Serpentinen zur Hochebene hinauf, quer über ein Plateau voller blaugrauem Bürstengras und Salbei, auf dem das kurze Unwetter kleine Teiche hinterlassen hat. Dann muss er ruckartig bremsen. Vor ihm überquert eine Mustangherde die Straße. Ein vertraut wirkender, kastanienbrauner Hengst hält jedoch inne, wendet seinen Kopf und wirft ihm noch kurz einen warnenden Blick zu, ehe auch er mit dem Rest der Herde der Leitstute folgt.

Patterson rückt seine Baseballkappe auf dem Kopf zurecht und schaut den Pferden nach. Insgesamt sind es acht, und abgesehen von dem Hengst sind alle rotbraun schattiert. Er sieht ihnen noch lange hinterher, wie sie querfeldein traben, bis sie schließlich am Horizont verschwinden. Erst dann bemerkt er den anderen Truck. Der Wagen steht abseits der Straße, knapp hinter der Stelle, an der die Pferde sie überquerten. Ein Logo mit wilden Mustangs prangt an der Tür, an der auch Henry und Emma lehnen, ihre Augen auf ihn gerichtet.

Patterson rollt neben sie und kurbelt auf der Beifahrerseite das Fenster herunter. »War's ein kalter Winter?«, fragt er.

Aus den Tiefen von Henrys Bart steigt der Hauch eines Lächelns empor. Er ist hager geworden, ganz so, als habe der Winter ihn ausgemergelt, doch noch immer sieht er wie ein verwegener Rodeoreiter aus. »Nicht der kälteste, den wir je hatten.« Er klopft mit seinem Gehstock auf den Boden. »Aber ganz ordentlich.«

»Die Pferde sehen gut aus«, sagt Patterson. »Beinahe wild.«

Emma grinst. Sie ist jung, gerade mal Anfang zwanzig und wohl etwas zu groß, um noch als graziös zu gelten. Blasse

Sommersprossen zieren ihr markantes Gesicht, und im Morgenlicht schleicht sich gerade ein Blondstich in ihr dunkelrotes Haar. Sie ist auf der Mesa aufgewachsen, und so eigen sie auch sein mag, sie hält es jetzt schon seit über zwei Jahren als Henrys Assistentin aus. Gemeinsam sehen die beiden nach den Ställen der Sommerurlauber und kümmern sich um die Wildpferde, damit die ihre wilden Triebe nicht irgendwo anders ausleben oder gar jemanden stören, indem sie mitten auf der Straße tot umkippen.

»Patterson findet die Pferde peinlich«, erklärt Henry ihr. »Hat zwar weiß Gott keinen Grund dafür, schließlich hat er seine Blockhütte hier für 'nen Wahnsinnspreis bekommen. Aber er findet sie trotzdem peinlich.«

»Für mich sind die Pferde das Beste an der Gegend«, sagt Emma. Zwei Gedanken gleichzeitig sind zu viel für ihren Kopf. Wie kann jemand etwas peinlich finden, was sie liebt. Das wird sie noch lernen müssen.

»Ganz recht«, stimmt Henry ihr zu. »Die Pferde sind eine Pracht, verdammt noch mal, aber manche Leute haben einfach keinen Sinn für Dinge, die nicht zu hundert Prozent authentisch sind.«

»Ich geh dann mal die Hütte aufsperren«, sagt Patterson, ehe die Predigt beginnt.

»Ich komm demnächst mal vorbei«, verspricht Henry.

Patterson nickt. »Mach das.« Er tippt sich an den Schirm seiner Baseballkappe. »Emma.«

Sie tippt sich spöttisch an die Stirn. »Patterson.«

•••

Heimkehr. Die Blockhütte steht mitten in einem halben Dutzend Pinyon-Kiefern, deren verrenkte Stämme den Eindruck erwecken, als hätte er sie gerade beim Versuch ertappt, sich unbemerkt von der Hochebene zu schleichen. Patterson stößt die schwere Haustür mit der Schulter auf. Kalte Asche und Staub wirbeln über den Boden rund um die Feuergrube. Sancho schlängelt sich zwischen seinen Beinen hindurch und legt sich auf den zerfransten Flickenteppich zwischen dem kleinen Holzofen und der abgewetzten Couch. Ihm ist förmlich anzusehen, dass er bereit wäre, sich hier endgültig zur Ruhe zu setzen. Sancho ist ein Mischling, eine schwarzbraune Kreuzung aus einem deutschen Schäferhund und irgendeinem ähnlich großen Köter, und bis vor Kurzem konnte er es kaum erwarten, ein neues Katastrophengebiet zu erkunden. Doch mittlerweile verbringt er den Großteil seiner Zeit hinter dem Fahrersitz, sehnt sich nach der Mesa zurück und wartet darauf, dass sein Mensch ihn füttert.

»Na«, sagt Patterson zu ihm. Eine Minute lang schauen sie sich wortlos an, dann wirft Sancho seinen Kopf zur Seite und schleckt sich über die Schnauze. »Du hast die Hütte vermisst, stimmt's?«, fragt Patterson. Sancho schnaubt in sich hinein und wendet ihm den Rücken zu. Der Hund ist schlau. Er weiß, dass Patterson reden will, teilt das Bedürfnis aber nicht.

»Wie du willst«, meint Patterson. Er zieht seine Avrilla-Baseballkappe vom Kopf und wirft sie auf den Tisch. Seinen Schlüsselbund wirft er gleich hinterher. Dann macht er mit etwas Kiefernholz ein Feuer im Ofen und bringt die Einkäufe hinüber in den Schuppen, wo er letztes Jahr einen alten Kühlschrank im Boden vergraben und somit einen Rübenkeller angelegt hat. Als er ihn öffnet, findet er ein paar Konservendosen, die er ganz vergessen hat. Und eine halbleere Flasche Evan Williams.

»Bist du wach?«, fragt Patterson, als er in die Hütte zurückkehrt. Sancho antwortet nicht. Also setzt sich Patterson an den Tisch und fängt an, für seinen nächsten Walmartbesuch in Alamosa eine Einkaufsliste zu verfassen.

Irgendwann hört er auf zu schreiben und sitzt einfach nur da. Die letzten Strahlen der Abendsonne flirren durch die verstaubten Fenster herein. Kühle Talluft, der Geruch von brennendem Kiefernholz. Patterson entzündet die Petroleumlampe und betrachtet das Schattenspiel der flackernden Flamme an den Wänden.

Ein Wind zieht über der Hochebene auf. Ein Wind, der ihm durch Mark und Bein weht. Draußen knacken die Kiefern und es raschelt in den Büschen. Was für eine Heimkehr. Patterson holt die Schachtel mit den Bildern seines Sohns hervor und säuft sich unter den Tisch.

5. Halb

Als er wieder aufwacht, liegt er oben unterm Dach auf seiner dünnen Matratze, und irgendwo klingelt sein Handy. Draußen dämmert es noch nicht einmal. Das klingelnde Telefon liegt unten auf dem Tisch. Wo auch sonst? Als er ungelenk vom Dachboden hinunterklettert, schafft er es, sich an jeder nur möglichen Ecke zu stoßen. Laut Anrufer-ID ist es Laney. Was er vorher gewusst hätte, wenn er nur einen Augenblick nachgedacht hätte.

»Hallo«, krächzt er ins Handy.

»Selber hallo«, erwidert sie. »Hast du dich schon gut eingelebt?«

Patterson hat diese Stimme schon fast ein ganzes Jahr lang nicht mehr gehört, und doch kommt es ihm bei ihrem Klang immer noch so vor, als schütte ihm jemand Benzin ins Ohr.

»Einigermaßen.« Er geht zur Spüle hinüber und späht aus dem Fenster über der Handpumpe. Es ist stockdunkel, das erste Morgengrauen bestenfalls zu erahnen.

»Woher wusstest du, dass ich wieder da bin?«

Sie lacht. »Du stehst am Fenster, stimmt's? Um zu sehen, ob ich draußen bin?«

»Woher wusstest du, dass ich wieder da bin?«, fragt er noch einmal.

»Zufallstreffer.«

»Ziemlicher Zufall. Ich bin heute Abend erst angekommen.«

»Ich muss mit dir reden«, drängt sie. »Ich hab eine Frage.«

»Schieß los.«

»Nicht am Telefon«, entgegnet sie. »Ich will dich leibhaftig vor mir haben, damit's dich was kostet, wenn du mir die falsche Antwort gibst. Kannst du morgen nach Taos runterkommen? Ich könnte dir ein Abendessen spendieren.«

»Wie sieht's übermorgen aus?« Patterson späht abermals in die Dunkelheit hinaus, immer noch nicht überzeugt, dass sie nicht doch irgendwo da draußen ist.

»Das ist doch nichts, worauf du dich vorbereiten müsstest«, sagt sie. »Bloß ein Abendessen und eine Frage.«

»Übermorgen.«

»Übermorgen«, seufzt sie. »Wo wollen wir uns treffen?«

»Hast du 'n Job?«

»Ja.«

»Die Adobe Bar«, sagt Patterson. »18 Uhr.« Und damit beendet er das Gespräch.

• • •

Patterson macht sich auf dem Holzofen ein Frühstück aus Pfannkuchen und Bacon, und gönnt sich dabei ein großzügiges Glas

Whiskey. Zwar helfen bei seinem Kater weder Bacon noch Whiskey, doch immerhin kommt er dadurch in den Genuss eines außerordentlichen Blockhüttenprivilegs: den Genuss des Plumpsklos. Auf dem man bei offener Tür zum Donnern gehen kann, während um einen herum die Morgensonne das Gebüsch in ein goldenes Licht taucht und der dornige Feigenkaktus zu beweisen versucht, dass er seinen großen Brüdern im Süden durchaus ebenbürtig ist, zumindest in Sachen Schattenlänge.

Nach dem Frühstück schlüpft er in seine Holzfällerstiefel und macht mit Sancho einen Spaziergang entlang der Staubstraße, die an der Blockhütte vorbeiführt. Wie immer in der Hoffnung, dass die Frischluft kuriert, was Alkohol und Bacon nicht vertreiben konnten.

Der Morgen zieht in einem schmerzhaft grellen Hitzeschleier an ihm vorbei. Lila Wildblumen neigen sich im leichten Morgenwind, während in den Straßengräben zerschossene Waschmaschinen und Kühlschränke verrotten. Ringsherum verdampft langsam der Morgentau und steigt als Frühnebel auf, stetig der hohen Sonne entgegen. Am Boden schwirrt die Luft vor Insekten, und Sancho wandert in wirren Zickzacklinien von einem Straßengraben zum anderen.

Dann biegt Patterson um eine Ecke und knallt fast in die hintere Stoßstange eines mattschwarzen 1969er Dodge Charger. Der Wagen ist am Straßenrand geparkt, und da die Fahrertür offen steht, ertönt aus dem Inneren ein schrilles Warnsignal. »Scheiße«, murmelt er vor sich hin, als ihm klar wird, wie weit er in Gedanken abgedriftet war.

»Nicht gerade gutnachbarlich«, sagt eine männliche Stimme. Henrys Sohn, Junior, tritt hinter einem Baum hervor und zieht den Reißverschluss seiner Jeans zu. Urintropfen zieren seine staubigen Alligator-Cowboystiefel wie Pockennarben. Er hat Henrys Gesicht, genauso gutaussehend, nur ist seines Mitte zwanzig, und über dem Grinsen, aus dem der Spott nie ganz zu verschwinden scheint, ist sein linkes Auge entstellt. Auf der Iris liegt ein grauer Film. Junior zieht ein schwarzes Taschentuch aus seiner Gesäßtasche und tupft sich das Auge, das anscheinend unentwegt tränt.

Ein argwöhnisches Knurren rollt Sanchos Rachen herauf. Patterson geht in die Hocke und streichelt ihn am Hals.

»Junior«, sagt er zur Begrüßung.

»Patterson«, erwidert Junior im gleichen Tonfall. »Brauchst 'n Bier?«

»Eins wär nicht schlecht«, antwortet Patterson.

Junior greift in den Wagen und wirft ihm eine Dose Budweiser zu.

Patterson öffnet sie und trinkt.

»Hast du den Hund schon lange?«, fragt Junior.

»Ein paar Jahre.«

»Was ist es für einer?«

»Ein Mischling. Zum Teil deutscher Schäferhund, aber überwiegend Mischling.«

»Sieht gut aus.«

»Besuchst du Henry?«, fragt Patterson.

»So was in der Art.« Junior lehnt sich an den Wagen und neigt seinen Kopf in Pattersons Richtung, als hätte er sich den Hals angebrochen.

»So was in der Art?«

Junior räuspert sich tief und feucht. Dann spuckt er einen Lungenhering auf die Staubstraße. »Hast du ihn irgendwo gesehen? Henry?«

»Hast du schon unten im Stall nachgesehn?«

»Hab ich. Da ist er nicht.«

»Dann wird er wohl arbeiten«, meint Patterson. »Kann sein, dass eins von den Pferden krank ist.«

»Kann sein«, erwidert Junior. »Kann auch sein, dass er unten in San Luis ’ne kleine Schlampe gefunden hat, die nichts dagegen hat, dass er ’n Krüppel ist.«

»Das würde ihm zustehen«, sagt Patterson.

Junior wendet den Blick ab und sieht nach Norden. »Auf welchem von denen haben sie eigentlich das Pferd gefunden?«, fragt er und nickt in Richtung der Berge.

»Pferd?«, wiederholt Patterson.

»Snippy«, sagt Junior.

»Das war auf dem Blanca Massiv«, erklärt Patterson. Er zeigt auf die Gebirgskette am nördlichen Rand des Tals, wo die Hochebene zu einem felsigen Bergkamm aufsteigt, dessen blaugraue Gipfel wie schneegekrönte Sägezähne in den Himmel ragen. »Ist gar nicht zu übersehen.«

Junior blinzelt. »Wo?«

»Geradeaus«, sagt Patterson. »Die fünf Gipfel da drüben. Little Bear, Blanca Peak, California Peak, Mount Lindsey und Huerfano Peak.«

»Ich hab in Henrys bescheuerter Radiosendung davon gehört«, sagt Junior. »Bruder Joe. Glaubst du die ganze Scheiße, die er aus dieser verdammten Sendung hat?«

»Kaum.«

Junior nickt ein bis zwei Sekunden vor sich hin. Dann fragt er: »Hat er dir gesagt, dass ich ihm das Geld gegeben hab, um hier rauszuziehen?«

»Nein. Hat er nicht.«

»Stimmt aber. Der konnte nicht mal mehr den Kitt aus den Fenstern fressen, und ich hab ihm alles gegeben, was ich hatte. Zurückbekommen hab ich nichts.«

»Ich hab keine Lust, mich in euren Mist reinziehen zu lassen«, sagt Patterson. »Nicht die geringste.«

»Schon klar«, lenkt Junior ein. »Aber es gibt ’n Haufen

Dinge, die du über das alte Arschloch nicht weißt. Lass dich von dem bloß nicht zum Narren halten.«

Patterson schüttet den Rest seines Biers auf die Staubstraße und schleudert die leere Dose in den Graben.

Junior lacht laut auf. Er geht zur Fahrertür und steigt noch immer lachend in den Wagen. »Mit der zweiten Hälfte lässt sich so was leicht machen, nicht wahr, Kumpel?« Dann schaltet er den Motor an.

Justin

Ich weiß nicht, ob ich dir je von diesem Pferd, Snippy, erzählt habe, aber das muss die seltsamste Geschichte im ganzen Tal gewesen sein. Als sie die Stute 1967 fanden, war sie von den Nüstern bis zu den Schultern enthäutet und noch dazu komplett ausgeweidet. Von Blut jedoch keine Spur. Laut der Besitzerin haben fliegende Untertassen sie getötet. Die angeblich wiederkommen würden. Und dann hat es tatsächlich nur ein paar Jahre gedauert, bis es mit den Vieh-Verstümmelungen losging, und mit Ausnahme von ein paar Schonfristen haben die bis heute nicht aufgehört.

Beim letzten Mal habe ich mir so ein Kalb angesehen. Henry hat mich mitgenommen. Es lag im Schatten einer windgepeitschten Kiefer, umgeben von braunem Gestrüpp und komplett ausgehöhlt. Im Rumpf des Kadavers war an Stelle der Organe nur noch ein Loch, und das Gesicht war schnurgerade abgeschnitten worden. Wie mit einem Laser. Nicht ein Tropfen Blut war zu sehen.

Selbstverständlich glauben manche, dass es diese Vieh-Verstümmelungen gar nicht wirklich gibt. Oder zumindest, dass nichts halb so Exotisches wie Aliens dahintersteckt. Gerüchten zufolge ist hier 1960 ein Mann aus Denver aufgekreuzt, ein gewisser John Baylor. In der Absicht, das Land zu roden, soll er ganze 40.000 Hektar gekauft und erst im Nachhinein herausgefunden haben, dass die Fläche gar nicht zum Verkauf stand. Dass die Gegend seit einer mexikanischen Landschenkung aus dem Jahre 1863 Gemeindeland ist. Die meisten Nachkommen der ersten Siedler sind immer noch hier. Sie arbeiten in der Vieh- und Landwirtschaft, und an Neuankömmlingen haben sie ungefähr so viel Interesse wie an Moskitos. Das sind nun mal verpflanzte Mexikaner, die sich nie um die englische Sprache gekümmert haben und erst recht nicht um irgendwelche juristischen Feinheiten, abgesehen natürlich von der Rechtslage, der sie ihr Land verdanken. Tja, wie du dir vorstellen kannst, waren sie nicht gerade überglücklich, als genau dieses Land, das sie ja nun als ihr Eigentum sahen, plötzlich eingezäunt und abgeholzt wurde. Also setzten sie sich zur Wehr. Es kam zu Schießereien, Brände wurden gelegt, Zäune zerschnitten, Leute verprügelt, das volle Programm. Baylor heuerte sogar eine Privatarmee an.

Wenig später wurde Snippy gefunden, und dann fingen die Vieh-Verstümmelungen an. Einige gaben Aliens die Schuld, nicht jedoch die Leute, die gegen Baylor kämpften. Die kamen nicht umhin festzustellen, dass die vermeintlichen Aliens es hauptsächlich auf seine Feinde abgesehen hatten. Viele von ihnen mussten deshalb sogar ihr Geschäft aufgeben. Wenn du einen kleinen Betrieb führst, bedarf es nicht allzu vieler toter Fünftausend-Dollar-Ochsen, bis du eingehst. Und angeblich hat Bruder Joe Beweise, dass auf der Baylor-Ranch Hubschrauber starten und landen. Dass das Ganze schon seit einem halben Jahrhundert so läuft, und dass John Baylor längst tot ist, also mittlerweile seine Kinder für die Viehmorde verantwortlich sein müssten, davon lässt sich Bruder Joe nicht beirren. Der Mann glaubt schließlich an Traditionen.

Ich persönlich weiß ja nicht, was abwegiger klingt: geheime Vieh-Mord-Kommandos oder Aliens. Doch Bruder Joe glaubt an beides, wenn ich ihn richtig verstehe. Erst gestern Abend hat er was von irgendwelchen Lichtern über den Bergen erzählt. Angeblich Aliens. Eins davon soll eine Spur durch den Himmel gezogen haben, die so lang war wie das komplette San-Juan-Gebirge, sprich so lang wie die gesamte Westseite des Tals. Vor dem Blanca Peak soll es dann kurz angehalten haben, nur um schließlich auf der Ostseite auch noch um den Sangre de Cristo zu schießen. Und all das in der kurzen Zeit, die Bruder Joe für eine einzige Zigarette benötigte. Dann fing er von irgendwelchen zwielichtigen Regierungsstützpunkten und einem geheimen Stamm umherziehender Juden an. Aber da habe ich das Radio dann doch lieber ausgeschaltet.

Als ich mit dir und deiner Mutter in New Mexico lebte, fuhr ich häufig hier hoch. Bei ein paar dieser Fahrten ging es mir lediglich darum, aus dem Haus zu kommen, aber manchmal brauchte ich schlicht und ergreifend einen Sonnenuntergang. Ich las auch viel über das Tal, bevor ich umzog. Wer beruflich Stromleitungen freilegt, verbringt einen Haufen Zeit damit, in Drehleiterfahrzeugen herumzusitzen und darauf zu warten, dass die Arbeit anfängt, und ich habe diese Zeit immer mit Lesen verbracht. So habe ich unter anderem gelernt, dass das Tal laut dem Glauben der Navajo-Indianer heilig ist. Dass Blanca Peak der Berg der Morgenröte ist, und dass er von einem Blitz mit dem Erdboden verschweißt wurde. Wenn du ihn je bei Sonnenaufgang siehst, verstehst du das auch.

6. Vogelfrei

Die CO-159 ist wohl mit eine der geradesten Straßen, die es gibt. Sie verläuft durch das San Luis Valley und schlägt eine Schneise durch die flache Talsohle, als sei sie mit einer Machete in die Landschaft geschnitten worden. Es ist die Art Highway, die es einem schwer macht, sich ans Tempolimit zu halten, und wenn der graue Himmel knapp drei Meter über dem Boden hängt, die Sonne ihre Strahlen wie gelbe Lichtlanzen durch Nadellöcher im Firmament feuert und Regentropfen allmählich die Staubschicht auf der Windschutzscheibe durchlöchern, dann wird es praktisch unmöglich, sich beim Fahren nicht zu betrinken.

Nicht dass Junior sich sonderlich bemüht, dieser doppelten Versuchung zu widerstehen, als er mit hundert Meilen pro Stunde und einer Bierdose zwischen den Beinen nördlich in Richtung Denver rast. Sein Ellbogen hängt lässig aus dem Fenster, in den Fußräumen rascheln leere Dosen und Marlboroschachteln, als wühle eine Ratte darin herum, und er weiß nur allzu gut, dass er in seinem momentanen Gefühlszustand ewig so weiterfahren könnte. Wenn er keinen Zeitplan einhalten müsste, würde er eine Runde nach der anderen durch das Tal drehen, bis ihm irgendwann Benzin und Bier ausgingen. Dann würde er am Rand einer unbefestigten Straße halten, die Cowboystiefel aus dem Fenster hängen und eine Zigarette nach der anderen rauchen, bis seine Lunge Feuer finge. Und zur Besinnung käme er erst wieder am nächsten Morgen, wenn in frostiger Frühe die Sonne über dem San Luis Valley aufginge.

Er hat sogar schon mit dem Gedanken gespielt, sich hier unten ein kleines Stück Buschland zu kaufen und eine Blockhütte zu bauen. Aber dafür kennt er sich dann doch zu gut. So nah bei Henry zu wohnen, das würde einer von ihnen wohl nicht überleben. Ganz zu schweigen von Patterson, dem scheinheiligen Schlappschwanz.

Patterson, das ist genau der Typ Vollidiot, den es auf die Mesa zieht. Der Typ, der auf jeden Immobilienbetrug reinfällt, solang er sich nur einbilden kann, dass er sich dadurch von allem abkoppelt. Billige Grundstücke für Stadtwichser, die ein Haus auf dem Land wollen. Angepriesen als Urlaubsort. Dass ich nicht lache. Die Straßen sind der letzte Dreck, und die Hälfte dieser Hütten hat noch nicht mal Strom. Und wer will in so was wohnen? Irgendwelche selbsternannten Überlebenskünstler. Junior sehnt sich fast danach, dass die Apokalypse, auf die sie alle hoffen, auch tatsächlich kommt, bloß damit er aus Denver runterfahren und jeden einzelnen von ihnen abknallen kann. Allen voran Henry.

•••

Im nördlichen Teil von Denver gibt es eine Kneipe mit einem Bach dahinter. Rote Zierleisten, rote Tür, kein einziges Fenster. Der Schuppen ist an einer Seitenstraße zwischen mehr oder weniger leer stehenden Lagerhallen eingepfercht. Junior schlittert mit seinem Charger auf den Kiesparkplatz und parkt in einer Reihe Motorräder und Pickups. Sein dummes Gefühl jedoch gibt weiter Vollgas. Dasselbe Gefühl, das ihn immer überkommt, nachdem er seinen Vater besucht hat.

Ein Gefühl, als versuche er, einen Backstein zu schlucken. Als falle er beim Aufwachen aus einem fahrenden Lastwagen. Mit anderen Worten, dasselbe Gefühl, wie wenn er sich an seine Mutter erinnert. Wie wenn er versucht, sich an ihr Gesicht zu erinnern, und es nicht mehr ganz schafft. Wie wenn er an die Tage zurückdenkt, an denen sie nicht arbeiten konnte, damals, als Henry noch im Rodeogeschäft war.

Sie verbrachte jeden davon im Bett, rauchte vor sich hin und starrte wie gelähmt an die Wand, während Junior das Geschirr spülte, die schmutzige Wäsche wusch und die Fußböden kehrte. Erst als er ihr das Abendessen brachte – Tomatensuppe aus der Dose mit einem angebrannten Käsetoast – und es ihr aufs Bett stellte, löste sich ihre Erstarrung. Sie sah auf das Essen hinab, dann zu ihrem Sohn, schließlich zu der Zigarette in ihrem Aschenbecher. Dann riss sie ihn plötzlich an sich, nahm ihn fest in die Arme und brach wieder in Tränen aus. Und das Einzige, woran er denken konnte, war wie sehr er sich danach sehnte, dass Henry endlich die Tür aufwerfen und laut krakeelend verkünden würde, was auch immer er heute gewonnen oder verloren hatte.

In der Kneipe setzt Junior sich an den Tresen. Gleich neben einer dicken Indianerin in Lederweste und Cowboyhose. Sie ist mit einem schwarzen Biker da, einem schwer muskulösen, glatzköpfigen Kerl um die vierzig. An seiner ledernen Motorradjacke hängt, genau wie bei seinen Kameraden, irgendeine Art Knochen, und aus dem Mund hängt ihm eine Zigarre. Doch anstatt sie zu rauchen, scheint er eine innige Affäre mit ihr zu zelebrieren. Er pafft an ihr, bläst auf sie, schürt ihre Glut so behutsam und bedächtig wie bei einem heiß ersehnten One-Night-Stand.

Junior hat noch nie einen Biker getroffen, der nicht der Meinung war, er sei vogelfrei. Nicht einen einzigen. Ganz gleich, dass sie zu 99 Prozent artig ihre Steuern zahlen, in irgendeiner ruhigen Sackgasse wohnen und einem Bullen nicht mal dann Widerstand leisten würden, wenn er ihnen den Schlagstock hinten reinschiebt. Zugegeben, es gibt auch noch das andere Prozent, Jungs, die bekanntermaßen ein wenig

Meth dealen, doch auch mit denen hat sich Junior schon angelegt, und auch die beeindrucken ihn kaum. So wie er die Sache sieht, sind Biker genauso wenig vogelfrei wie Rodeoreiter echte Cowboys.

»Bourbon. Großes Glas«, sagt Junior zum Barmann, ehe er die Indianerin unter die Lupe nimmt. »Hast du auch ’n Namen?«

»Janet«, sagt sie, ohne seinen Blick zu erwidern.

»Einen Indianernamen?«, hakt Junior nach.

Jetzt sieht sie ihn doch an. »Einen Indianernamen?«

Junior zieht sein Taschentuch heraus und tupft sich damit sein schlechtes Auge ab. »Die mit dem Nigger tanzt, vielleicht?«

7. Bach

Junior sabbert Blut in den Bach. Mitten in den Bach, in dem er auf einmal steht. Er versucht, es auszuspucken, geifert aber nur vor sich hin. Gespickt mit Zahnsplittern rinnt es ihm stetig über seine geschwollene Unterlippe. Mitten in den Bach hinein. Er hat das Gefühl, als wache er gerade aus einem tiefen Schlaf auf. Die Sehnen in seinem linken Arm surren wie überspannte Saiten, und mit jedem Atemzug durchzuckt ihn ein scharfer Brechreiz wie ein schriller Sopran.

Es regnet. Denkt er glasklar. Rings um sich hört er Regentropfen aufs Wasser prasseln. Doch über sich sieht er Mond und Sterne wild durcheinander wirbeln. Und dann sind da die Lichter von Denver, die orange durch die Pappeln und Weiden schimmern. Er fasst sich an den Kopf und stellt fest, dass es doch nicht Regen ist, was er da hört. Es ist Blut, das aus seinem Kopf ins schwarze Wasser hinabtropft.

Und da ist noch etwas zu hören. Etwas, das gar nicht weit von ihm stattfindet. Es klingt wie eine Party, und hinter den Büschen am Bachufer flackert ein Licht. Ein seltsam rauchendes Gelb, umzingelt von schattigen Gestalten. Einige von ihnen tollen in dem schwelenden Licht umher, andere stehen einfach nur herum und scheinen vor sich hin zu qualmen, als hätten sie selbst Feuer gefangen. Er geht einen Schritt auf sie zu.

»Das würde ich an deiner Stelle lieber sein lassen, du Wichser«, ruft eine Stimme aus dem Licht.

Junior ist unsicher, was genau er lieber sein lassen sollte. Er kämpft einen weiteren Schritt gegen den Strom an, doch der Wassersog zieht an seinem Stiefel, und noch ehe er im Bachbett wieder Halt finden kann, schmeißt ihm jemand einen Stein an den Kopf. Das Ding trifft ihn mit der Wucht eines Kugelhammers, und als er schlaff auf die Knie sinkt, schlägt einen halben Meter links von ihm schon der nächste ein. Ein drittes Geschoss spritzt ihm Bachwasser ins Gesicht.

Er versucht aufzustehen, schafft es jedoch nicht. Ein weiterer Stein trifft ihn an der Schulter und lässt seinen Arm zucken, als hätte er in eine Steckdose gegriffen. Krabbelnd versucht er sich ans Ufer zu retten. Immer wieder rutschen seine Hände und Füße unter ihm weg, bis seine rechte Hand endgültig keinen Halt mehr findet und er mit dem Ellbogen auf einem Stein landet. Ein Schmerz schießt ihm den Unterarm hinunter und explodiert durch seine Fingerspitzen. Wie gelähmt müht er sich weiter, die Böschung hinauf und zwischen ein paar Bachweiden hindurch, bis er schließlich zusammenbricht.

Er gibt alles, um nicht in Ohnmacht zu fallen.

Es reicht nicht.

8. Badewannen

Grellgelbe Sonnenstrahlen flitzen über den Bach wie flinke Wasserläufer, als Junior sich aufsetzt und in den Schoß kotzt. Als er sicher ist, dass er das Gröbste hinter sich hat, schlüpft er aus seinen nagelneuen Alligator-Cowboystiefeln und gießt das Brackwasser aus. Dann streift er seine Socken ab und wringt sie aus. Einhändig, denn seinen linken Arm kann er nicht mehr heben. Die Schulter ist kaputt. Und jedes Mal, wenn er seinen Kopf bewegt, verschwimmt die Sicht in seinem guten Auge und ihm wird wieder kotzübel.

Er weiß nicht, was schlimmer aussieht, seine Füße oder seine Stiefel. Also denkt er nicht darüber nach. Stattdessen spült er sich den Mund mit Bachwasser aus, rappelt sich auf und macht sich gebeugt auf den Rückweg zur Kneipe. Aus irgendeinem Grund geht er mitten im Bach statt am Ufer entlang, ehe er wie eine neue Spezies Amphibienmonster aus dem Schlamm herausstakst und den leeren Parkplatz überquert.

Als er am qualmenden Leichnam seines 1969er Charger vorbeikommt, merkt er, dass er noch mal Glück im Unglück hatte. Wäre er nicht in seiner Freizeit ins San Luis Valley hinuntergefahren, sondern auf dem Rückweg von El Paso in seinem Wagen angehalten worden, also auf einer Lieferfahrt für Vicente, dann wäre er wohl kaum mit dem Leben davongekommen.

Es ist derselbe Barmann wie letzte Nacht. Ein rosiger Typ mittleren Alters, der hinterm Tresen in einem fransigen Wildlederhemd ein Boulevardblatt liest. »Nicht zu fassen«, sagt er, als Junior sich auf einen Barhocker setzt. »Ich dachte, du wärst tot.«

»Abwarten«, erwidert Junior. »Das wird sich noch zeigen.«

Der Barmann nimmt ein Bierglas, füllt es zur Hälfte mit Bourbon und reicht es Junior. Dann stützt er sich auf den Tresen und beobachtet seinen Gast, als ob er gekommen sei, um einen neuen Zaubertrick vorzuführen. Vielleicht, um Blumen aus seinem Kopf sprießen zu lassen. Oder plötzlich in Flammen aufzugehen. »Haben die Jungs dein Auge so zugerichtet?«, fragt er.

Junior schüttelt den Kopf und nimmt seinen Bourbon vom Tresen. Es kommt nicht häufig vor, dass er sich vor einem Glas Whiskey fürchtet, aber dieses hier jagt ihm doch ein bisschen Angst ein. »Wie spät ist es?«

»Vier Uhr Nachmittag. Bist du gerade erst aufgewacht?«

Junior nimmt einen Schluck von seinem Bourbon. Der Fusel tut genauso weh wie befürchtet. »Ja.«

»Wo wohnst du?«

»47ste und Vine.«

»Das sind ja mindestens fünf Meilen. Wie hast du denn vor, nach Hause zu kommen?«

»Hab ich mir noch nicht überlegt.«

»Hast du niemand zum Anrufen?«

»Würdest du jemand so 'ne Geschichte erzählen wollen?«, fragt Junior.

Der Barmann nickt und fummelt nachdenklich eine Camel aus einer Packung auf dem Tresen. »Weißt du, ich war mal verheiratet«, sagt er. »Dann hab ich meine Frau mit 'nem Nigger erwischt.«

»Ich an deiner Stelle wäre ja vorsichtig, vor wem ich solche Kommentare ablasse, Kumpel.« Junior verkneift sich bewusst ein Lächeln.

Der Barmann steckt sich seine Zigarette an. »Die haben's nicht mal miteinander getrieben. Meine Frau und der Nigger.«

Junior nimmt erneut einen Schluck Bourbon. Der zweite tut schon erheblich weniger weh. »Hast du noch eine von denen übrig?«

Der Barmann schiebt die ganze Packung zu ihm hinüber. »Kannst du behalten.«

Junior steckt sich eine Kippe an. Als ihm der erste Zug wie eine Dampflok durch den Schädel brettert, reißt er sich die Zigarette ruckartig wieder aus dem Mund. Am Filter klebt Blut.

»Draufgepisst hat er auf sie.« Der Barmann räuspert sich. »Über ein Jahr lang lief die Nummer schon, bevor ich überhaupt was mitbekam.«

»Draufgepisst?«

»Draufgepisst.«

»Scheint doch nicht gerade schwer zu sein, so was mitzubekommen«, meint Junior. »Sind dir die ganzen nassen Flecken im Haus nicht ein bisschen verdächtig vorgekommen? Oder vielleicht der Gestank?«

Der Barmann schüttelt den Kopf. »Die haben's hauptsächlich in der Badewanne gemacht«, erklärt er. »Kennengelernt hatten sie sich über 'n Computer. Offenbar gibt's ganze Gruppen, die auf so 'n Scheiß abfahren.«

»Heutzutage findest du mit dem Computer so gut wie alles«, pflichtet Junior ihm bei.

»Der war noch nicht mal der Einzige.« Der Barmann schenkt sich einen Bourbon ein. »Ich mein, es war immer ein Nigger. Nur nicht immer derselbe. Ihre Worte. Sie konnte nur kommen, wenn ihr Pisser schwarz war.«

»Das hat sie dir gesagt?«

»Ja. Ich hab sie gefragt, warum sie nicht einfach mich auf sich pissen lässt.«

Junior faltet eine Cocktailserviette auf ein Viertel zusammen und drückt sie auf sein totes Auge. Dann lacht er einmal laut auf, bellt regelrecht.

Der Barmann errötet und wendet seinen Blick ab. »Soll ja nur heißen, dass ich dich nach Hause fahren kann«, sagt er.

Junior zerknüllt die Serviette und lässt sie auf den Tresen fallen. Dann reckt er seine Faust empor. »Solidarität, Bruder.«

9. Betrunken

Erst als der Barmann ihn vor seiner Tür stehen lässt, merkt Junior, dass er seinen Hausschlüssel nicht bei sich hat. Und dass das längst klar war. Dass seinen Schlüssel dasselbe traurige Schicksal ereilt hat wie seinen Geldbeutel und sein Handy. Die nächsten zwei Minuten verbringt er fluchend auf seiner Veranda, bis er sich wie der letzte Idiot vorkommt. Dann stolpert er die Treppe hinunter, sucht sich im Straßengraben einen Asphaltbrocken und marschiert damit zurück zur Tür hinauf. Sein Kopf steckt dabei so tief zwischen seinen Schultern, als hätte jemand mit einem Vorschlaghammer darauf eingeschlagen. Doch kurz bevor er den Brocken durchs Fenster schleudert, hält er noch einmal inne. Ein seltener Augenblick der Besinnung bringt ihn zum Umdenken. Ein neues Fenster einzusetzen ist das Letzte, womit er den morgigen Tag verbringen will. Also lässt er das Ding fallen und geht Richtung Jennys Haus die 47ste hinauf. Links und rechts Bruchbuden, dazwischen Maschendrahtzäune, hier und da Hühnerställe. Es ist dunkel genug, dass es fast schon wie in jedem anderen Arbeiterviertel Denvers aussieht. Klar, die Häuser sind etwas kleiner, aber immerhin kann man um die

Uhrzeit nicht sehen, wie sich vor lauter Abgasen aus Ölraffinerie, Tierkörperverwertungsanlage und Hundefutterfabrik die Vinylschichten von den Hauswänden schälen. Und es ist spät genug, dass so gut wie keiner mehr auf seiner Veranda hockt. Abgesehen von Leuten, die Junior gut genug kennen, um ja nichts zu tun, was so tief in der Nacht noch seine Aufmerksamkeit erregen könnte.

Als er an Jennys Schlafzimmerfenster klopft, öffnet sie es augenblicklich. Ganz so, als hätte sie darauf gewartet, dass er noch vorbeischaut. Was durchaus möglich ist. Ihr strahlendes Lächeln lässt sie zehn Jahre jünger aussehen, so weit weichen die Schatten aus ihrem ramponierten Gesicht. Und was von den Tränensäcken und Schwellungen, den Spuren langjähriger Erschöpfung sichtbar bleibt, kann ihrer Schönheit kaum etwas anhaben. Doch dann mustert sie Junior näher und ihr Lächeln verblasst so schnell wie ein Wetterleuchten.

»Komm vor zur Haustür«, sagt sie.

Als er um die Hausecke geht, sitzt sie mit zwei Flaschen Budweiser im Schoß auf der Treppe. »Will ich's überhaupt wissen?« Sie zündet sich eine Mentholzigarette an und blinzelt durch den Rauch zu ihm empor.

Er setzt sich neben sie. »Ich bin zu Henry hochgefahren.«

»Und aufm Rückweg in 'ne Rugbymannschaft gerannt?«

Er raunzt etwas, das nicht wirklich wie ein Lachen klingt.

»Du solltest besser auf dein Gesicht aufpassen«, mahnt sie ihn. »Ist so ziemlich das Einzige, was noch für dich spricht.«

»Abgesehen von dem Auge«, erwidert er.

»Dein Auge stört niemanden außer dir.«

Er zuckt mit den Schultern. »Gebrochen ist wohl nichts. Abgesehen vielleicht von ein oder zwei Zähnen.«

Eine Rauchfahne steigt von ihrer Zigarette auf. Als sie ihr in die Augen weht, wedelt sie sie mit einer Hand fort. »Nur damit du's weißt, ich kann dich nicht ficken«, sagt sie. »Ich hab meine Tage.«

Junior steht auf und geht zur Hausecke.

»Was machst du denn?«, fragt sie.

»Hast du morgen schon was vor?«, fragt Junior, während er den Reißverschluss seiner Hose öffnet.

»Nein«, erwidert sie. »Sag bloß, du pisst an mein Haus.«

Junior antwortet, indem er an ihr Haus pisst.

»Ich hab auch 'n Klo. Das ist ungefähr drei Meter weit weg.«

Junior kehrt zur Veranda zurück, bleibt diesmal jedoch stehen. »Macht's dir was aus, mich morgen früh zu 'nem Autohändler zu fahren?«

»Ich frag lieber nicht, warum, oder?«

»Lieber nicht«, stimmt er ihr zu. »Ach ja, meinen Hausschlüssel hab ich auch verloren. Ich brauch also deinen.«

»Seh ich den wieder?«

Er hält seine Hand auf.

Sie zieht ihren Schlüsselbund aus der Hosentasche, fädelt seinen Hausschlüssel ab und reicht ihn ihm. »Wenn du möchtest, kannst du noch 'ne Weile hier bleiben. Ich hab 'n Joint.«

»Ich bin betrunken«, erwidert er mit einem kleinen Schwanken.

»Das hat dich, soweit ich weiß, noch nie von was abgehalten. Willst du zumindest noch schnell nach Casey sehen?«

»Ich will sie nicht wecken.«

»Wirst du auch nicht. Sie schläft wie ich, nicht wie du.«

»Heute nicht.«

Sie senkt ihren Kopf ein wenig, um an ihrer Zigarette zu ziehen, blickt danach jedoch nicht wieder zu ihm auf. Er weiß, dass sie ihn nicht sehen lassen will, was sie von seiner Antwort hält. Und wie immer gibt sie ihm dadurch das Gefühl, überall sein zu wollen, nur nicht hier. Also macht er sich auf den Weg zum Gartentor.

»Ich mag dein Gesicht wirklich«, sagt sie seinem Rücken. »Versuch doch, ein bisschen besser drauf zu achten. Und wenn du's nur mir zuliebe tust.«

10. Whiskey

Wer auch immer für den Bau der Blockhütte verantwortlich war, hatte genug Verstand, für einen freien Blick auf das Blanca Massiv zu sorgen. Als Patterson sie damals kaufte, war das so ziemlich sein einziges Kriterium. Jetzt sitzt er auf seiner Veranda und sieht andächtig zu, wie sich vor ihm am Westhang des Mount Blanca der erste Sonnenuntergang der Saison langsam dem Ende zuneigt. Und dann steht plötzlich Henrys Truck in seiner Einfahrt. Mühsam klettert der alte Mann heraus, hält sich mit einer Hand am Türrahmen fest und fummelt mit der anderen seinen Gehstock hinter dem Fahrersitz hervor. »Sieg Heil«, ruft er und stolziert auf die Veranda zu.

»Spar dir die Scheiße«, sagt Patterson, ehe er aufsteht, Henrys Arm nimmt und ihm die schiefe Treppe hinaufhilft.

Henry hängt seinen Stock ans Geländer und lässt sich auf einen der Klappstühle fallen. »Wo ist denn dein Köter, der alte Junggeselle?«, fragt er.

»Weiß ich nicht.« Patterson wirft einen flüchtigen Blick in die Abenddämmerung hinaus. »Der hat sich hier den ganzen Tag schon nicht sehen lassen.«

»Wird wohl 'ne kleine Schlampe gefunden haben«, meint Henry.

Patterson mustert ihn.

»Hast recht«, schmunzelt Henry.

»Ich hab in meinem Scheißhaus 'ne Flasche Whiskey gefunden. Willst du 'n Glas?«

»Whiskey im Scheißhaus«, sagt Henry voller Bewunderung. »Wie viele, meinst du, hast du auf dem Gelände hier noch gebunkert?«

...

»Es ist nicht nur seine Schuld«, sagt Henry später, viel später. Vor Stunden schon haben sie der Petroleumlampe den Sprit ausgehen lassen, und inzwischen hängen die unzähligen Sterne so tief am Himmel, dass sie ihre Füße drauflegen könnten.

»Was ist nicht nur seine Schuld?«, fragt Patterson.

»Dass er mich auf den Tod nicht ausstehen kann.« Henry hält sich am Griff seines Gehstocks fest und legt sein Kinn auf seine Hände. »Ich war nicht viel zu Hause, und wenn ich's doch mal war, wär ich woanders wohl besser aufgehoben gewesen.«

»Warst du hart mit ihm?«

»Ich war ein blödes Arschloch.« Henry lehnt sich vor und schaut angestrengt in die Dunkelheit. »Da. Ich dachte, da hätte sich was bewegt.«

»Wo?«

»Bei meinem Truck.«

Patterson kneift die Augen zusammen und versucht, sich nüchtern zu starren. Dann entdeckt er es, ein herumhuschendes schwarzes Loch in der noch dunkleren Dunkelheit, so schnell und groß wie sein Hund. »Das ist Sancho.« Patterson lehnt sich auf seinem Stuhl zurück.

»Warum kommt er denn nicht rein?«, fragt Henry.

»Schämt sich.«

Henry schmunzelt. »Der hat 'ne Menge Persönlichkeit, dein Hund.«

Patterson steckt zwei Finger in den Mund und pfeift laut. Sancho hebt den Kopf. »Kann ich dir 'ne Frage stellen?«

»Ich glaub nicht, dass er kommt«, erwidert Henry.

»Sancho!«, brüllt Patterson. »Schau, dass du deinen Arsch hier hochkriegst!« In seinen eigenen Ohren klingt seine Stimme angespannt und schwach, als käme sie aus einem zerschlissenen Akkordeon. Doch der Hund macht sich trotzdem auf den Weg und schleicht mit hängendem Kopf auf die Veranda zu.

»Was war die Frage?«, fragt nun Henry.

Sancho müht sich erschöpft die Treppe hinauf und steuert auf die Klappe in der Haustür zu. Patterson packt den Köter am Genick und zieht ihn am Bein zu sich, dass er jault. »Hat er dir das Geld gegeben, um hier hochzuziehen?«

Henry bellt vor Lachen. »Ich bin doch bloß aus Cheyenne gekommen. 200 Dollar hat er mir zum Tanken gepumpt, und die hab ich ihm gleich aus meinem ersten Gehaltsscheck zurückgezahlt.«

Patterson tastet Sancho nach Verletzungen ab. Nichts außer Dreck und Kletten. Mit einer Hand krault er Sanchos Kopf, mit der anderen streichelt er ihn am Hals. Dann schmiegt er sein Gesicht an Sanchos Fell und verharrt dort. Der Hund riecht wild und glücklich. Glücklich, wild zu sein, und glücklich, heil aus der Wildnis heimgekehrt zu sein.

»Er behauptet was anderes.«

»Ach ja?«, sagt Henry. »Tja. Vielleicht glaubt er's sogar.«

11. Limonade

Die Adobe Bar ist die Hotelbar im Taos Inn, liegt also mitten im Stadtzentrum, oder besser gesagt mitten im Touristenzentrum. Die Gegend ist dem echten Taos Pueblo nachempfunden, wo die Pueblo-Indianer seit über tausend Jahren leben. Über dem Eingang hängt daher eine Thunderbird-Leuchtreklame, und an den Wochenenden treten meistens New Age Panflötenspieler auf, aber wer so was erträgt, findet dort jeden Bourbon, den er sich nur wünschen kann. Und das erschien Patterson ziemlich wichtig, als Laney vorgestern plötzlich verkündete, sie müsse mit ihm reden.

Jetzt sitzt sie bereits an einem Tisch. Sie sieht gut aus, zu gut. Mindestens zehn Jahre jünger als Patterson. Was nicht gerade eine Meisterleistung ist, aber dennoch kein erfreulicher Anblick. Sie hat abgenommen, wirkt fit, und ihr herbes irisches Gesicht hat weichere Züge angenommen, entweder aus Altersgründen oder weil sie was hat machen lassen. Wie auch immer, sie hat einige Ecken und Kanten verloren und dadurch fast den Anschein von Zartheit gewonnen.

Und dann ist da der kleine Junge an ihrer Seite, ihr neuer Sohn, Gabe. Er ist inzwischen drei und saugt mit aller Kraft den Zucker aus einem großen Glas pinkfarbener Limonade. Patterson gibt sich alle Mühe, ihm keine Löcher ins Gesicht zu starren, während Laney ihn mit Belanglosigkeiten quält.

Wie geht's dir, Patterson? Lebst du immer noch auf der Mesa, um auch ja keine anderen Menschen um dich zu haben? Säufst du dich immer noch jeden Abend dumm und dämlich? Traust du dich immer noch nicht, sesshaft zu werden und wie ein Erwachsener zu leben?

Nichts von alledem wird gesagt, zumindest nicht direkt. Es

wird lediglich angedeutet. Aber sie war ja schon immer begnadet im Andeuten.

Doch dann, kurz bevor sich Patterson entschuldigen kann, um aufs Klo zu gehen und sich mit seinem Gürtel zu erhängen, kommt sie unversehens zum Punkt. »Ich hab einen Anwalt«, verkündet sie.

Als die Worte fallen, starrt Patterson immer noch den Jungen an. Zwar bemüht er sich nach wie vor, es zu unterlassen, doch er kann seinen Blick einfach nicht abwenden.

»Du kannst gerne mit ihm reden, Patterson.« So einfühlsam klingt ihre Stimme plötzlich, dass ihm noch unbehaglicher wird, als ihm ohnehin schon war. »Sag hallo, Gabe«, ermutigt sie den Jungen. »Das ist Patterson. Patterson Wells. Erinnerst du dich vom letzten Sommer noch an ihn?«

Gabe rümpft die Nase und grinst mit gespitzten Lippen, während er weiter an seinem Strohhalm zieht. Patterson kippt sich seinen ersten doppelten Bourbon in die Kehle und dankt still dem Herrn, dass er so schlau war, gleich zwei zu bestellen.

»Er erinnert sich an dich«, sagt Laney. »An Männer erinnert er sich immer. Wahrscheinlich, weil sein Vater weg ist.«

Patterson räuspert sich, kann ihr aber keine Antwort bieten.

»Irgendwann haben sie ihn halt doch erwischt«, fährt sie fort. »Wollte Meth kochen. Stattdessen hat er seine Bude abgefackelt. Aber an Rezepte hat er sich ja nie gehalten.« Sie lächelt Patterson an. »Wir waren nie zusammen, nicht wirklich. Aber das weißt du ja.«

Patterson weiß es überhaupt nicht. Er hat Gabes Vater nie kennengelernt. Was auch immer die beiden miteinander hatten, lief, während er auf Tour war. Als die Saison vorbei war, kam er von der Arbeit zurück und sie war schwanger. Aber er nickt trotzdem, als wisse er Bescheid. Hauptsächlich, damit sie ihm die ganze Geschichte nicht noch einmal erzählt.

Laney reibt Gabes Schulter. »Gelohnt hat sich's trotzdem«, sagt sie. So wie der Junge sich seiner Limonade widmet, sollte man meinen, dass sie in zwei Sekunden weg wäre, doch der Pegel scheint kaum zu sinken.

»Du hast einen Anwalt«, souffliert Patterson. Gabe ist eines dieser Themen, das er nie lange besprechen kann.

»Ich hab einen Anwalt«, wiederholt sie. »Er hat die Krankenakte gesehen und meint, dass wir ein Verfahren einleiten könnten.«

»Ein Verfahren?«

»Ein Gerichtsverfahren, Patterson. Ein Gerichtsverfahren gegen Dr. Court. Für das, was er Justin angetan hat. Dafür, dass er ihn hat sterben lassen. Wir wären auch nicht die einzigen Kläger. Der Mann hat kein Recht auf seine Lizenz. Dem geht's ja nur darum, sich wie ein Arzt aufzuführen. Jeden damit zu beeindrucken. Dabei ist er ein Pfuscher. Justin ist zwar der Einzige, den er umgebracht hat, aber in anderen Fällen hat er auch gepfuscht. Bei anderen Kindern.«

»Du hast einen Anwalt«, wiederholt Patterson.

»Ich will dich mit in die Klage aufnehmen«, sagt sie. »Das ist es, worüber ich heute mit dir reden wollte.«

Patterson schüttelt den Kopf.

»Es würde dich doch gar nichts kosten«, drängt sie ihn. »Nur ein Blatt Papier müsstest du unterschreiben.«

Patterson schüttelt weiter den Kopf.

»Wenn ihm keiner das Handwerk legt, gibt's keinen Grund zu glauben, dass er nicht genauso weitermacht. Dass nicht auch andere Eltern das Gleiche durchmachen müssen wie wir.«

Patterson schüttelt immer noch den Kopf.

»Okay«, sagt sie. »Lass es mich so versuchen. Es steht Geld auf dem Spiel. Und zwar kein Taschengeld, sondern ein ganzer Haufen Kohle. Du bist zu alt für deine Arbeit. Warst es schon, als wir uns kennenlernten, und jetzt bist du um ganze zehn Jahre zu alt. Hast du eine Altersvorsorge?«

»Ich hab die Blockhütte«, antwortet Patterson.

»Die Blockhütte«, wiederholt sie in einem Ton, der deutlich zu verstehen gibt, wie wenig sie von einer Blockhütte als Altersvorsorge hält. Dabei fixiert sie ihn mit ihren braunen Augen und einem Lächeln, das beinahe verbergen kann, wie abschätzig es gemeint ist. »Ich werd nicht aufgeben«, sagt sie. »Ich kann stur sein. Und du kannst nicht ewig so weitermachen.«

Patterson schweigt. Inzwischen macht er sich nicht einmal mehr die Mühe, den Kopf zu schütteln. Verheiratet sein hat viele Vorteile, auch wenn Patterson nie allzu viele aufzählen konnte. Doch der größte Vorteil daran, nicht mehr verheiratet zu sein: Man muss sich nicht mehr rechtfertigen. Und manchmal erinnert sich Patterson sogar rechtzeitig daran, ehe er's doch wieder tut.

»So«, sagt sie gut gelaunt, »bist du so weit? Können wir was zu essen bestellen?«

»Ich muss zurück zu Sancho«, lügt Patterson. »Dem geht's nicht besonders.«

»Sancho«, sagt sie. »Ich vermisse Sancho.«

»Ist ein guter Hund.« Seine Stimme klingt wackelig. Patterson räuspert sich.

»Hasst er Frauen immer noch?«

»Alle außer dir«, sagt Patterson.

»Ein Hund mit Hirn«, erwidert sie. »Ich würd ihn gern wiedersehen.«

Patterson nickt und kippt seinen zweiten Bourbon runter. Dann klopft er ihr auf die Schulter und geht hinaus. Es ist wohl die grausamste Reaktion auf ihr Anliegen, zu der er fähig ist. Doch andernfalls hätte er sie an ihren sorgfältig hochgesteckten Haaren gepackt und ihr Gesicht auf den Tisch geschmettert.

12. Schach

Er brauchte zwar eine Weile, aber schließlich erholte er sich wieder. Nach ein paar Tagen, an denen er sich so gut wie gar nicht bewegt hatte, kletterte Junior in seine große Krallenfuß-Badewanne und legte sich in nahezu kochend heißes Wasser. Als seine Muskeln und Sehnen sich langsam in der Hitze entspannten, stellte er fest, dass er sich nur eine echte Verletzung zugezogen hatte: zwei gebrochene Backenzähne. Abgesehen davon hatte er lediglich einen losen Eckzahn, ein blaues Auge und eine geschwollene Nase. Und Lippen, die ohne Weiteres als Würste durchgegangen wären. Also nichts, was mit der Zeit nicht wieder heilen würde. Junior hatte Henry schon übler zugerichtet gesehen, als er von Rodeos heimgekommen war. Manchmal sogar, nachdem er gewonnen hatte. Und manchmal, wenn er nicht mal geritten war.

Tatsächlich also hatte Junior nur ein einziges ernstzunehmendes Problem: Er konnte nirgendwo einen anderen 1969er Charger auftreiben. Jenny und er hatten den ganzen Tag nach einem gesucht. Mit Casey im Schlepptau waren sie von einem Autohändler zum nächsten getingelt, und die Kleine hatte am laufenden Band Kaufempfehlungen geliefert. Der da ist pink, Papa, kauf den. Kauf den, Papa, der hat Fellwürfel. Wenn du den da kaufst, können wir campen gehen, Papa. Meine Freundin Alicia war mit ihrem Papa campen und hat sechs Fische gefangen. Am Ende hat sie zwar alle wieder freilassen müssen, aber ich wette, wenn du den da kaufst, können wir zweimal so viele fangen, und die nervt mit ihrer Angeberei.

Für Junior jedoch kam nichts anderes in Frage, als weiter zu suchen. So lange, bis sich ein Truck finden ließe, der seinem ursprünglichen bis aufs Haar glich, und schließlich fand er tatsächlich einen – einen 1972er Charger mit neuem Motor. Der einzige Haken war die Farbe: lindgrün. Nachdem er also dem Verkäufer sein Bargeld in die Hand gezählt hatte, fuhr Junior vom Schauplatz geradewegs in eine benachbarte Lackiererei, um den Wagen schwarz lackieren zu lassen.

Zwar weiß er, wie viel in seiner Branche gegen auffällige Autos spricht. Er kennt sogar Fahrer, die aus Prinzip nie was anderes fahren als Minivans oder Kombis. Nicht jedoch Junior. Der sieht schlichtweg keinen Sinn darin, Drogenschmuggler zu sein, wenn man dabei keine coole Karre fahren kann.

Natürlich stand der frisch lackierte Wagen noch keine Stunde vor der Tür, als Junior telefonisch einen Auftrag von Vicente erhielt. Wie immer war es der erste von vielen. Sechs Fahrten nach El Paso runter, und das in drei Tagen. I-25 hin und zurück, bis die endlose Fernstraße irgendwann vor den Augen verschwimmt. Keine Zeit zum Schlafen, nicht mal Zeit für eine Raststellenmahlzeit.

Jetzt wo er wieder zu Hause auf der Couch liegt und versucht, der Morgensonne mit einem vorgezogenen Mittagsschlaf zu trotzen, fühlt sich sein Kreuz an, als hätte ein kleines Tier darin ein Nest gebaut, ein Nest, aus dem es sich gerade mit aller Kraft einen Weg ans Tageslicht nagt. Was jedoch nicht heißen soll, dass Junior sich beschweren will. Erst recht nicht bei Vicente.

Vor Vicente hatte Junior nicht die geringsten Aussichten. Nach dem Tod seiner Mutter war er von einem Pflegeheim ins nächste abgeschoben worden. Henry hatte keinen Finger gerührt, um ihn zu behalten. Zugegeben, die Pflegeheime waren keine von denen, die immer wieder für Schlagzeilen sorgen. In jüngeren Jahren – und im Suff der Colfax Bars – hatte Junior zwar genau das behauptet; aber damals musste er eben irgendwas erzählen, um die ganze Scheiße zu verarbeiten, die er Henry zu verdanken hatte, und die Tatsachen entsprachen einfach nicht seiner gefühlten Wahrheit. Henry war nicht der erste Mann, der als Vater nicht viel taugte, und Junior war auch nicht der erste Junge, der in Pflegeheimen aufwuchs. Doch es war die einzige Kindheit, die Junior je gehabt hatte, und in seiner Not musste sie so einsam und gefährlich klingen, wie sie sich für ihn angefühlt hatte.

Abgesehen davon hatte ihn das Leben im Pflegesystem nicht besonders gut auf den Arbeitsmarkt vorbereitet. Und in der Schule war es ihm erst recht nicht um Bildung gegangen. Also verließ er mit 17 das letzte Heim, heuerte mit ein paar Mexikanern als Tagelöhner an, stolperte auf der Colfax Avenue von einer Bettenburg in die nächste, prügelte sich mit den Cowboys, die dort abstiegen, wenn das Rodeo in die Stadt kam, und trank sich entweder allein in seinem Zimmer oder draußen in den Parks einen Dauerrausch an.

Irgendwann traf er in einem dieser Parks Vicente. Der Mann war gerade damit beschäftigt, sich an einem Picknicktisch Schachprobleme aufzustellen, als Junior sich auf einer Bank ausbreitete, um mit Hilfe der Frühlingssonne und einer Flasche Südwein seinen Kater zu bekämpfen. Schach war das Einzige, das Henry ihm je beigebracht hatte. An all den warmen Nachmittagen, an denen er sich's nicht hatte leisten können, in einer Bar zu versacken, hatte er eine Flasche Wein in eine braune Papiertüte und seine Spielfiguren in einen Plastikbeutel gepackt und war zum St. Vrain River in Longmont gepilgert, um dort an einem Picknicktisch gegen Gott und die Welt zu spielen. Und wenn er mal nicht um Geld spielte, spielte er gegen Junior.

Henry besaß einen legeren, launenhaften Stil, den er von anderen Rodeoreitern gelernt hatte. Seine eigenwilligen Vorstöße und Rückzüge folgten seltsamen Mustern, in denen keine Taktik zu erkennen war, und er hatte Junior dieselbe Spielweise beigebracht. Dennoch benötigte Vicente in ihrem ersten Spiel bloß elf Züge, um ihn schachmatt zu setzen. Und als sie anschließend noch sechs weitere Partien spielten, gewann Vicente sie allesamt mit Leichtigkeit. Doch als sie fertig waren, stellte er Junior ein paar Fragen, und dann bot er ihm einen Job als Fahrer an. Zu der Zeit arbeitete Junior gerade auf dem Bau. Zwölf-Stunden-Schichten, in denen er unablässig Sandstein durch die Gegend kutschierte. Er nahm Vicentes Angebot auf der Stelle an.

•••

Als es plötzlich wie ein mitternächtlicher Hagelschauer an der Tür klopft, zuckt Junior so jäh aus dem Schlaf, dass er sich selbst von der Couch schmeißt, während er noch wild mit den Armen durch die Luft rudert und vergebens nach Halt sucht. »Was?«, brüllt er.

Es klopft immer noch. Junior glättet sein T-Shirt und öffnet die Tür. Es ist Jenny. In einem Hosenanzug. Das Teil ist zwar sauberer als er, hat aber auch schon bessere Tage gesehen. »Guten Morgen«, sagt sie gut gelaunt. »Ich brauch deine Hilfe.«

»So hat wohl jeder seine Bedürfnisse«, erwidert Junior. »Ich, zum Beispiel, brauch verdammt noch mal mehr Schlaf.«

»Es ist zehn Uhr vormittags.«

»Ich bin die ganze Nacht durchgefahren. War erst um sieben zu Hause.«

»Casey ist im Auto«, sagt sie. »Du musst bitte auf sie aufpassen.«

»Ich bin scheißmüde.«

»Bitte«, wiederholt sie. »Ich hab ein Vorstellungsgespräch.«

»Ein Vorstellungsgespräch? Wozu das denn?«

»Tippen. Datenerfassung.«

»Wenn du Geld brauchst, sag's mir einfach.«

»Es ist im Tech Center und meine Mutter ist krank. Dauert höchstens drei Stunden. Bitte.«

Junior drückt sich sein schlechtes Auge an die Schulter. »Also gut. Schick sie rein.«

»Danke.« Sie küsst ihn flüchtig auf die Wange und wendet sich schon ab, doch ehe sie die Verandatreppe hinunterspringen kann, hält sie noch einmal inne. »Brauchst du noch 'n paar Minuten, um sauberzumachen? Musst du noch irgendwas aufräumen?«

»Ich war nur die ganze Nacht unterwegs«, erwidert Junior. »Hier gibt's nichts Schlimmes für sie.«

Jenny steht noch immer zögernd auf der obersten Stufe. Schließlich setzt sie zu einer weiteren Bitte an, beißt sich jedoch auf die Zunge.

»Was?«, fragt Junior.

»Kannst du deine Augenklappe aufsetzen?«, bittet sie. »Sie hat sonst Angst.«

13. Gestank

Junior lebt im heruntergekommenen Wohngebiet Elyria-Swansea, eingepfercht zwischen den vielen Schrottplätzen, Autowerkstätten und abgetakelten Kneipen im Nordosten Denvers. Was die Gegend besonders auszeichnet, sind die sechs sogenannten Superfund Sites, die in einem Umkreis von zwei Meilen liegen. Sechs Gebiete, die nach US-Umweltschutzrecht als verseucht gelten, und eines davon heißt Elyria-Swansea. Wenn an heißen Nachmittagen der Gestank von Altöl und tierischen Abfällen durch die Straßen strömt, verbreitet sich hier unweigerlich das Gefühl, in Jauche zu ersticken. Einheimische nennen es den Big Stink, und Gerüchten zufolge gewöhnt man sich nach einer Weile daran. Einheimische in der dritten Generation sollen sogar behauptet haben, dass sie den Gestank gar nicht riechen. Allerdings ist von dieser dritten Generation nur noch eine Handvoll übrig.

Gegenüber dem Rest von Denver hat die Gegend jedoch durchaus auch Vorteile. Einer davon ist der Mangel an Polizeipräsenz, den Junior ausgesprochen schätzt. Es gibt sie in jeder Stadt, Gegenden, die man gänzlich der Industrie überlassen hat. Soziale Brachflächen und Katastrophengebiete, die irgendeinem übergeordneten Wohl geopfert werden. Solange man es aushält, an solchen Orten zu leben, kann man sich dort noch der seltenen Freiheit erfreuen, fast völlig in Ruhe gelassen zu werden.

Heute ist der Gestank gar nicht so schlimm, also sitzen Junior und seine Tochter auf Küchenstühlen draußen auf der Veranda. Vorhin waren sie drinnen gesessen, doch die Kleine hatte den *Zauberer von Oz* auf DVD mitgebracht, und die Tatsache, dass er keinen Fernseher besaß, hatte sie zum Weinen gebracht. Junior ist sich ziemlich sicher, dass er mal einen hatte, einen kleinen Farbfernseher, aber das Ding ist spurlos verschwunden. Wer weiß, wohin.

»Weißt du, warum sie den Löwen den Feigen Löwen nennen?«, fragt Casey. Ihre Füße reichen noch nicht mal bis zum Boden. Sie lässt sie in der Luft baumeln und knallt mit ihren schmutzigen pinkfarbenen Tennisschuhen gegen die Stuhlbeine.

Junior versucht, sich seinen Unmut nicht anmerken zu lassen. Schließlich wird sie eh nicht klein beigeben. »Weil er ein Feigling ist«, antwortet er.

»Sehr schlau«, erwidert sie, als wäre es eine dumme Antwort. Was es ja auch ist. So viel muss sich selbst Junior eingestehen. »Aber weißt du auch, warum er ein Feigling ist?«

Kein Zweifel, seine kleine Tochter wird langsam eine kleine Frau. Die einzige Antwort, die sie zufriedenstellen wird, ist die, die sie sich erwartet, und keine andere. »Ich hab keinen blassen Schimmer«, sagt Junior. Er nestelt an der Nagelhaut seines Daumens, bis er sie schließlich aufreißt und sein Nagel plötzlich blutumrandet ist. Er steckt ihn in den Mund und wartet darauf, dass sie weiterspricht.

»Weil er vor allem Angst hat«, erklärt sie.

»Das bedeutet es doch, ein Feigling zu sein«, entgegnet Junior. Er wischt sich seinen Daumen an der Jeans ab und rückt seine Augenklappe zurecht. Wie üblich schwitzt sein Auge darunter, was mit ein Grund dafür ist, dass er das verdammte Teil nicht gerne trägt.

»Eben. Meine Rede.«

Zu schlau für ihr Alter. »Wir sollten was unternehmen«, schlägt Junior vor. »Vielleicht rüber in den Park gehen.«

»Ich weiß, was wir tun sollten«, sagt sie.

Junior schlägt die Augen auf. Sie waren von selbst zugefallen. »Und zwar?«

»Vielleicht, nur vielleicht, könnten wir ja zu Funtastic Fun fahren.«

»Das glaub ich kaum.«

»Okay. War bloß vielleicht.«

»So weit kann ich im Moment nicht fahren.«

»Schon okay. Wir können stattdessen ja zu McDonald's gehen.«

Junior sieht zu ihr hinüber. Sie grinst ihn an. »Willst du 'ne Limo?«, fragt er.

»Darf ich?«

»Wenn ich's erlaube, darfst du alles.«

»Solang kein Koffein drin ist. Ich mag kein Koffein.«

»Ich schau gleich mal nach.«

In der Küche öffnet Junior den Kühlschrank und holt eine Dose Big K Orangenlimo heraus. Er lüpft seine Augenklappe, wischt sich den Schweiß aus dem Auge und liest angestrengt die Zutatenliste durch. Kein Koffein. Er stellt die Limo ab, klopft schnell ein Häuflein Kokain aus seiner Taschendose auf die Arbeitsplatte und zieht es sich ungehackt durch einen Dollarschein in die Nase. Als er sich wieder aufrichtet, hört er sie leise reden. »Ich komm bald in die erste Klasse«, sagt sie. »Deshalb. Letztes Jahr war ich noch im Kindergarten.«

Dann die Stimme eines Jungen. »Tja, ich hab die Schnauze schon voll. Mehr sag ich ja gar nicht. Scheiß drauf.«

Junior lässt das Kokain liegen und geht auf die Veranda hinaus. Der Junge muss 14 oder 15 sein. Hockt auf einem knatternden, neongrünen Pocket Bike.

»Wie wär's, wenn du aus meinem Vorgarten verschwindest und ich dich nie wieder dabei erwische, wie du mit meiner Tochter redest?«, sagt Junior zu ihm.

»Ich bin gar nicht in deinem Vorgarten«, erwidert der Junge und zieht die Lefzen hoch. »Ich bin auf dem Gehsteig, und was ich da mach, geht dich einen Scheißdreck an.«

Noch während Junior von seiner Veranda steigt, greift seine Hand eigenmächtig nach der Glock, die hinten in seinem Hosenbund steckt. Er denkt noch nicht mal darüber nach. Der Junge lässt jedoch sein Mini-Motorrad aufheulen, rast auf dem Gehsteig davon und springt über den Randstein auf die Straße, wo er Junior zum Abschied über die Schulter zuwinkt. Mit dem Mittelfinger. »Arschficker«, murmelt Junior. Er geht die Treppe wieder hinauf, öffnet die Limodose und reicht sie seiner Tochter.

»Der hat 'n paar böse Worte gesagt«, stellt Casey fest.

»Ich brauch 'n Zaun.« Junior setzt sich wieder.

»Du hast doch hinterm Haus 'n Zaun.«

»Hinterm Haus kann man nirgends sitzen.«

Sie hält ihre Limo in beiden Händen und trinkt einen Schluck. Als sie die Dose wieder absetzt, sind ihre Lippen nass und orange. »Kann ich dich was fragen?«

»Sicher.«

»Was bedeutet das Wort?«

»Welches Wort?«

»Das, das du gerade gesagt hast.« Sie beobachtet ihn aufmerksam. Er hat keine Ahnung, woher sie ihre blauen Augen hat, doch sie sind so blau wie die Blauen Seen am Fuße des Mount Blanca, und fast ebenso groß. »Arschfinger.«

Junior hustet in seine Faust. Dann lüpft er erneut seine Augenklappe und wischt sich mit seinem Taschentuch das Auge. »Sag das nicht.«

»Was bedeutet es denn?«

»Es bedeutet gar nichts. Das sagen Leute halt so, wenn sie sauer sind. Aber du nicht.«

»Also ist es ein böses Wort?«

»Ja, es ist ein böses Wort.«

»Ich weiß, dass Arsch ein böses Wort ist. Arschfinger hab ich noch nie gehört.«

»Halt die Klappe«, sagt Junior, kann sich ein Grinsen aber nicht verkneifen. »Deine Mutter wird mich umbringen.«

»Das ist auch ein böses Wort«, sagt sie. »Halt die Klappe.«

14. Mustererkennung

Später – nachdem Jenny ihre Tochter wieder abgeholt hat – nimmt Junior sein Schachbrett und macht sich auf den Weg zu Vicente, um eine Partie in seiner Garage zu spielen. Das Gebäude ist eine dieser verwahrlosten Backstein-Lagerhallen, die den ganzen Norden Denvers verunstalten und nur darauf warten, entweder gleich niedergebrannt oder vorher noch schnell von irgendwelchen dahergelaufenen Neonazis in Drogenlabore umfunktioniert zu werden. Es steht hundert Meter von der Straße zurückgesetzt in einem Feld von hohem Gras und Gestrüpp. Eher ein Stützpunkt als ein Zuhause, abgeschirmt von einem Maschendrahtzaun und einer Barrikade aus gebrauchten Reifen und verrosteten Autos.

Vicente kaufte es, kurz nachdem er mit seiner Frau und ihrem Bruder aus El Salvador eingewandert war. Ursprünglich hatte er geplant, eine Karosseriewerkstatt zu eröffnen, doch schon als sie den alten Schrott aus der Garage zerrten, konnte er den Plan gleich wieder begraben. Sie kratzte sich an einem Bolzen und starb an Tetanus. Das ist aber auch alles, was Junior über die Geschichte weiß. Das und die Tatsache, dass Vicente sich der Ironie nur allzu bewusst ist, die Todeskommandos von El Salvador überlebt zu haben, nur um seine Frau an einen rostigen Nagel zu verlieren.

Hinter ihnen arbeitet der Bruder seiner Frau, Eduardo, unter der Kühlerhaube von Vicentes Lexus RXH. Sein Rücken ist fast so breit wie das Chassis und die gewaltige Tätowierung darauf fast so schwarz wie die Schatten, mit denen sie im heißen Licht der Garagenlampe verschmilzt. Vicente hat die eine oder andere Bemerkung darüber gemacht, wie sehr Eduardo seiner verstorbenen Frau ähnelt. Junior ist so freundlich, sich nicht auszumalen, was das für die arme Frau bedeutet haben muss.

»Soll das dein Zug sein?«, fragt Vicente.

Junior nimmt die Hand von seinem Läufer. »Das ist er.«

»Gibt schlechtere Züge«, meint Vicente.

»Ich weiß.«

»Gibt aber auch bessere.«

»Dachte ich mir fast.« Junior ist vor Erschöpfung wie betäubt. Geistesabwesend zählt er die Stunden bis zur Dämmerung und wartet darauf, dass sich das Koks in seinem Hirn abbaut. Der Schachpartie kann er kaum folgen. Verlässt sich einzig auf seine Intuition, um Muster zu erkennen, die er bewusst gar nicht wahrnimmt.

Vicente setzt seine runde Brille ab, haucht die Gläser an und putzt sie mit seinem T-Shirt. Seine kleinen Augen blinzeln unruhig. »Ich bin am Überlegen, ob ich wieder auf Kokain umsteige«, sagt er.

»Lohnt sich nicht mehr«, meint Junior. »Hast du mir selber gesagt.«

»Lohnt sich sehr wohl noch. Nur nicht mehr so sehr. Gibt ja nicht so viele Leute, die sich bei dieser Wirtschaftslage noch Kokain leisten können. Crystal Meth ist jetzt die Volksdroge.«

»Warum dann wieder auf Koks umsteigen?«

»Ich mag diese Meth-Dealer nicht. Ich trau ihnen nicht. Die denken nicht wie Kokain-Kartelle. Denen geht es nicht um die Droge, sondern um eine Bewegung. Die bauen Schulen und Straßen.«

»Ist mir scheißegal, was ich transportiere«, entgegnet Junior.

»Könntest du mit dem Koksen aufhören?«, fragt Vicente.

»Muss ich etwa damit aufhören, nur um's auszufahren?«

»Ist ein bewährtes Prinzip.«

»Du meinst, werd niemals high von deinem eigenen Zeug?«

»Genau.« Vicente nickt. »Wie in dem Film. Ein bewährtes Prinzip.«

»Das ist ein Film«, sagt Junior. »Ein Hollywood-Streifen mit Al Pacino. Wen kümmert's denn, was Al Pacino verzapft?«

Vicente lässt sich die Frage eine Weile durch den Kopf gehen. Dann nickt er erneut. »Wohl wahr. Aber es scheint trotzdem ein bewährtes Prinzip zu sein.«

Eduardo kommt von hinten auf Vicente zu und legt ihm eine seiner Pranken auf die Schulter. Er hat einen langen Pferdeschwanz, der trotz seines beträchtlichen Alters pechschwarz ist. »Hast du schon gezogen?«

»Hab ich«, antwortet Junior.

»Mit deinem Pferd hättest du ihn erledigen können. Mit einem einzigen Zug.«

»Hab ich auch gesehen.«

»Wann hast du das gesehen?«

»Gleich nach meinem Zug.«

Eduardo lacht laut auf. »Ich muss 'n paar Ersatzteile besorgen«, sagt er zu Vicente und nickt dabei in Richtung des Lexus. »Bin in einer Stunde zurück.«

»Essen«, erwidert Vicente. »Bring was zu essen mit. Chinesisch.«

Eduardo nickt und überlässt sie wieder ihrem Spiel.

»Was hast du eigentlich gegen Leute, die Straßen bauen?«, fragt Junior. »Oder Schulen? Was ist denn an Schulen bitte schlecht?«

Vicentes Blick ist auf das Brett gerichtet. »Ich traue Bewegungen nicht. Die kann ich schon gar nicht mehr riechen. Es gibt nur noch ein Kartell für Methamphetamine, und das ist eine Glaubensgemeinschaft. Die haben überall Bibeln dabei, Bibeln voller selbst erfundener Weisheiten.«

»Was für Weisheiten?«

»Der Mensch muss sein Herz zurückgewinnen. Unsere Verletzungen sind so tief, dass wir unser Herz nicht mehr wollen. Man hat uns unseren Mut geraubt, unsere Schaffenskraft zerstört, unsere Vereinigung mit Gott unmöglich gemacht. Wir leben in einer Liebesgeschichte, und um uns herum tobt ein Krieg. Solches Zeug. Dummes Geschwafel.«

»Glaubst du nicht an Gott?«, fragt Junior.

»Natürlich nicht«, erwidert Vicente.

»Okay.«

»Du schon?«

»Ja. Keine Ahnung. Ja, doch.«

»Wenn du drüber nachdenkst, meinst du.«

»Ja. Wenn ich drüber nachdenke.«

»Dann glaubst du nicht an Gott.«

Junior zuckt mit den Schultern. »Okay.«

Vicente zieht mit einem Bauern. »Wie geht's deiner Tochter?«

»Bei der ist alles okay.«

»Okay, alles okay«, wiederholt Vicente. »Bei dir ist immer alles okay.«

»Ja, genau.«

Vicentes Handy klingelt. Er zieht es aus seiner Tasche, betrachtet es, öffnet es und hält es sich ans Ohr. Er sagt kein Wort, und nach einer Minute klappt er es wieder zu.

»Kannst du eine Lieferung machen?«

Junior sieht ihn an.

•••

Junior hatte nicht vor, in Walsenburg von der I-25 abzufahren. Mittlerweile schnupft er sein Koks jedoch direkt aus der

Dose und trinkt seinen Tankstellenkaffee mit einem kräftigen Schuss Bourbon. Wach bleiben um jeden Preis. Er weiß, dass er die Fahrt nicht noch verlängern, geschweige denn einen Abstecher ins San Luis Valley machen sollte. Doch wenn du lange genug nicht schläfst und nur noch von Kokain und Adrenalin angetrieben wirst, dann machen deine Hände so einiges auf eigene Faust.

Justin

Ich musste immer noch zu Walmart. Wenn ich mitgedacht hätte, wäre ich nach dem Treffen mit deiner Mutter in Taos kurz dort vorbeigefahren. Noch mehr Leute war jedoch das Letzte, was ich zu dem Zeitpunkt wollte, und heute Morgen hatte ich dafür auch keinen Nerv. Wenn ich in die Stadt muss, ist mir jede Ablenkung recht. Also habe ich stattdessen den Truck gepackt und bin zum Stausee hinuntergefahren.

Es war noch eine gute Weile bis Sonnenaufgang, aber meinen ersten Schluck Evan Williams hab ich schon genommen, als ich ins Kanu kletterte, den zweiten beim Warten, bis sich Sancho mit Ach und Krach an Bord hievte, und den dritten, während ich einem Schwarm Uferschwalben zusah, wie sie zwitschernd übers Wasser davonflatterten, um unserem Geplansche zu entfliehen.

Es gibt sie rings um den Stausee, diese kleinen Flecken, die man ohne Kanu nur schwer erreicht. Auf einen davon paddelte ich nun zu. Die Lichter der Hütte und des Bootshauses am Fuß der Mesa musste ich im Rücken behalten, und so war es in der frühmorgendlichen Dunkelheit unmöglich zu beurteilen, ob oder wie schnell wir dort ankommen würden. Das Kanu glitt jedoch flink übers Wasser, als wolle es unter uns wegrutschen. Ich hatte keine Ahnung, dass wir bereits am anderen Ufer waren, bis wir mit einem jähen Ruck und einem lauten Knirschen auf Grund liefen.

Ich hatte es aber richtig berechnet. Vor uns ragte der Baumstumpf aus dem Boden wie ein halbversunkener Körper, der krampfhaft versucht, sich seiner eigenen Beerdigung zu entziehen. Wieder einmal war er von frischen Hufabdrücken übersät, und wieder einmal war ich überrascht, dass noch Salz drauf war, so selten, wie ich nachstreue. Ich zog die zwei Fünfzigpfundsäcke Mineralsalz aus dem Kanu und leerte sie über dem zertrampelten Baumstumpf aus. Dann hockte ich mich auf den Boden und nahm noch einen Schluck Whiskey. Sancho, triefnass vom Ein- und Aussteigen, schmiegte sich zitternd an mein Bein.

In der Regel erlege ich pro Jahr mindestens ein Reh. Manchmal kaufe ich den ganzen Sommer über kein Fleisch. Henry bewahrt es mir in der Kühltruhe in seiner Blockhütte auf, und als Entschädigung lasse ich ihn so viel davon essen, wie er will. Als ich den alten, verrotteten, von Rehhufen halb zerstörten Baumstumpf so betrachtete, brach langsam der Tag an. Wie ein Morgenmantel legte sich die Sonne über die alten Kerben und Knorren, bis das Holz frisch und hell glänzte. Ich trank aus der Flasche Evan Williams und sah einfach nur zu. Jenseits des Stumpfs schimmerte der Stausee, als tauche die Morgensonne hier zum allerersten Mal in solch tiefes, tintenschwarzes Wasser. Ich nippte abermals an der Flasche. Es war ein selten schöner Morgen, und es liegt nun einmal in der Natur des Menschen, dieses Bedürfnis, Schönheit möglichst noch zu verschönern.

Außerdem war ich noch immer nicht über die Arbeitssaison hinweg. Es gab eine Zeit, da reichten ein, zwei Nächte Schlaf, und schon war ich wieder einsatzfähig, doch heutzutage dauert es ein paar Wochen, bis sich all die angerissenen Muskeln und überspannten Sehnen erholen. Das staut sich über die Jahre hinweg alles an, was mein Beruf mit dem Körper anrichtet. Bin mal gespannt, ob ich mich in zehn Jahren überhaupt noch rühren kann. Und Avrilla, die sparen sich Krankenversicherungen und derlei Annehmlichkeiten komplett. Einen Arzt bekommst du da nie zu Gesicht, außer vielleicht wenn dir eine Kettensäge ausrutscht und deine Hand wieder angenäht werden muss. Aber Trinken hilft. Also versuche ich, mir keine Gedanken darüber zu machen, wie viel ich trinke, und warte einfach, bis das Schlimmste vergeht.

Beim Mittagessen lag Sancho zusammengerollt zu meinen Füßen und fraß mir Dörrfleisch aus der Hand. Genau das hatte ich nötig, einfach so dazusitzen, und deine Mutter lauerte weder im Gebüsch noch in meinem Gehirn.

Nur du warst da. Du bist immer da. Und für mindestens eine Minute oder zwei war deine Mutter, Gott sei Dank, komplett aus meinem Leben verschwunden.

15. Schorf

Mit einer Ladefläche voller Einkäufe macht sich Patterson auf den langen Rückweg vom Walmart in Alamosa. Nachdem er heute Morgen den Baumstumpf eingesalzen hatte, fielen ihm keine Ausflüchte mehr ein, um seine Fahrt in die Stadt weiter aufzuschieben. Also fährt er nun an Seitenstraßen vorbei, die zu trostlosen kleinen Wohnwagensiedlungen führen, über ein Viehgitter hinaus auf die Prärie und quer durch Herden umherstreifender Mastrinder, die zwischen den Dornen- und Salbeisträuchern so fehl am Platz wirken wie Wasserbüffel. Rauchend beobachtet er, wie eine Wolkenbank am grauen Himmel aufzieht, während am westlichen Talrand lange Regenschleier auf die Erde herabfegen. Über ihm wird es immer dunkler.

Etwa zwei Meilen außerhalb von San Luis taucht am Straßenrand wie aus dem Nichts das verlassene, qualmende Quad Bike mit dem Wild-Mesa-Mustang-Logo auf. Als Patterson seinen Wagen dahinter parkt und zurückläuft, kreuzt auch noch Emma in ihrem Wild-Mesa-Mustang-Truck auf. »Ist er hier?«, fragt sie und rennt auf Patterson zu.

»Soweit ich sehen kann, nein.«

»Bist du aus San Luis oder von der Mesa gekommen?«

»Aus Alamosa, über San Luis.«

Ihre Gesichtszüge entgleisen. »Dann muss er schon in der Stadt gewesen sein.«

»Was ist denn los?«

Sie reicht Patterson ein Blatt Papier. Was aussieht wie kindliches Gekritzel, ist Henrys Handschrift. Die Nachricht lautet: »Bin nach San Luis zum Bierholen. Fang ohne mich mit der Arbeit an.« Patterson lacht ein Mal laut auf, faltet den Zettel wieder zusammen und gibt ihn ihr zurück.

»Was gibt's denn da zu lachen?«, faucht sie.

»Dass er dir eine Nachricht hinterlassen hat«, erwidert Patterson. »Dass er nicht einfach Bier holen geht, sondern dir Bescheid geben musste, was er vorhatte.«

»Du weißt doch, wie er drauf ist, wenn er trinkt. Er soll überhaupt nicht Bier holen gehen.«

»Spring in meinen Truck«, sagt Patterson. »Gemeinsam werden wir 'nem Krüppel wohl noch ein Budweiser aus der Hand reißen können.«

Sie wirft ihm einen giftigen Blick zu, öffnet jedoch die Tür.

•••

Eine Meile weiter finden sie ihn. Mit seinem Stock in der Hand, einem Zwölferpack Bier unterm Arm und einer Schicht Straßenstaub auf den abgewetzten Cowboystiefeln marschiert er in Richtung Mesa. Patterson bedeutet Emma, ihr Fenster herunterzukurbeln. »Willst du mitfahren?«, fragt er.

Henry vergräbt den Kopf zwischen den Schultern und legt einen Gang zu.

Patterson tippt aufs Gaspedal und hält weiter mit ihm Schritt.

»Steig doch in den Truck. Dann kannst du auch eine rauchen«, bittet ihn Emma.

»Ich kann auch im Gehen rauchen«, sagt Henry.

Emma will schon etwas erwidern, da legt Patterson einen Finger an die Lippen und zwinkert ihr zu. »Deine Entscheidung«, meint er und rollt gemächlich neben Henry her.

Nach ungefähr hundert Metern bleibt er endlich stehen. »Verdammt noch mal.«

Patterson bremst. »Du kannst ruhig weitergehen. Ich hab alle Zeit der Welt.«

»Verdammt noch mal«, sagt Henry erneut. Der aufziehende Sturm bläst Sand durch sein zerzaustes Haar, und ein leichter Regen sprenkelt allmählich die schmutzige Straße.

Emma steigt aus und geht auf ihn zu. »Lass mich dir helfen.«

Er dreht sich zu ihr um. Seine rechte Gesichtshälfte ist eine einzige Blutkruste, stumpf und schwarz.

Emma bleibt so schnell stehen, dass sie auf ihren Schuhsohlen ins Schlittern gerät. »Henry!«, sagt sie und weicht einen Schritt vor ihm zurück.

»Emma!«, äfft er sie nach.

Emma schluckt. Und statt auszusprechen, was ihr eben noch auf der Zunge lag, nimmt sie ihn am Arm und hilft ihm in den Truck. Über ihren Köpfen wölben sich schwere Wolken, doch in der Ferne schneidet plötzlich die Sonne durch diese dunkle Decke wie eine Guillotine aus Licht. Dann hämmert sintflutartig ein Platzregen auf sie herab.

•••

Sie fahren Henry zurück zu seiner Wohnscheune, wo sie sich oben unterm Dach an eine Kiste voller Zaumzeug setzen, die er als Tisch benutzt, und aus dem Fenster schauen. Draußen dämmert es und der Regen hat sich genauso schnell wieder gelegt, wie er ausbrach. Die Lichter der Bootshäuser spicken die Ufer des Stausees. In Pattersons Hütte lebt es sich wie auf einem verlassenen Mondkrater. Doch von Henrys Dachboden aus wirkt die Mesa tatsächlich wie der Urlaubsort, für den sie sich ausgibt.

»Na?«, fragt Patterson. Er sehnt sich nach einer Zigarette, zündet sich jedoch keine an, um erst noch den Geruch von Kienspänen und Alfalfa zu genießen.

»Na?«, erwidert Henry spöttisch. Er hebt seine Bierdose und leert sie in einem Zug. Er sieht aus, als wäre er mit einem Zaunpfosten verdroschen worden. Eine Gesichtshälfte ist vor lauter geronnenem Blut kaum mehr zu sehen, und den Wangenknochen ziert ein merkwürdiger gelber Schorf, als wäre ein Hautstreifen mit einer Käsereibe entfernt worden. Und doch scheint er die Aufmerksamkeit zu genießen, denn um seine Augen herum vertiefen sich die Lachfalten.

»Also gut«, sagt Patterson. »Gibt's irgendeinen Grund, warum ich nicht nach Denver fahren sollte, um ihm den Arsch aufzureißen?«

Emma schrickt in ihrem Sessel auf. »Wem willst du denn

den Arsch aufreißen?« Sie wendet sich an Henry. »Soll das etwa heißen, du bist gar nicht vom Quad Bike gefallen?«

Trotz Blut und Schorf grinst Henry nun. Bei jedem anderen würde es grotesk aussehen, doch bei ihm wirkt es doch tatsächlich ein bisschen verwegen. »Weißt du, was er beruflich macht?«, fragt er Patterson. »Mein Junge?«

»Ich kann's mir denken«, antwortet Patterson.

Emmas Blick wandert von Patterson zu Henry und wieder zurück. Ihren Mund bekommt sie überhaupt nicht mehr zu. »Das war dein Sohn?«

Henry sieht aus dem Fenster, als gelinge es ihm nur mit Mühe, seine Gefühle im Zaum zu halten. Er präsentiert ihnen sein Profil.

»Warum hast du ihn denn nicht davon abgehalten?«, fragt Emma.

Sein Unterkiefer zuckt wie ausgerenkt hin und her. Als versuche er, ihn unauffällig wieder einzurenken. »Ich schulde ihm Geld.«

»Du schuldest ihm Geld«, wiederholt sie.

Henry trinkt und wischt sich Bier aus dem Schnauzbart. »Danke fürs Heimfahren«, sagt er.

»Aber jetzt willst du, dass wir dich in Ruhe lassen«, vermutet Emma. »Tja, ich lass dich aber nicht in Ruhe. Ich werd doch wohl nicht zu meinem Wohnwagen zurückfahren und dich in diesem Zustand allein lassen.« Sie verschränkt erst die Arme, dann steckt sie sich ihre Faust in den Mund und starrt ebenfalls aus dem Fenster.

Patterson steht auf. »Wir sehen morgen wieder nach dir«, sagt er. »Komm schon, Emma.«

16. Schulden

Junior ist draußen in seinem Hinterhof, schneidet Kiefernlatten mit einer Kreissäge zurecht. Als Helfer beim Bau seiner Holzveranda hat er zwei Prolls angeheuert, Alkis, und die Entscheidung bereut er jetzt schon. Das Grundgerüst ist alles andere als gerade. Alki Nummer eins, Daryl, verziert gerade die Bodenbretter mit Pilotlöchern, von denen die meisten entweder schief sind oder komplett an den darunter liegenden Traghölzern vorbeilaufen. Währenddessen schießt hinter ihm Alki Nummer zwei, Steve, die Köpfe seiner Holzschrauben einen halben Zentimeter tief in das behandelte Kiefernholz. Die Soße quillt also nur so aus den Löchern.

Dann spaltet sich eines der Bretter. »Verdammt noch mal«, flucht Daryl. »Verdammt. Noch. Mal.« Er wirft so empört seine Hände in die Luft, dass er seine Baseballkappe zur Seite fegt. »Jetzt reicht's mir aber endgültig. Zeit für 'ne Mittagspause.«

Junior lässt seine Kreissäge verstummen. »Es ist noch nicht mal elf.«

»Scheiß drauf.« Daryl rückt sich seine Kappe zurecht. »Außerdem, wenn's jetzt schon elf ist, dann ackern wir ja schon seit über 'ner Stunde. Ich brauch also auf jeden Fall 'ne Pause.«

»Ihr macht doch die ganze Zeit schon nichts anderes als Pausen. Alle zehn Minuten gönnt ihr zwei euch 'n Bier und 'ne Kippe.«

»Schwachsinn.« Daryl gräbt ein Bier aus seiner Kühlbox. »Dann halt nur 'n Bier und 'ne Kippe.« Er setzt sich auf die Kante des Holzgestells.

Steve blickt von seinem Bohrer auf. »Machen wir 'ne Pause?«

»Na klar.« Daryl fischt sich seine Zigaretten aus der Brusttasche. »Scheiß auf diesen Sklaventreiber. Wir sind doch keine Nigger. Wir machen jetzt ’ne gottverdammte Zigarettenpause.«

Junior spuckt auf den schmutzigen Boden und geht neben dem Sägebock in die Hocke. »Im eigenen Schweiß werdet ihr zwei nie ertrinken, was?«

Daryl hebt sein Hemd und wischt sich sein Gesicht ab. Seine haarlose Wampe sieht aus wie eine Albinowassermelone mit lila Schwangerschaftsstreifen. »Fick dich.«

»Fick mich?«

»Ganz genau.«

»Lasst uns mit der Scheiße gar nicht erst anfangen«, sagt Steve.

Junior zieht wie in Zeitlupe sein Taschentuch heraus und betupft damit sein schlechtes Auge. »Fick mich?«, fragt er erneut.

»Bist du schwerhörig?«, erwidert Daryl. »Du behandelst uns wie ’n paar Nigger. Mit uns kannst du aber nicht umgehen, wie’s dir grade passt. Also ja, fick dich.«

Junior stopft sich sein Taschentuch in die Tasche zurück und will gerade antworten, da knallt auf der Straße eine Trucktür zu. Er blickt hinüber. »Ich werd nicht mehr«, staunt er.

»Wer is ’n das?«, fragt Steve.

Junior tritt durch sein Gartentor auf den Gehsteig hinaus. An der Tür des Trucks lehnt Patterson Wells. Den linken Daumen hat er in seinen Gürtel gehakt, die rechte Hand hinter seine Hüfte geschoben, gleich neben den Griff seiner kaum verdeckten 45er. Kompakt und sonnenverbrannt steht er da, mit seiner speckigen Avrilla-Baseballkappe, zu der er mittlerweile einen ein bis zwei Wochen alten Stoppelbart trägt. Er sieht älter aus, als Junior ihn in Erinnerung hat. 45 vielleicht, und spurlos sind die Jahre nicht gerade an ihm vorübergegangen. Einer von denen, die ständig übermüdet sind und zum Großteil in ihrer eigenen Welt leben.

Junior bleibt ein paar Meter vor ihm stehen. Patterson zieht seinen Daumen aus dem Gürtel und nimmt ein Geldbündel aus der Hosentasche. Wortlos schmeißt er es in den Dreck vor Juniors Füßen.

»Was ist das denn?«, fragt Junior ohne hinzusehen.

»Das ist das Geld, das Henry dir schuldet«, antwortet Patterson. »200 Dollar.«

»Henrys Schulden werden nicht von dir beglichen.«

»Die hier schon«, sagt Patterson. »Ich will dich da unten nicht mehr sehen.«

»Wie wär's, wenn du die Pistole aufn Boden wirfst? Dann können wir drüber reden«, schlägt Junior vor. »Gleich hier an Ort und Stelle.«

»Ich will keinen Ärger.«

»Natürlich willst du keinen Ärger. Jetzt hol die Pistole raus und schmeiß sie da hin«, sagt Junior. »Dann reden wir über meinen Alten.«

»Ich bin nicht gekommen, um zu kämpfen.«

»Das kannst du laut sagen. Du bist hundertpro nicht hier, um zu kämpfen.« Junior leckt sich die Lippen. »Du hast ja auch von nix 'ne Ahnung. Du checkst noch nicht mal, wer der alte Mann wirklich ist. Herrgott, egal was ich dem auch antue, der verdient alles und noch mehr.«

»Genau so sieht er's auch«, erwidert Patterson. »Ich bin trotzdem so frei und hab meine eigene Meinung.«

»Schwachsinn. Der Kerl is 'n alter Wichser. Wenn ich dem auch bloß 'ne halbe Gelegenheit bieten würde, würd er mir mitten ins Gesicht schießen. Du meinst wohl, dass er sich verändert hat, nur weil er's Saufen aufgegeben hat. Tja, Fehlanzeige.«

»Mein lieber Mann«, kichert Daryl hinter Junior. »So redest du über deinen eigenen Daddy, Junior?« Der Gedanke allein scheint ihm ein Kopfschütteln wert zu sein. Zwischen seiner Zigarette und seiner Unterlippe weht dabei ein Speichelfaden in der leichten Brise.

Junior wendet sich halbwegs um, bückt sich und klaubt eine Handvoll Steine vom Boden auf. »Zurück an die Arbeit«, mahnt er Daryl.

»Die Kippe is gleich geraucht«, entgegnet Daryl. »Und ich hab dir schon mal gesagt, dass du mich nich wie 'n Nigger behandeln sollst.«

Aus dem Handgelenk heraus schleudert Junior einen Stein, der ihn knapp über dem linken Auge trifft.

Daryl springt auf. »Scheiße, verdammt, was soll das?« In seinem anschwellenden Gesicht macht sich die Arroganz des Alkis breit. Der zweite Stein erwischt ihn am Nasenbein. Er stemmt die Hände in die Hüften und beäugt Junior.

»Zurück an die Arbeit.« Junior lässt die übrigen Steine fallen.

»Fick dich!«

Junior versetzt ihm kurzerhand einen linken Haken an die Schläfe. Daryl springt zurück, um der darauf folgenden Rechten auszuweichen, verdreht sich dabei jedoch mit einem Knacken den Knöchel. Sein Bein knickt unter ihm zusammen und er fällt rückwärts auf den Arsch. »Du Hurensohn.« Noch während er sich seinen Knöchel in den Schoß zieht, tränen ihm bereits die Augen.

Junior tritt ihm in den Oberschenkel. »Du bist gefeuert, du armseliger kleiner Wichser.«

»Und du bist 'n Arschloch«, sagt Steve. Sorgfältig sammelt

er sein Werkzeug auf und legt es in einen billigen Plastikwerkzeugkasten.

»Mach dich gefälligst wieder an die Arbeit«, sagt Junior.

»Ich mach mich überhaupt nicht mehr an die Arbeit«, erwidert Steve. »Das war's.«

»Dann war's das auch mit der Bezahlung.«

»Ja, ja. Ich scheiß auf dich und deine Bezahlung.« Er bückt sich zu Daryl hinunter, packt ihn am Ellbogen und hilft ihm auf. »Wie man mit Leuten umgeht, musst du erst noch lernen«, sagt er zu Junior. Gemeinsam humpeln sie vom Hof.

Junior steht da, starrt zu Boden und lässt langsam das Adrenalin abfließen. Es dauert eine Weile.

»Du gehst ganz schön hart mit deinen Freunden um«, sagt Patterson.

Junior blickt zu ihm hinüber, als merke er jetzt erst, dass Patterson ja auch da ist. Sein Zorn ist inzwischen völlig verraucht. »Willst du dir 'n bisschen was verdienen?«, fragt er.

17. Scope-Lock

Es war Neugier, die Patterson dazu bewegte, Juniors Angebot anzunehmen. Als Patterson Henrys Namen erwähnt hatte, war etwas Hartes in Juniors Blick getreten. Und plötzlich hatte es ausgesehen, als fiele Stein von einer Skulptur ab, so hatte er sich entblößt. Patterson wollte mehr sehen. Er blieb nicht etwa, um Juniors Geschichte zu hören. Er ist erfahren genug, um Geschichten zu misstrauen. Er blieb, um Juniors Wesen zu erkunden. Um zu sehen, was er von Henry in Juniors Körpersprache wiederfinden kann.

Also arbeiten sie schweigend Seite an Seite. Zwar hat keiner von beiden auch nur den blassesten Schimmer von Schreinerei, doch die kleine Veranda geht ihnen trotzdem ganz gut von der Hand. Und als sie die letzte Schraube versenken, zieht Junior 200 Dollar aus der Tasche – dieselben 200 Dollar, die Patterson ihm am Morgen vor die Füße geschmissen hat – und reicht sie ihm.

»Wie hast du mich gefunden?«, fragt er.

»Das sag ich dir nicht«, erwidert Patterson. Dabei ist die Antwort ganz einfach. Er bat Emma darum, Henrys Dachgeschoss zu durchsuchen, als der alte Mann damit beschäftigt war, sich draußen seine verkaterte Seele aus dem Leib zu kotzen. Wie erwartet stand Juniors Adresse auf einem Notizblock neben Henrys Telefon.

»Ist auch egal«, meint Junior. »Ich geh mich jetzt waschen und dann ein Bier trinken. Wenn du Bock hast mitzugehen, spendier ich dir eins.«

• • •

Also gehen sie die Straße hinauf zu einer kleinen mexikanischen Bar, einem allein stehenden Backsteingebäude neben einem Schrottplatz. Innen besteht die Kneipe aus einem langen Raum mit ein paar ungemütlichen Sitzecken. Am Ende des abgenutzten Holztresens steht eine Waschmaschine mit einem Post-It-Aufkleber an der Tür, auf dem »57 Dollar« zu lesen ist. Viele andere Gäste haben sich nicht in den Laden verirrt. Ein Paar dunkelhäutiger Mädchen, genau die Art Frau, mit der Patterson schon längst nichts mehr anfangen kann. Schlanke Linien und Augen voller Langeweile angesichts dessen, was Denver ihnen bisher zu bieten hatte. Die beiden sind mit zwei jungen Männern in ärmellosen Unterhemden, kurzen Khakihosen und Tennisschuhen hier, doch die Jungs unterhalten sich offenbar lieber mit dem Barmann, und zwar auf Spanisch. Der Barmann selbst ist älter und wuchtiger, wahrscheinlich in Juniors Alter. Mit seinem Westernhemd, den schwarzen Krokodillederstiefeln und dem kleinen Glas Tequila vor sich wirkt er geradezu verkleidet.

Junior lässt sich in die erste Sitzecke fallen und fummelt eine Zigarette aus seiner Packung. »Wo kommst du eigentlich her, Patterson?«

»Von hier«, antwortet Patterson und setzt sich auf die gegenüberliegende Sitzbank, die vor Protest erst einmal laut quietscht und wackelt.

»Aus dem Norden Denvers?«

»Aus Denver. East Colfax.«

»Rauchst du?«

Patterson holt seine eigenen Zigaretten heraus und hält sie hoch.

»Gut so.« Junior deutet mit seiner Kippe auf Patterson. »Weißt du über das Massaker am Sand Creek Bescheid?«

»Hab davon gelesen.«

»Wusstest du, dass Chivington und seine Jungs danach die Fotzen von indianischen Frauen über ihre Pferdesättel spannten und an ihre Hüte hefteten, die Herzen von deren Kindern und sogar Fötusse auf Stöcke spießten und so durch Denver ritten?«

»Auch davon hab ich gelesen«, erwidert Patterson.

»Ein Freund hat mir das erzählt«, fährt Junior fort. »Vicente. Der liest nur so ’n Scheiß.« Er steckt sich seine Zigarette an. »Die Einwohner Denvers sollen ’ne Parade für sie abgehalten haben, wusstest du das auch?«

»Ja«, sagt Patterson.

Junior nickt. »Das ist es aber gar nicht, was mich so ankotzt. Die Fotzen auf Stöcken und die Straßenfeier, das ist noch nicht mal das Schlimmste.«

»Mir reicht auch das schon.«

»Was mich richtig ankotzt, ist, dass du heutzutage in 'ner Bar nicht mal mehr 'ne Scheißzigarette rauchen kannst. Damals haben sie mit 'ner Fotze aufm Stock durch die Straßen spazieren können, und heute wirst du wie ein Pädophiler behandelt, wenn du 'ne Kippe rauchst.« Angewidert schnaubt er auf.

Patterson weist ihn nicht darauf hin, dass sie gerade in einer Bar sitzen und unbehelligt rauchen. Stattdessen sieht er zu den Mädchen hinüber – er kann dann doch nicht anders – und ertappt sie dabei, wie sie auch zu ihm herübersehen. Oder zumindest zu Junior. Und er kann es ihnen nicht einmal verübeln. Junior hat sich geduscht und rasiert, eine frische Jeans und ein Rockmount-Hemd angezogen und sogar seine Augenklappe aufgesetzt. Und plötzlich kommt Henrys gutes Aussehen samt all der jugendlichen Verwegenheit zum Vorschein. Das bisschen Licht, das es durch das ungewaschene Fenster schafft, scheint ihn förmlich zu umschmeicheln, so weich wabert es, wann immer er sich bewegt, und sei es nur um an seiner Zigarette zu ziehen oder um seine Stiefel auf den Barhocker gegenüber zu legen. Patterson weiß genug über Cowboystiefel, um zu wissen, dass es sich um handgefertigte Hornbacks handelt, und dass er schon Autos gekauft hat, die weniger gekostet haben.

»Hältst du mir jetzt gleich wegen Henry 'ne Standpauke?«, fragt Junior.

Fast schon gewaltsam reißt Patterson seine Aufmerksamkeit von den Mädchen los. Dank der beiden ist eine alte Wunde in seiner Brust wieder aufgebrochen, eine Wunde, die nie so ganz zu heilen scheint.

»Ich kann nicht zulassen, dass du da raufkommst und ihm die Seele aus dem Leib prügelst, wann auch immer dir gerade danach ist.«

»Du kannst es nicht zulassen«, raunzt Junior voller Verachtung. »Der kann von Glück reden, dass ich keinen Wagenheber zur Hand hatte, der Scheißkerl. Willst du wissen, was er gesagt hat, dass ich so an die Decke gegangen bin?«

Patteron schüttelt den Kopf. »Kein Interesse.«

»Auch gut«, meint Junior. »Wie wär's damit: Solang er's nicht wiederholt, versohle ich ihm auch nicht mehr den Arsch.«

»Anderer Vorschlag«, entgegnet Patterson. »Wenn dich das nächste Mal was reitet und du den Drang verspürst, dich mit ihm anzulegen, ruf stattdessen mich an. Wie wär's, wenn wir dann einen trinken gehen und darüber reden?«

Junior sieht ihn an. »Ich werd mein Bestes tun«, sagt er.

Einen Augenblick lang schweigen sie. Die Mädchen versuchen inzwischen nicht mal mehr, ihr Interesse an Junior vor ihren Freunden zu verbergen. Eine von ihnen – die Größere und Hübschere – sagt etwas zu der anderen, woraufhin sie beide lächeln. Währenddessen stützen sich ihre Freunde mit den Ellbogen auf den Tresen und reden leise mit dem Barmann. Der erste Gedanke, der Patterson durch den Kopf geht, ist, dass er für diese Scheiße viel zu alt ist. Der zweite jedoch, dass ihm jemand glatt einen Schraubenzieher an die Schläfe setzen könnte, er würde die Bar jetzt trotzdem nicht verlassen.

»Die eine da, die hat was«, sagt Junior.

»Die andere auch«, erwidert Patterson. »Welche meinst du?«

»Scheint wohl keine Rolle zu spielen.«

»Scheint fast so«, stimmt ihm Patterson zu. »Weißt du was Scope-Lock bedeutet?«

»Erzähl.«

»Handelt sich um 'nen Militärbegriff.«

»Hätte nicht gedacht, dass du beim Militär warst.«

»War ich auch nicht«, erwidert Patterson. »Hab's irgendwo gelesen.«

»Du liest 'ne ganze Menge«, sagt Junior. »Ein Militärbegriff aus zweiter Hand also?«

»Genau.«

Es könnte auch am Licht liegen, doch es sieht fast so aus, als zwinkere Junior einem der Mädchen zu. Obwohl, wegen der Augenklappe ist es durchaus möglich, dass er einfach nur geblinzelt hat.

»Also los, was bedeutet es jetzt?«, fragt Junior.

»Es bedeutet, dass jemand all seine Informationen aus einer einzigen Quelle bezieht und dadurch in seinem Denken beeinträchtigt ist.«

»Wie Henry wegen dieser beschissenen Radiosendung, die er dauernd hört? Bruder Joe?«

»Ja«, bestätigt Patterson. »Gibt aber auch noch andere Fälle.«

Junior lacht laut auf. »Fick dich.« Er zieht ein Glasröhrchen voller Kokain aus seiner Tasche und schabt mit seinem Taschenmesser auf der Tischplatte zwei Lines zurecht. Der Barmann sieht kurz zu ihnen herüber, wendet seinen Blick jedoch rasch wieder ab. Junior schnupft eine der Lines und reicht Patterson den Strohhalm. Patterson zögert. »Nur zu«, ermuntert Junior ihn. »Hier ruft schon niemand die Bullen. Von denen hat doch keiner 'ne weiße Weste.«

Patterson nimmt den Strohhalm und peitscht sich die andere Line in die Nase, während Junior schon fleißig weiterschabt. Als er schließlich fertig ist, erstrecken sich zwölf prachtvolle Pulverlinien vor ihnen. Eine allein wäre für ein Kind schon tödlich, selbst für ein großes, und würde jeden durchschnittlichen Erwachsenen in seinem eigenen Rotz ersäufen.

»Ich hab genug für alle«, ruft Junior den Mädchen zu. Die Langbeinige leckt sich die Lippen und Patterson verschlägt es den Atem. Doch noch folgt sie dem Lockruf nicht. »Ganz ruhig, Patterson«, sagt Junior. »Wir werfen ja bloß 'n Köder aus.« Sein gutes Auge glitzert wie das eines jugendlichen Brandstifters.

Wahrscheinlich sollte ich ihn auf der Stelle abknallen, denkt sich Patterson. Stattdessen macht er sich an der nächsten Line zu schaffen.

Das Hauptproblem bei Kokain ist, dass man nie wirklich genug davon hat. Selbst wenn man sich die Kante gibt, hat man in der Regel lediglich genug intus, dass das Nasenbluten und die Selbstverachtung nicht nachlassen. Doch Junior zieht Lines, wie andere Leute Bier zapfen, und binnen einer halben Stunde sind er und Patterson high genug, um aus ihrer Sitzecke zu fliegen. Währenddessen schmeißt sich Junior weiter an die Mädchen ran. Alle zehn Minuten etwa ruft er ihnen zu, dass er zu Hause noch mehr Koks hat, einen ganzen Haufen sogar, und jede Menge Bier. Wahrscheinlich würde nicht jede Frau auf so ein Angebot eingehen. Bloß jede, die Patterson je gekannt hat. Dann zwinkert ihm Junior über den Tisch hinweg zu. »Pass aufs Koks auf«, sagt er, ehe er sich auf wackeligen Beinen von seinem Stuhl erhebt, zum hinteren Ende der Bar schlendert und dort im Flur zu den Toiletten verschwindet.

So viel muss man ihnen lassen, die mexikanischen Jungs warten an die dreißig Sekunden, bevor sie ihm folgen.

Patterson hebt das Koksröhrchen auf und steckt es sich in die Tasche, doch der Barmann kommt bereits hinter seinem Tresen hervor und versperrt ihm den Weg. »Die kommen auch so zurecht«, meint er. »Hier ist alles im Lack.« In seiner rechten Hand hält er eine kleine Raven, eine 25er Automatik.

»Klar«, erwidert Patterson. »Ich muss jetzt aber trotzdem pissen.« Ein lautes, dumpfes Geräusch dringt aus der Toilette, gefolgt von einem hohen Gequietsche, als würde da hinten ein Schwein abgestochen. Dann ist plötzlich wieder Ruhe.

»Piss in die Gosse«, schlägt der Barmann mit einem Grinsen vor. »Deinem Kumpel geht's gut.«

Patterson wendet sich ab und geht zur Eingangstür zurück. Die erneuten Geräusche, die aus der Toilette dringen, ignoriert er. Es klingt jetzt ohnehin nur noch nach dumpfem Gestampfe, als spiele jemand mit einem Kürbis Fußball. Unterdessen haben die Mädchen in der Sitzecke Platz genommen, stocksteif, die Augen vor Schock geweitet wie Bombentrichter.

In jüngeren Jahren jedoch hatte Patterson selbst mal eine 25er Raven. 50 Dollar hatte er dafür auf einem Flohmarkt in Ohio geblecht, und als er sich noch am selben Abend einen Rausch angesoffen hatte, feuerte er ein gesamtes Magazin auf einen Baum. Nun hatte der Baum keine zwei Meter vor ihm gestanden, und doch hatte er's geschafft, ihn mit jedem Schuss zu verfehlen. Als Patterson sich also vier Schritte vom Barmann entfernt hat, wirbelt er herum, zieht seine 45er und richtet sie dem Mann mitten auf die Brust.

»Du feige Sau«, sagt der Barmann, ohne allerdings seine 25er zu heben. Patterson vermutet, dass er sie wohl auch schon das eine oder andere Mal ausprobiert hat. »Du bist 'ne verdammt feige Sau.«

»Lass die Knarre fallen und dreh dich um«, befielt Patterson.

»Du feige Sau«, sagt der Barmann erneut, legt die Pistole aber auf den Tresen und dreht sich um.

Patterson packt ihn an seinen dünnen schwarzen Haaren und stößt ihn den Flur entlang ins Herrenklo.

Es ist vorbei. Junior wäscht sich gerade am Waschbecken die Hände. Von einem der Jungs sind nur noch die Beine zu sehen, die aus der Klokabine ragen. Der Andere sitzt zusammengesackt an der Wand, leeren Blickes, die Augen blutrot vor geplatzten Äderchen. Dem Barmann entweicht zischend der Atem.

Junior schüttelt sich Wasser von den Händen. »Hab mich schon gefragt, ob du überhaupt noch auftauchst«, sagt er zu Patterson. Dann legt er dem Barmann eine Hand in den Nacken, ganz so als wolle er einen Freund zu sich heranziehen, um ihm etwas zu erzählen. Patterson lässt den Mann los und tritt einen Schritt zurück.

»Du bist auch 'ne feige Sau«, flüstert der Barmann Junior ins Ohr.

Junior verpasst ihm einen Magenschwinger. Als der Mann im Rückwärtsgang versucht, auf Schlagdistanz zu gehen, greift Patterson ihm von hinten ins Gesicht und schmettert seinen Kopf gegen die Wand. Patterson mag es nicht, wenn ihn jemand mit einer Waffe bedroht, scheißegal aus welchem Grund. Was den Barmann betrifft, der versucht nicht mal mehr, sich zu wehren, und Junior macht kurzen Prozess. Erst mit den Fäusten, dann mit den Stiefeln.

»Jetzt muss ich mir noch mal die Hände waschen«, sagt er zum Abschluss.

Justin

Als es dich noch gab, hatte ich keine Waffen im Haus. Zum einen machen sie deine Mutter nervös. Zum andern schien ich dafür keinen allzu großen Verwendungszweck zu haben, als ich noch in Questa und Taos arbeitete. Worauf ich mich jedoch freute, war, dir das Schießen beizubringen. Jagen ist nicht unbedingt meine Sache, aber Tontaubenschießen macht mir Spaß. Früher oder später wollte ich dir deinen eigenen Nachlader kaufen, einen kleinen 410er. Ich hatte es schon vor Augen. Genau wie Baseball spielen. Oder Angeln gehen. All die Vater-Sohn-Momente, die man im Fernsehen sieht. Aber gemeinsam Schießen gehen ist eben wieder so eines von den vielen Dingen, zu denen ich in deinem kurzen Leben nie kam. Heute scheint es da, wo meine Erinnerungen an solche Momente sein sollten, nur Löcher zu geben. Stattdessen Momente, in denen ich auf der Veranda Bier trank. Momente, in denen ich mich fragte, wie zur Hölle ich in Questa, New Mexico, gelandet war.

Erst nach deinem Tod fing ich an, rund um die Uhr eine Waffe zu tragen. Ich war damals in Louisiana, kurz nach dem Hurrikan Katrina. Bis dahin war ich nie bewaffnet gewesen, selbst als ich mit den übelsten Crews arbeitete. Die meisten Männer, mit denen ich zu tun hatte, hatten gegen Gewalt nicht grade viel einzuwenden. Das bringt der Job so mit sich. Verdammt, wenn man jung ist, macht das mitunter ja sogar den Reiz aus. Solang es einem noch nicht am Arsch vorbeigeht, ob man sich gegen jeden dahergelaufenen Schlägertypen behaupten kann, ist man nur allzu gern bereit, mit solchen Männern zu arbeiten.

Das liegt wohl am Job. Der zieht genau solche Typen an. Kerle, die allesamt aus den geregelten Bahnen des Lebens geworfen und im sozialen Abseits gelandet sind. Ich sag ja nicht, dass alle so drauf sind, aber zweifelsohne gibt es kaum einen anderen Beruf mit einem höheren Anteil an Sträflingen, Säufern und Süchtlingen. So ist es nun mal. Und doch haben die Jungs mir nie so viel Angst gemacht, dass ich das Gefühl gehabt hätte, eine Knarre zu brauchen. Ein scharfes Taschenmesser hat da immer gereicht.

Außerdem ging der Großteil der Gefahr, der wir damals ausgesetzt waren, von der Arbeit aus. Insbesondere da meine Kollegen Sicherheit nicht gerade zur obersten Priorität erklärt hatten. Ich weiß es ja noch aus eigener Erfahrung. In jungen Jahren warf ich mal eine ganze Saison lang jeden Morgen zum Frühstück LSD ein, und ich kenne bis heute keinen, der komplett nüchtern arbeiten würde. Manche fallen aus Bäumen, manche amputieren sich irgendwas, und wenn medizinische Hilfe nicht in unmittelbarer Reichweite ist, verbluten manche auch. Wenn das passiert, bleibt einem nichts übrig, als demjenigen beim Sterben zuzusehen, während der Vorarbeiter sich sinnlos ans Telefon klemmt. Weiß der Teufel, wem er das noch melden will. Eine Knarre ist in so einer Situation jedenfalls wenig nützlich.

Aber Louisiana nach Katrina, das war etwas anderes. Wo wir unsere Zelte aufgeschlagen hatten, waren so gut wie rund um die Uhr Schüsse zu hören, dabei waren wir noch nicht mal in der Nähe der echten Krisenherde. Also versuchten wir einfach, die Köpfe einzuziehen und inmitten all der Trümmer die Stromleitungen freizuräumen. Ansonsten ließen wir so ziemlich alles links liegen. Aber aus Geschichten bekamen wir eben doch mit, was sonst noch lief. Dass korrupte Polizisten und selbsternannte Hilfssheriffs unschuldige Menschen niederschossen. Dass sie ganze Häuserblocks mit Warnhinweisen zukleisterten, weil Leichen darin herumlagen. Dass sich keiner die Mühe machte, die Toten zu bergen. Und dass sie diejenigen, die versuchten, in höher gelegene Stadtteile zu fliehen, mit Waffengewalt in die Schranken wiesen.

Wir waren da fehl am Platz. Jeder wusste, dass wir da nicht hingehörten. Und unsere Ausrüstung war nicht nur etliche hunderttausend Dollar wert, sondern obendrein noch genau das, was jeder Einheimische dringend selbst gebraucht hätte.

Die meisten Dinge verlieren nach einem Orkan an Wert, nicht jedoch Drehleiterkarren und Kettensägen, zumindest nicht für die vielen Menschen, deren Häuser unter Schutt und Asche begraben liegen. Wir waren leichte Beute, und nicht einem von uns war die Gefahr entgangen.

Und manche Geschichten waren eine Nummer größer. Von Blackwater-Söldnern, die die begehrtesten Immobilien von ganz New Orleans plattmachten. Von Bauunternehmern, die das soeben geräumte Land kauften, Eigentumswohnungen planten und bereits anfingen, die Stadt als Freizeitpark, als billige Karikatur ihrer selbst wieder aufzubauen. Von Kapitalgesellschaften, die im Begriff waren, alles an sich zu reißen, was nicht niet- und nagelfest war, bis hin zu Schulen und Krankenhäusern. Und dann die dickste Geschichte, das Gerücht, das alle glaubten. Nämlich dass die Dammbrüche unten im neunten Bezirk beabsichtigt gewesen waren, dass sie von einem Lastschiff eingerissen worden waren, um das French Quarter zu retten. Ich habe im Umkreis der Dämme nicht einen einzigen Einheimischen getroffen, der mir diese Geschichte nicht erzählt hat.

Solche Geschichten waren der Grund dafür, dass ich langsam das Gefühl bekam, mehr als nur ein Messer zu brauchen, um mich verteidigen zu können. Ich hatte schlichtweg keine Ahnung, was wirklich lief. Also kaufte ich einem Straßenjungen eine Pistole ab, als ich ihn im Jefferson Parish dabei erwischte, wie er einen Schubkarren voller Hehlerware an unserem Truck vorbeischob. Der Junge meinte, die Waffe sei Schrott und würde schon nach einem Schuss klemmen. Also musste ich nur hundert Dollar dafür hinlegen.

Die Sache ist aber die, sobald mir dieser Straßenjunge die Knarre zeigte, wusste ich genau, was damit nicht stimmte. Mein Vater, dein Großvater, trug Zeit seines Lebens die gleiche Pistole mit sich herum. Er war Vietnamveteran, und ohne seine Dienstwaffe – eine 45er Colt 1911A1 – verließ er nicht einmal das Haus. Schließlich war er mit reichlich Souvenirs aus Vietnam zurückgekehrt, darunter eine Riesensammlung an Verschwörungstheorien. Davon hatte er sogar mehr als Bruder Joe im Kopf, und jede einzelne war ein weiterer Grund dafür, dass er sich bewaffnet erheblich besser fühlte.

Also setzte ich mich noch an Ort und Stelle auf die Straße, nahm den Auszieher aus dem Verschlussstück, und spannte ihn mit meinen Daumen nach. Seitdem flutscht das Ding wie ein Flitzebogen, und als ich im selben Sommer nach Colorado zurückkam, beantragte ich umgehend die erforderliche Genehmigung, um das gute Stück verdeckt zu tragen. Der Wisch wird in den meisten Staaten anerkannt, so dass ich mir inzwischen zur Regel gemacht habe: Ich nehme nirgends mehr einen Job an, wo ich meine Waffe nicht tragen kann. Das ist meine einzige Regel.

18. Jobs

Junior fährt. Er fährt bereits den ganzen Tag. Schließlich verbringt er auch dann, wenn er mal nicht für Vicente unterwegs ist, den Großteil seiner Zeit damit, durch die Gegend zu kurven. Jede Minute davon im Bewusstsein, dass er eigentlich bei Casey sein sollte.

Juniors Mutter war eine gute Mutter. Kaputt und traurig, weil sie einen Scheißkerl geheiratet hatte, aber eine gute Mutter. Es ist diese Güte, der Junior sein dauerndes schlechtes Gewissen zu verdanken hat. Er hatte Henry schon immer durchschaut, und selbst in jungen Jahren wusste er bereits, dass er selbst gewissermaßen sein Komplize war – mitverantwortlich dafür, dass seine Mutter so viel weinte. Er wusste es, weil er sie genauso leicht dazu brachte wie Henry, sogar ohne es zu wollen.

Als Junior Casey zum ersten Mal sah, als sie ihm im Krankenhaus überreicht wurde, war er überzeugt, dass er ihr zumindest das nie antun würde. Derartige Schuldgefühle würde er ihr ersparen. Damals war er noch der Ansicht, dass Kinder in gewisser Weise kleine Maschinen sind, die von den Schuldgefühlen, die Erwachsene in sie hineinpumpen, angetrieben werden. Jetzt weiß er es besser. Jetzt weiß er, dass es genau umgekehrt ist.

Er fährt nach Norden, auf der 70 nach Pecos und mitten hinein ins Herz von Denver: Federal Boulevard. Vorbei an der Rustic Ranch, einem Trailerpark, und an Pyro Fireworks, wo sich obdachlose Säufer und Zuhälter in aufgemotzten Karren herumtreiben. Dann wieder über die leeren Landstraßen von Adams County und durch Commerce City, während um ihn herum der Abend langsam an den Abgasen der Ölraffinerie erstickt.

Von der Straße aus kann Junior sehen, dass hinter dem schmutzigen, schachtelförmigen Lüfter in Jennys Schlafzimmerfenster noch das Licht brennt. Er wendet ruckartig seinen Wagen und parkt vor ihrem Haus. Beim Aussteigen rutscht er kurz in seinen Cowboystiefeln aus. Schließlich hat er einen langen Tag voll anstrengendem Autofahren und Biertrinken hinter sich. Als er endlich vor ihrer Tür steht, sitzt sie auf der Stufe und raucht eine Zigarette. »Ich hab drauf gewettet, dass du heute vorbeikommst«, sagt sie. »Ich hab ja noch den Joint.«

»Zünd ihn an«, erwidert er. »Ich brauch was, und Bier kann ich keins mehr sehen.«

»Das war doch letztes Mal deine Ausrede«, meint sie. »Zu viel Bier.«

»Wird das jetzt was mit dem Joint?«

Sie zieht ihn aus ihrer Zigarettenschachtel und zündet ihn an. »Mein Interview war richtig toll, danke der Nachfrage.« Sie bläst einen Rauchschwall zur Straßenlampe empor und reicht ihm den Glimmstängel. Die Nachtluft hat die Tageshitze mitsamt dem Big Stink vertrieben, so dass die Nachbarschaft jetzt fast so kühl und frisch ist wie das San Luis Valley.

»Die haben mich sogar schon zur zweiten Runde eingeladen.«

Junior zieht an dem Joint und reicht ihn zurück. »Ich hab jede Menge Kohle«, erwidert er mit einem Seufzen. »Wenn ich auch sonst nicht viel hab, Kohle hab ich jede Menge.«

»Darum geht's nicht. Casey und ich können nicht ewig hier leben.«

»Zieht halt um«, meint Junior. »Verdammt noch mal, du brauchst doch keinen Job, um umzuziehen.«

Sie schweigt, nimmt einen Zug. »Weißt du, was ich neulich gesehen hab? Einen Pitbull, der ohne Leine die Straße langspaziert ist. Kein Herrchen weit und breit. Nicht ein Mensch in Sicht.«

Sie hält ihm den Joint hin, er winkt jedoch ab.

»Du hast also einen herrenlosen Köter gesehen«, sagt er. »So hat das alles angefangen?«

»Casey kann draußen nicht spielen. Kann noch nicht mal im Garten spielen, selbst wenn die Luft rein ist. Und ich würd im Traum nicht dran denken, eine ihrer Freundinnen zu Besuch einzuladen. Lieber würd ich sterben.«

Junior wirft einen Blick in den Garten. Ein paar trockene Grasbüschel inmitten einer Staubwüste. Ein gummiartiger schwarzer Fleck, wo der Vormieter sein Auto auf Abstellblöcken stehen hatte. »Zieh halt um«, sagt er. »Mach dich gleich morgen früh auf die Suche nach was Neuem. Ich hab jede Menge Geld.«

»Schon«, erwidert sie. »Aber ich will einen Job.« Sie raucht den Joint zu Ende, während über ihr der Mond zwischen den Nachtwolken umherwandert. »Was hast du auf dem Herzen?«, fragt sie. »Irgendwas stimmt doch nicht.«

Er zieht langsam sein Taschentuch heraus, doch die Geste gerät überschwänglicher als beabsichtigt, so dass er sich schnell sein Auge tupft. »Verdammt, wenn ich das nur wüsste.«

»Macht es dir jemals Sorgen, Junior? Dass du scheinbar nie weißt, was mit dir nicht stimmt?«

Er sieht sie an. »Ich weiß nicht.«

»Ich schon«, entgegnet sie. »Ich weiß, was mit dir nicht stimmt.«

»Ach ja? Dann lass mal hören.«

»Du solltest nicht tun, was du tust. Das verdirbt dich doch nur.«

»Fahren?«

»Ja, fahren.«

»Was zur Hölle soll ich denn sonst tun? Mit täglicher Arbeit fang ich garantiert nicht wieder an.«

»Das ist 'ne gute Frage«, sagt sie. »Und zwar eine, die du für dich selber beantworten musst. Ich weiß nur, dass du dafür jede Menge Zeit haben wirst, wenn ich erst mal 'n Job hab.«

»Scheiße«, sagt Junior.

»Der Gedanke macht dir Angst, stimmt's?« Ein mädchenhaftes, fast schon fieses Funkeln tritt in ihre Augen, und sie kaut auf ihrem Daumennagel herum.

Junior steht auf. »Ich geh jetzt. Für so 'n Scheiß hab ich keine Zeit.«

Schlagartig verschwindet das mädchenhafte Funkeln wieder aus ihren Augen. Nun sind sie wieder ganz die einer Mutter. »Ich mein's ernst, Junior. Du musst dir eine andere Arbeit suchen.«

»Es gibt nix anderes«, meint Junior und setzt sich wieder.

Das Mondlicht wäscht ein paar Spuren der Erschöpfung aus ihrem Gesicht, und plötzlich sieht sie wieder fast so jung aus, wie sie eigentlich ist. Sie legt ihren Kopf auf seine Schulter. »Wir müssen hier raus«, flüstert sie. Ihre Stimme ist vor lauter Müdigkeit und Marihuana ganz weich. »Ich werd diesen Job bekommen, und dann schauen wir, dass wir hier verdammt noch mal rauskommen.«

19. Spinnenziegen

Es dauert ein paar Tage, bis Patterson über seinen Trip nach Denver hinweg ist. Er ist inzwischen eben doch zu alt für Kokain, und viel zu alt für Kneipenschlägereien. Dann macht er sich endlich auf den Weg zu Henry.

Der alte Mann stöbert in seinem Wild-Mustang-Mesa-Truck herum, der oben bei den Ställen steht. Er müht sich rückwärts aus der Fahrerkabine, einen Computer im Arm, einen klobigen Apparat in einem bombenfesten Polymergehäuse. »Hallo, Patterson.« Sein Gesicht heilt langsam wieder, alte Haut blättert ab, neue kommt zart und pink zum Vorschein.

»Hallo, Henry«, erwidert Patterson und steigt aus seinem Truck aus. »Das ist ja ein Mordscomputer.«

»Der ist unverwüstlich«, sagt Henry. »Hab ich für die Pferde gekauft. Denen folgen wir jetzt mit Wireless-Technologie auf Schritt und Tritt. Wir können sogar feststellen, ob sie gedeckt werden.«

»Gedeckt?«

»Wir müssen doch sichergehen, dass sie sich vermehren.«

»Nicht schlecht.« Patterson ist beeindruckt.

Henry sieht Patterson einen Augenblick lang an, als überlege er sich, ihm etwas zu sagen. Dann fällt die Entscheidung. »Spinnenziegen«, sagt er.

»Wie bitte?«

Henry stellt den Laptop auf die Kühlerhaube seines Trucks und klappt ihn auf. »Ich hab gerade im Radio davon gehört. Bruder Joe sagt, das sind Ziegen, die Seide erzeugen. Genau wie Spinnen. Nur statt herkömmlicher Spinnenseide ist dieses Zeug zäher als Kevlar. Die Bundespolizei wird demnächst Körperpanzer daraus herstellen.«

Patterson sagt erst einmal nichts.

»Den Scheiß kannst du dir sparen«, meint Henry. »Ich seh schon, was du denkst.«

»Was ich denke, ist, dass die Höhenluft sich langsam auf dein Hirn auswirkt«, sagt Patterson.

Henry drückt einen Knopf an seinem Computer. Klappernd fährt das Gerät hoch, und der alte Mann macht sich weiter an der Tastatur zu schaffen, bis er schließlich den Bildschirm zu Patterson herumschwenkt.

»Siehst du?«

Mit zusammengekniffenen Augen späht Patterson auf den Schirm. »Sieht wie 'ne herkömmliche Ziege aus.«

»Ist es aber nicht. Das ist eine Spinnenziege.« Er dreht den Schirm wieder herum und schließt den Laptop.

»Ich hab damit gerechnet, dass das Ding wie 'ne Spinne aussieht«, sagt Patterson.

»Ich weiß gar nicht, warum ich dir überhaupt irgendwas zeige«, entgegnet Henry und bugsiert den Computer wieder zurück in den Truck. »Was willst du eigentlich?«

»Ich wollte dir sagen, dass ich nach Denver raufgefahren bin.«

Ohne den Ausdruck darin wirklich zu verändern, vertieft sich jede Furche in Henrys Gesicht, bis es beinahe zu zerreißen droht.

»Warum hast du das getan?«

»Um mit Junior zu reden.«

Henry lehnt sich an seinen Truck. »Warum?«

»Du weißt, warum.«

»Immerhin hat er dich nicht umgebracht«, meint Henry.

»Ich hab ihm ja auch geholfen, eine Terrasse an sein Haus zu bauen. Und dann haben wir uns gemeinsam einen Rausch angesoffen.«

»Na, wenn ihm das mal nicht die Flausen austreibt.«

»Wir haben eine Vereinbarung getroffen«, sagt Patterson. »Von jetzt an wird er erst mich anrufen, wenn er sich einbildet, dir einen Besuch abstatten zu müssen. Dann wird er bei mir vorbeischauen und drüber reden.«

»Dem Kerl ist nicht zu trauen.« Henry schüttelt den Kopf. »Ich war zwar hart mit ihm, aber das lag nicht nur an mir. Man konnte ihm noch nie trauen.«

»Ich schon. Ob ich je wieder mit ihm einen trinken gehe, ist noch offen, aber dass er sein Wort hält, da bin ich mir sicher.«

Henry glättet sich mit der Hand den Bart. Ein Lächeln spielt auf seinen Lippen. »Hast du dich ’n bisschen übernommen?«

Patterson schüttelt den Kopf. »Ich kann von Glück reden, dass ich noch am Leben bin.«

Henry lacht. »Eins steht fest, ein wilder Kerl war er immer schon.«

»Wie ich höre, warst du auch mal einer.«

»War ich«, sagt Henry. »Irgendwann muss ich dir mal die ganze Geschichte erzählen.«

»In Ordnung.«

»Danke jedenfalls, dass du mich auf dem Laufenden hältst.« Henry klopft ihm auf die Schulter. »So, jetzt hab ich dir was zu zeigen. Komm mit.« Er hebt seine Krücken auf und führt Patterson um seine Hütte herum. »Die Dinger hier sind genau das, was du brauchst.« Er zeigt mit seinem Stock auf eine Reihe von Solarzellen, die in einem PVC-Rahmen auf seinem Dach liegen. »Gehört nicht viel dazu. Etwas PVC, ein paar Zellen, Golfwagenbatterien, ein Laderegler und ein Gleichstrom-Wechselstrom-Wandler. Astreine Nummer, und kosten tut der Spaß nicht mehr als ein paar hundert Dollar.«

Patterson blinzelt zu den Solarzellen hinauf, die im harten Strahl der Sonne schwarzgelb glänzen. »Hast du die Dinger selbst gebaut?«

»Für den Großteil der Knochenarbeit hab ich einen mexikanischen Jungen aus unserer Crew bezahlt. Ich wollt's dir eigentlich schon längst mal zeigen.«

Eine Windböe bläst Staub über die Hochebene. Patterson nimmt seine Avrilla-Baseballkappe vom Kopf und hält sie schützend an sein Gesicht, während er weiter zu den Solarzellen hinaufsieht. Dann setzt er sich seine Kappe wieder auf.

»Hängt außer dem Laptop noch was anderes mit dran?«

»Ein kleiner Kühlschrank. Und trotzdem ist noch jede Menge für ein Radio und eine Nachtlampe übrig. Ich hab sogar genug für einen kleinen Fernseher mit DVD-Player, wenn ich will. Mehr als das brauch ich eh nicht. Innerhalb von 'nem Wochenende könnten wir dich genauso aufrüsten.«

»Ein Leben abgekoppelt vom Versorgungsnetz«, sagt Patterson.

»Abgekoppelt vom Versorgungsnetz«, wiederholt Henry. »Weißt du, was du tun solltest?«

»Wetten, du sagst es mir gleich?«

»Du solltest dir von deiner Frau helfen lassen. Unterschreib ihre Klageschrift und schind genug Geld raus, um auf Dauer hier leben zu können.«

»Sie ist nicht mehr meine Frau. Und wie zur Hölle weißt du überhaupt davon?«

»Sie ist zu deiner Hütte hochgefahren, um nach dir zu suchen, während du in Denver warst. Und ich war zufällig grade dort, um dir die Solaranlage zu zeigen. Da sind wir ins Gespräch gekommen.«

Patterson steckt seine Daumen in die Hosentaschen und beäugt die Anlage. Hoch über ihnen segelt ein Steinadler am ausgewaschenen Himmel. Mal verschwindet er in einem Sonnenblitz, dann erscheint er wieder vor einem dünnen Wolkenstreifen.

»Die Sache ist kompliziert.«

»Alles ist kompliziert«, entgegnet Henry. In seinem Gesicht stauen sich seine Gedanken förmlich an, bis er schließlich mit der Sprache rausrückt. »Glaub mir, Patterson, ich weiß, wie sehr du deinen Sohn vermisst. Aber es wird langsam Zeit. Und dieses Mädchen hat einen Narren an dir gefressen.«

Mit aller Kraft zügelt Patterson seinen Puls und nickt nur. »Hast du auch noch irgendeinen Vorschlag, wie ich mich beruflich verändern könnte?«

»Ich kann ja mal mit Paulson reden. Bei dem könntest du für Wohnsiedlungen Gestrüpp roden und Straßen räumen.«

»Die Sache ist kompliziert«, sagt Patterson erneut, und erneut klingt es wie eine lahme Ausrede. Dann schreit über ihm der Adler, setzt zum Sturzflug an und lässt sich gute fünfzehn bis zwanzig Meter fallen, ehe er sich wieder fängt und außer Sichtweite segelt.

20. Kleiner

Sie sitzen in der Garage, essen Pizza und trinken Bier aus braunen Flaschen. Um sie herum fallen die letzten gelben Strahlen des Tages durch das Tor und die staubverschmierten Fenster zu ihnen herein. Junior hat noch nie zwei unterschiedlichere Männer gekannt als diese beiden. Vicente, ein kleiner, drahtiger Brillenträger mit kurz geschorenen Haaren, ist im Gespräch genauso sprunghaft wie in seinen Gebärden. Eduardo, ein Mann wie ein Berg, ist über und über tätowiert, trägt sein schwarzes Haar lang und erinnert in seinem Verhalten eher an einen Kriegerkönig aus einem Kinderbuch. Wie sie da Schulter an Schulter nebeneinander sitzen, stellt Junior plötzlich fest, dass sie außer ihm, so weit er weiß, nicht einen Freund haben. Dass sie nahezu komplett isoliert leben, und das mit der Vertrautheit alter Hunde.

»Spielst du eigentlich noch mit dem Gedanken, aus dem Speed-Geschäft auszusteigen?«, fragt Junior.

»Ich überleg's mir noch«, sagt Vicente. Mit einem raschen Blinzeln blickt er zu Junior. »Ich bin's leid, von Methamphetaminen zu hören. Was einem da immer im Fernsehen erzählt wird, dass Methamphetamine unsere neue Seuche sind. Das ist doch nichts Neues.«

»Ich seh nie fern«, entgegnet Junior.

»Das ist weise.« Vicente nickt. »Schach spielen ist ohnehin besser. Selbst was du machst, ist besser: Bier trinken und Koks schnupfen. Fernsehen führt bloß zur Verdummung. Was sie da zum Beispiel über Methamphetamine sagen, das ist doch der Beweis.«

»Spuck schon aus«, sagt Junior.

»Diese Droge, die jetzt angeblich die schlimmste Droge

aller Zeiten ist, weißt du, wo die herkommt? Ich will's dir sagen. Die war als Diätpille gedacht und wurde Hausfrauen verschrieben, um ihr Gewicht besser in den Griff zu bekommen. Und jetzt sollen alle Angst davor haben. Warum wohl, was glaubst du?«

»Keine Ahnung«, gesteht Junior.

»Die wollen alle wegsperren, darum. Alle, für die sie sonst keine Verwendung haben. Es gibt keine neuen Drogen, also erfinden sie die alten neu. Die schlimmste Droge aller Zeiten, behaupten sie. Erst haben sie Kokain als Crack neu erfunden, um die Nigger wegzusperren, und jetzt sperren sie euch Gringos wegen Diätpillen weg.«

»Ich hab nie gefragt, wo du das Meth herhast«, sagt Junior. »Ich hol's einfach ab. Ich weiß, dass ich nicht der einzige Fahrer bin, kann ich ja gar nicht sein, aber auch das ist mir egal. Und was den Rest deines Unternehmens anbelangt, der geht mir genauso am Arsch vorbei.«

»Wohl wahr«, pflichtet ihm Vicente bei. »Du fragst nie nach. Das ist eine der Eigenheiten, die ich so an dir schätze.«

Junior nimmt seine Augenklappe ab und drückt mit dem Handballen auf sein schlechtes Auge. Als er seine Hand wieder senkt, ist sie feucht. Er wischt sie an seiner Jeans ab und denkt noch einen Moment lang über eine Frage nach, von der er ohnehin weiß, dass er sie stellen wird.

»Kommt das Zeug von La Familia?«

Vicente nickt. »Die stellen es her, ja. Das sind die Leute, von denen ich neulich sprach.«

»Hast du welche von diesen Büchern? Die mit den Weisheiten, die sie immer mit sich rumtragen?«

»Nein«, antwortet Vicente. »Die Bücher soll übrigens ihr Führer geschrieben haben. Bekannt unter dem Namen El Más Loco.«

»El Más Loco?«, wiederholt Junior.

»Ganz recht«, bestätigt Vicente.

»Bedeutet das der Verrückteste?«

»Genau das bedeutet es. Besonders subtil ist sie ja nicht gerade, diese Familie.«

»Moment mal«, sagt Eduardo. Er steht auf, geht zwischen den Autos und Ersatzteilen und Werkzeugen nach hinten, verschwindet einen Augenblick lang und kehrt schließlich mit einem schmutzigen Taschenbuch in der Hand zurück. »Hier.« Er reicht Junior das Buch.

Junior wendet es in seinen Händen. »*Brave of Heart*«, liest er. »Wie der Film?«

»Nein.« Eduardo schüttelt den Kopf. »Es geht um das Herz, das du mit Gott teilst. Das Herz, das tapfer sein muss, damit du es mit anderen teilen kannst.«

»Was hast du denn da?«, erkundigt sich Vicente.

»Das ist das Buch, aus dem sie ihre Weisheiten haben«, antwortet Eduardo.

»Ach ja?«, sagt Vicente. »Wer hat's denn nun geschrieben?«

»Ein Prediger aus Colorado Springs.« Eduardo stopft sich fast ein ganzes Stück Pizza in den Mund und würgt es ohne zu kauen hinunter. »Ein Gringo, der gerne in die Berge geht. Die Bibeln mit den Weisheiten tragen sie mit sich herum, aber dieses hier müssen sie lesen, bevor sie Mitglieder von La Familia werden dürfen.«

»Der Prediger lebt in Colorado Springs?«, fragt Vicente.

»So ist das mit der Globalisierung«, meint Eduardo nickend. »Die Welt wird von Tag zu Tag kleiner.«

»Lies was draus vor«, fordert Vicente Junior auf.

Junior schlägt blind das Buch auf und fängt an, daraus vorzutragen. »Die meisten Christen befolgen altertümliche Gesetze«, liest er. »Sie leben gemäß Jeremia 17, Vers 9: ›Es ist das

Herz ein trotzig und verzagtes Ding‹. Dieses Herz schenken sie Menschen, die dessen nicht würdig sind. Sie verschwenden es auf Fernsehen und Zeitungen, vergeuden es in Einkaufszentren und lassen es in ihren kleinen Einbauküchen verkommen. Dabei sind doch die einzigen Fragen, die wirklich von Belang sind, in deinem Herzen vergraben, und es ist dies Herz ein Herz, das deines Gottes würdig ist. Tapfer, wild, blutig, und vor allem frei. Und, ja, unser aller Herz ist gebrochen, doch du musst Ihm dein Vertrauen geben, dass Er es heilen wird.«

»Geschwafel«, meint Vicente. »Hirnrissiges Geschwafel.«

»Du kannst es behalten«, sagt Eduardo zu Junior.

»Du kannst es dir ausleihen«, korrigiert Vicente ihn. »Wenn du fertig bist, will ich es lesen.«

»In Ordnung«, sagt Junior.

Vicente nimmt seine Brille von der Nase und wischt sie sich an seinem Hemd ab. Noch sieht er etwas verunsichert aus, doch als er die Brille wieder aufsetzt, hat er sich wieder im Griff. »Jetzt habe ich eine Frage an dich«, verkündet er.

»Schieß los.«

»Kennst du einen Mann namens Patterson Wells?«

»Ja, den kenne ich«, antwortet Junior, während er den Text auf dem Buchdeckel liest.

»Es gibt da einen Mann, der nach ihm sucht.«

Junior blickt von dem Buch auf. »Was für einen Mann?«

»Ich kenn ihn nicht«, erwidert Vicente. »Chase heißt er, und inzwischen hat er schon in ganz Denver seine Telefonnummer verteilt. Er behauptet, dieser Patterson Wells habe ihm Crystal Meth geklaut, und zwar eine Riesenmenge. Jetzt bietet er jedem, der ihm sagt, wo Patterson Wells wohnt, tausend Dollar Belohnung.«

Junior legt das Buch auf sein Bein. »Hast du dir die Nummer geben lassen?«

21. Kleinkaliberknarren

Das *Hi-U Motel* liegt an einem scheintoten Highway am Rande von Commerce City, einem Industriegebiet nördlich von Denver. Der Schuppen besteht aus nichts als Sperrholz und Filzpappe. Daneben ein schäbiges Schild in der Form eines winkenden Cowboys, der Autofahrer von der Straße auf den Parkplatz lotsen soll. Junior parkt vor der kleinen Terrasse. Durchhängendes Vordach, Campingtisch mit schiefem Sonnenschirm, ein paar Gartenstühle aus Plastik, und Spuren von Hundescheiße auf dem wetterfesten Teppich.

Die Tür zu einem der Motelzimmer fliegt auf. »Alter, leck mich am Arsch, du hast vielleicht 'n Tempo drauf«, ruft Chase. Er ist aufgedreht, zappelig und dürr wie es nur Süchtige sind. »Hast ja schnell hergefunden.«

Junior steckt seine Schlüssel in die Tasche. »Kann ich reinkommen?«, fragt er.

»Ja sicher, komm rein.« Chase tritt zur Seite. »Willst du 'n Bier oder so?«

Mit einem Schritt ist Junior in der kleinen Küche. Es stinkt nach Jod und verbranntem Plastik.

»Setz dich. Nimm Platz.« Chase verweist auf einen Tisch, der aussieht, als hätte er Windpocken, so viele Zigarettenbrandmale zieren die Resopal-Beschichtung. »Ich wollt mir grad 'n paar Ramen-Nudeln machen.« Er steckt die Finger seiner rechten Hand in seine linke Achselhöhle und wühlt wie wahnsinnig darin herum. »Willst du welche?«

»Lass gut sein.« Junior nimmt Platz.

»War ja nur 'ne Idee. Ich hatte ja noch gar nicht angefangen.«

»Setz dich«, sagt Junior. »Du machst mich nervös.«

»Ja, das tu ich oft.« Chase zieht Junior gegenüber einen Stuhl unter dem Tisch hervor und nimmt darauf Platz. Rastlos kratzt er die Schorfstellen an seinen Händen.

»Woher kennst du Patterson Wells?«, fragt Junior.

»Wir haben zusammen gearbeitet«, antwortet Chase.

»Ihr zwei habt zusammen gearbeitet?«

»Ich war nicht immer so drauf wie jetzt«, sagt Chase. »Ich hab viel Scheiße erleben müssen.«

»Ich bin nicht hier, um dich zu verurteilen, Kumpel.«

»Gut.« Sein Kinn wackelt. »Der hat mich fertiggemacht. Ich könnte heulen, aber so ist es nun mal.«

»Was hat er denn getan?«

»Mir die Frau ausgespannt. Und beklaut hat er mich auch. Aber die Hauptsache ist, dass er mir meine Frau ausgespannt hat.«

»Hast du 'n Bild?«, fragt Junior.

Chase hebt eine Reisetasche vom Boden auf und wühlt einen Moment lang darin herum, ehe er ein zerknittertes Foto zum Vorschein bringt. Er versucht, es auf seinem Oberschenkel glatt zu streichen, scheitert jedoch und reicht es Junior genauso zerknittert wie zuvor. Dann greift er noch einmal danach, als wolle er erneut versuchen, es zu glätten, doch Junior hält es bereits fest in der Hand. »Gut aussehende Frau«, sagt Junior.

Chase errötet schlagartig, zieht seine Oberlippe hoch und fletscht seine Eckzähne. »Ich bring ihn um, wenn ich ihn finde«, zischt er. »Ich mein's ernst.«

»Die muss doch mindestens zehn Jahre jünger sein als du«, meint Junior.

»Acht«, erwidert Chase. »Vielleicht neun.«

»Ist die auch 'n Speed-Junkie?«

»Du hast gesagt, du willst mich nicht verurteilen«, wimmert Chase mit wackelndem Kinn. Erst wirkt es so, als fange er gleich an zu weinen, dann wird das Wackeln immer schneller und nimmt seltsame, elliptische Formen an. »Das hast du selber gesagt.«

»Hältst du jetzt mal deinen verdammten Kopf still?«, fragt Junior. »Also, nimmt sie Drogen?«

»Ein bisschen. Nur am Wochenende und so. Is ja ’ne Geschäftsfrau.«

Chase runzelt die Stirn vor lauter Konzentration, und endlich hören seine Hände auf zu zittern. Er legt sie sich auf die Beine. Sein Kopf jedoch wackelt weiter.

»Anders als du also«, sagt Junior. »Kein komplettes Drogenopfer.«

»Was soll das jetzt?«, fragt Chase. »Was willst du damit sagen?«

»Ich versuch nur zu verstehen, was ’ne Frau wie die hier mit ’nem hässlichen kleinen Speed-Junkie wie dir will«, erwidert Junior. »Das muss man sich doch fragen.«

»Fick dich«, sagt Chase. Seine rechte Hand fängt erneut an zu zittern. Er steckt sie sich zwischen die Beine und konzentriert sich wieder, bis sogar sein Kopf sich beruhigt. Sein linker Fuß jedoch schnellt nach vorn und tritt den Tisch.

»Weißt du, wo er ist, oder weißt du’s nicht? Ich hab diese Scheiße nicht nötig.«

»Wenn er sie nicht fickt, dann fickt sie ein anderer«, meint Junior. »Alter, wenn ich sie finde, werd ich mich wahrscheinlich selbst an sie ranschmeißen.« Er wirft das Foto auf den Tisch. »Wenn ich du wär, würd ich sie ziehen lassen, Kumpel. Die wär doch eh nur geblieben, bis dir irgendwann dein Meth ausgeht.«

Chase springt auf und greift mit der linken Hand in die Hosentasche, doch Junior packt seinen Unterarm und drückt ihm mit der anderen Hand den Hals zu. Mit dem Daumen bohrt er so tief unter Chases Kieferknochen, dass der Mann keuchend um Luft ringt und sich in die Hose pisst. Schließlich fällt eine Kleinkaliberknarre, eine 380er, zu Boden. »Da ist sie ja«, sagt Junior. »Dich hab ich gesucht.«

22. Bilder

Patterson kann nicht aufhören, an Laney zu denken. Genau das, vermutet er, hat Henry beabsichtigt. Anfangs denkt er noch voller Zorn daran, dass sie hochgekommen ist und sich zurück in sein Leben geschlängelt hat. Doch dann kann er schlichtweg nicht mehr aufhören, an sie zu denken. Und an ihr Gerichtsverfahren. An das, was sie gesagt hat. Die Verpflichtung gegenüber anderen Kindern, gegenüber anderen Eltern. Gegenüber sich selbst. Dass er irgendwie mit sich ins Reine kommen muss. Genau die Sorte Gerede, die ihn immer wieder aus der Bahn wirft. Er hat sein Leben schon lange nicht mehr fest genug im Griff, um noch irgendwelchen Verpflichtungen gerecht zu werden, und jedes Wort zum Thema Trauerbewältigung stürzt ihn vollends in Verlegenheit.

Heute Morgen, so viel steht für ihn fest, muss er einfach mal an nichts denken. Eine Weile lang im kühlen Schlupfwinkel irgendeiner Bar sitzen. Bloß dasitzen und an nichts denken. Vielleicht ein Baseballspiel. Nichts fegt seinen Kopf auch jetzt noch so gründlich leer wie ein Baseballspiel.

Also belädt er seinen Truck und fährt hinab ins flache Buschland von New Mexico. Durch Questa, einen kleinen Flecken aus improvisierten Restaurants und Bars, die aussehen, als wären sie von einem hirnamputierten Meth-Junkie ohne Tiefenwahrnehmung entworfen worden. Weiter zu den Kojotezäunen und Billighäusern von Taos, schließlich zu einer Sportbar in einem Einkaufszentrum, einem Flachbau am südlichen Stadtrand.

Es ist genau so kalt und dunkel, wie er's jetzt braucht. Ein Mief aus Parfum und Lagerbier liegt in der Luft. Die Lichter sind auf ein trübes Blau gedimmt. Und wie sollte es auch anders sein, auf dem Großbildfernseher läuft ein Baseballspiel. Doch genau in dem Moment, in dem ihm der Barmann seinen ersten Drink einschenkt, klingelt sein Handy.

»Bist du in der Stadt?«, fragt Laney.

»Woher weißt du das?«, fragt Patterson zurück. »Woher zur Hölle weißt du das?«

»Du bist durchs Zentrum gefahren. Drei Leute haben mich angerufen, einer hat gemailt, und zwei weitere haben mir 'ne SMS geschickt. Du weißt ja, wie's hier läuft.«

»Ja. Ich hätte nach Alamosa fahren sollen.«

»Wenn du aber eh schon da bist, könnten wir uns doch auch treffen. Ich hab was, das ich dir geben will.«

»Ich bin in der Sportbar«, sagt Patterson und legt auf. Dann fragt er sich, warum er nicht nach Alamosa gefahren ist, wo es genauso viele Bars gibt wie in Taos. Doch er weiß die Antwort, wusste sie auch vorher schon.

•••

Keine fünf Minuten später legt sie ihre Handtasche auf den Tresen. Sie trägt eine Anzugbluse, bei deren Anblick sich Patterson jetzt schon sicher ist, dass er den Großteil ihrer gemeinsamen Zeit angestrengt damit verbringen wird, ihr nicht in den Ausschnitt zu schielen.

»Wo ist der Junge?«, fragt er.

»Tagesbetreuung. Ich arbeite heute.« Sie wendet sich dem Barmann zu. »Wodka Tonic.« Als der Mann sich entfernt, um ihrem Wunsch nachzukommen, lehnt sie sich zu Patterson und küsst ihn auf die Wange. Dann steht plötzlich der Drink vor ihr und sie nippt am Strohhalm. »Ich hab ein paar Bilder, die du noch nicht gesehen hast«, sagt sie. »Die wollte ich dir gerne geben.«

Patterson starrt vor sich hin. Der Idiot im Spiegel gegenüber sieht aus, als würde er jeden Augenblick auseinanderfallen. »Die brauch ich nicht«, erwidert er. Er rückt dem Idioten das Gesicht zurecht und ermahnt ihn, sich gefälligst zusammenzureißen. Dann fragt er: »Wovon sind die Bilder?«

»Zelten in der Rio-Grande-Schlucht. Sie waren in einer der Wegwerfkameras, die du damals immer gekauft hast. Ich hab sie im Wandschrank gefunden.« Sie öffnet den Reißverschluss ihrer Handtasche und zieht einen Fotoumschlag heraus. »Willst du sie sehen?«

Patterson schüttelt den Kopf, den Blick starr auf das Baseballspiel gerichtet. Nicht vor ihr.

Sie schiebt ihm den Umschlag auf dem Tresen zu. »Das sind Kopien. Kannst du gerne mitnehmen.«

Er nimmt einen Schluck Bier.

»Armer Patterson«, sagt sie. »Für dich ist alles immer noch so schwer, nicht wahr?«

Er antwortet nicht. Er weiß, was sie vorhat. Und sie weiß, dass er weiß, was sie vorhat. Sie waren zu lang miteinander verheiratet.

Sie legt ihre Hand auf seinen Arm und drückt ihn. »Es tut mir leid.«

»Wie wär's, wenn du den Rest des Tages freimachst?«, schlägt er vor. »Vielleicht sogar den Rest der Woche. Wie wär's, wenn wir uns ein paar Flaschen Bourbon kaufen und ein Hotelzimmer nehmen? Uns ein paar Tage verkriechen? Nur wir beide.«

»Uns beide gibt es nicht«, entgegnet sie. Ihre Hand liegt nach wie vor auf seinem Arm. »Zweisamkeit gibt's für niemanden, wenn du beteiligt bist. Das hab ich auf die harte Tour lernen müssen.«

Patterson spart sich die Mühe, mit ihr zu streiten.

Sie lässt seinen Arm los und nimmt einen Schluck von ihrem Drink. »Schreibst du ihm noch?«

»Ständig«, antwortet er, ohne zu zögern. Dann fügt er hinzu: »Mehr oder weniger.«

»Mehr oder weniger? Soll das heißen, dass du ihm doch nicht ständig schreibst?«

»Mehr oder weniger soll heißen, dass ich mir nicht mehr sicher bin, dass er es ist, dem ich da schreibe.«

»Ich hatte dasselbe Problem«, sagt sie. »Darum hab ich aufgehört. Ich hab ja doch nur aufgeschrieben, was mir passiert ist.«

»Ich erzähle auch aus meinem Leben«, erwidert er. »Aber ich bin mir nicht sicher, wem ich es erzähle.«

»Ein Teil von mir wünscht sich, dass ich nicht aufgehört hätte«, gibt sie zu. »Ich hab's aber einfach nicht verstanden, zumindest nicht, bis ich damit aufgehört habe.«

»Was nicht verstanden?«

»Dass das Gespräch zwei Seiten hatte. Dass seine Antwort in meinem Versuch bestand, alles, was ich tat, durch seine Augen zu sehen. Doch inzwischen gibt es in meinem Leben Dinge, von denen ich nicht glaube, dass es fair wäre, sie mit ihm zu teilen.«

»Das wär ihm egal. Ich schreib andauernd Scheiße, die kein Kind verstehen könnte.«

»Bei dir ist das in Ordnung. Er ist ja immer noch das Einzige in deinem Leben. Deshalb lebst du ja auch wie ein

Sträfling da oben auf deiner Hochebene.« Sie lächelt ihn an. »Ich muss zurück zur Arbeit.«

»Aus unserem Hotelzimmer wird also nichts?«

»Ich bin zu alt, um ein Hotelzimmer mit dir zu überleben«, sagt sie.

»Und ich hab gedacht, ich wär so ungefähr die sicherste Gesellschaft in meinem Leben«, erwidert er.

Sie klopft auf den Fotoumschlag und steht auf. »Dann solltest du wahrscheinlich in anderer Gesellschaft verkehren.«

Justin

Ich habe deine Mutter in dieser Sportbar kennengelernt. Ich weiß nicht, ob ich dir das jemals erzählt habe, aber so war es. Dabei hatte ich nie vor, jemanden wie sie kennenzulernen. Ich hatte kein Interesse daran, eine Frau fürs Leben zu finden. Das zumindest habe ich dir auf keinen Fall erzählt, so viel ist sicher, und wahrscheinlich sollte ich es auch jetzt nicht tun, aber es ist die Wahrheit. Ich war mit meinem Leben so, wie es war, vollauf zufrieden.

Bei Avrilla machte ich, wie ich damals dachte, das große Geld. Ausgaben hatte ich keine, außer für Alkoholabstürze, und noch dazu reiste ich auf Kosten der Firma durchs ganze Land. Mit 18 spazierte ich durchs French Quarter in New Orleans, klapperte sämtliche Bars entlang der Rush Street in Chicago ab und machte in den Peepshows von North Beach mit einigen der härtesten Kerle der Welt einen drauf. Es war eine einzige Party. Eine Party, die immer wieder von Knochenarbeit unterbrochen wurde, die man nur mit Glück überlebte, aber was für eine Party! Im Hafen der Ehe einzulaufen, die Idee hatte ich gar nicht auf dem Schirm.

Doch dann kam ich nach einer Saison in Georgia, wo ich Stromleitungen freigelegt hatte, durch Taos. Zum Übernachten quartierte ich mich im Super 8 ein, das gleich neben der Sportbar liegt, und als ich später hinüberging, war da deine Mutter. Sie spielte mit zwei Freundinnen Pool. Ich setzte mich an den Tresen, und nach ein paar Drinks bat mich eine ihrer Freundinnen mitzuspielen, um genügend Leute für ein Doppel zu haben. Also spielte ich mit. Wobei ich hauptsächlich an der Wand stand und den Damen beim Spielen zusah. Beziehungsweise einer von ihnen.

Sie war etwas ganz Besonderes, deine Mutter. So viel jünger als ich, dass es ein bisschen wehtat hinzusehen. Braune Augen, die ins Schwarze changierten, wenn sie aufgeregt war. Oder angepisst. Ein perfekter kleiner Mund, wie dafür gemacht, leicht irritiert zu lächeln. Ich hatte zu der Zeit ein ziemlich loses Mundwerk, und davon bekam sie gleich mal eine Kostprobe. Danach störte es sie auch nicht weiter, dass ich die Nacht nicht bei ihr sondern in meinem Motel verbrachte.

Von da an reiste ich jedoch so oft wie möglich durch Taos. Und als Laney erfuhr, dass sie mit dir schwanger war, kündigte ich bei Avrilla, fand vor Ort einen Job im Landschaftsbau und zog bei ihr ein. Nach deiner Geburt hatten wir all die üblichen Streitereien frischgebackener Eltern, allerdings kamen wir besser damit klar als viele andere. Immerhin waren wir schlaflose Nächte gewöhnt, und auch die Kater danach, darin hatten wir Übung. Doch dann warst du weg, und wir wussten überhaupt nicht, wie wir damit umgehen sollten.

Ich weiß es immer noch nicht.

Angefangen hatte es mit einem Ausschlag an deinem Bein. Es war Samstagmorgen und das Haus bereits am Dampfen, erstaunlich heiß für so früh im Sommer. Wir hatten keine Klimaanlage und ich war gerade dabei, bei offenem Fenster ein großes Frühstück zuzubereiten. Ich wollte, dass wir was im Bauch haben, ehe uns die Mittagshitze den Appetit verschlug. Da brachte dich Laney herein und zeigte mir deinen Ausschlag. Du warst ein kleiner Mann in einer Aquaman-Unterhose. Dein braunes Haar lag angeklatscht an deinem Kopf, Schweißtropfen perlten an deinen Schläfen. Ich sagte ihr, dass sie sich keine Sorgen machen solle, dass es dir wieder gut gehen würde, sobald wir nur etwas zu essen in dich hineinbekämen.

Du wolltest aber nichts essen. Und dann wolltest du nicht mal mehr reden. Und dann schoss deine Körpertemperatur hoch, und deine grünen Augen verloren ihren Glanz. Wir fuhren dich auf dem schnellsten Weg in die Praxis von Dr. Court, doch der untersuchte dich kaum. Er warf lediglich einen flüchtigen Blick auf dein Bein, riss ein paar Witze und beteuerte, du hättest einen Hitzeausschlag. Seist einfach nur erschöpft.

Also fuhren wir auf dem Heimweg beim Walmart vorbei, um eine Klimaanlage zu besorgen, die ich dir dann auch gleich in deinem Zimmer installierte. Und dennoch hattest du bereits eine Stunde später die ersten Atembeschwerden. Und ehe wir dich ins Krankenhaus gebracht hatten, war dein Herz stehen geblieben.

Du bist nie wieder aus dem Koma aufgewacht. Zwei Wochen lang hast du durchgehalten. Ich hatte dein Krankenzimmer gerade mal verlassen, um aufs Klo zu gehen, da bist du gestorben. Und als ich auf dem Rückweg auf dem Flur angehalten wurde, konnte ich es gar nicht glauben. Erst als ich dich sah. Eine Welt ohne dich konnte ich mir aber überhaupt nicht vorstellen. Ich schätze, das kann ich noch immer nicht. Es ist, als hätte jemand eine Kerbe in mich reingeschlagen. Seitdem laufe ich planlos durch die Gegend und warte nur darauf einzuknicken.

Wenn Dr. Court einem was sagte, glaubte man es ganz einfach. Er hatte diese ärztliche Autorität. Weil er die Rolle gut spielte. Es gibt Dinge, die muss man schlichtweg glauben, weil man nicht mal genug weiß, um die richtigen Fragen zu stellen. Und es ist leicht, einem Mann Glauben zu schenken, wenn er ständig mit einem herumalbert, als gäbe es nichts, das er nicht unter Kontrolle hat. Ich war damals der Überzeugung, dass nur Idioten mit ihren Ärzten streiten. Solang die mir nicht sagen, wie ich mit einer Motorsäge in der Hand auf einen Baum zu klettern habe, werde ich ihnen doch wohl auch nicht sagen, wie sie ihre Arbeit zu machen haben. Jetzt kann ich an keinem mehr vorbeigehen, ohne ihm ein Messer ins Maul rammen zu wollen, weil sie alle so tun, als hätten sie die Weisheit mit Löffeln gefressen.

Eines will ich jedoch eingestehen: Ich hatte zuvor Sechzehn-Stunden-Schichten gearbeitet, und ich wollte selbst eine Klimaanlage. Wochenlang hatte ich deine Mutter damit genervt, doch sie hatte immer darauf bestanden, dass wir uns keine leisten konnten. Ich wollte, dass Dr. Court recht hat, damit ich den Tag mit dir in deinem kühlen Zimmer verbringen konnte. Also habe ich ihm auch deshalb vertraut.

23. Joggen

Kurz hinter Questa hält Patterson am Straßenrand und blättert durch die Bilder. Diese Scheißbilder. Es sind nur sechs Stück, und schon eine Minute nachdem er sie angesehen hat, kann er sie nicht mehr beschreiben. Abgesehen von seinem Sohn. Besonders in dem Bild, das ihn von hinten zeigt, wie er zu nah am Abgrund in die Rio-Grande-Schlucht hinab sieht.

Seine braunen Haare sehen aus wie Vogelfedern, vom Schlafsack ganz zerzaust, und obwohl er noch so jung ist, hat er starke, breite Schultern.

Als er die Bilder durchhat, braucht er erst mal eine Zigarette, bevor er weiterfahren kann. Und es kostet ihn seine ganze Selbstbeherrschung, sie nicht auf seinem Handrücken auszudrücken.

Dann klingelt sein Handy. Er geht sofort ran. Spielt mit dem Gedanken, dass er's in einer Viertelstunde zurück nach Taos und zu Laney schaffen könnte. Fragt sich, wo er unterwegs eine Flasche Bourbon kaufen würde. Und weiß dabei nur allzu gut, wie sehr er jetzt diesen Bourbon und ein Hotelzimmer braucht – so sehr wie eine weiße Frau in einem John-Wayne-Film ihre letzte Kugel.

»Bist du grade beim Joggen?«, fragt Junior.

»Joggen?«, erwidert Patterson.

»Du atmest so schwer, als wärst du entweder beim Joggen oder beim Vögeln«, sagt Junior. »Joggen erschien mir wahrscheinlicher.«

»Ich bin im Auto.«

»Im Auto. Umso besser. Du hast eh 'ne Fahrt vor dir.«

»Hab ich das?«

»Nach Denver. Ich hab was, das ich dir zeigen muss.«

Patterson muss nicht lange nachdenken. Alles klingt besser, als auf seiner Veranda zu sitzen. Nachdem er sich zu Frühlingsbeginn noch jeden Tag so eingerichtet hatte, dass er den Sonnenuntergang über dem Blanca Massiv sehen konnte, starrt er inzwischen nur noch Löcher in den Himmel.

Patterson hat nicht damit gerechnet, Junior so bald schon wiederzusehen. Er wollte es sich sogar fest vornehmen. Ein Mann in Pattersons Alter sollte viele Dinge nicht mehr tun, und Mexikaner in ihren eigenen Bars mit Waffen zu bedrohen, steht wahrscheinlich ganz oben auf dieser Liste. Manchmal verschwört sich die Welt jedoch gegen einen. Und nachdem er sich diese Scheißbilder angesehen hat, hat er das Gefühl, dass ein Höllenritt mit Junior jetzt genau das Richtige für ihn ist.

Falsch.

•••

Junior sitzt auf der Couch, Cowboystiefel auf dem Kaffeetisch vor ihm, Fernbedienung in der Hand. Als Patterson durch die Fliegengittertür tritt, weiß er im ersten Augenblick nicht, wofür die Fernbedienung ist. Doch dann folgt er Juniors Blick zu dem Fernseher an der Wand. Das Ding ist so groß wie eine kleine Kinoleinwand. »Hat sogar Satellitenempfang«, sagt Junior. »Du glaubst ja gar nicht, was ich alles an Kanälen habe.«

»Ist ein schönes Gerät«, sagt Patterson.

»Ein langweiliger Scheißkasten ist es. Ich sitz jetzt schon seit drei Stunden vor dem Teil und versuch immer noch vergebens, was zu finden, das ich mir anschauen kann, ohne mir mit 'ner Rohrzange die Finger rausreißen zu wollen. Und das Einzige, was ich nicht finden kann, ist *Der Zauberer von Oz*, dabei war das der Grund, warum ich die Kiste überhaupt gekauft hab.«

Patterson setzt sich auf einen Stuhl. »Kriegst du Baseballspiele?«

»Klar krieg ich Baseballspiele. Jeder kriegt Baseballspiele.«

»Lass uns eins anschauen.«

Junior zappt durch die Kanäle, bis er ein Reds-Spiel findet. »Willst du was trinken?«, fragt er.

»Tanzen kann ich nicht und im Steinbruch schifft's.«

»Ist das ein Ja?«

»Ja.«

»Dann sag doch verdammt noch mal einfach, was du meinst.« Junior holt eine Flasche Bourbon und zwei Gläser aus der Küche. Eins davon reicht er Patterson. »Du kennst nicht zufällig eine Dame mit schwarzen Haaren, oder doch? Ungefähr zwanzig Jahre jünger als du? Und so hübsch, dass du sie dir selbst in deinen kühnsten Träumen gleich wieder aus dem Kopf schlagen kannst?«

»Kein Interesse.« Patterson nimmt die Flasche und schenkt sich einen Drink ein. »Und ich will mal schwer hoffen, dass das nicht der Grund ist, warum du mich herzitiert hast.«

»Nicht wirklich«, erwidert Junior.

»Warum dann?«

»Trink lieber erst mal was. Das wirst du brauchen, so viel kann ich dir versprechen.«

24. Nerven

Chase sitzt auf einem Küchenstuhl in Juniors Keller. Mit einer Wäscheleine ist er an die Sprossenlehne gefesselt, die Schnur auch noch dreifach um jeden Arm und jedes Bein gewickelt. Sein Mund ist mit einem Klebeband versiegelt, sein Gesicht geschwollen und rot. Unterhemd und Jeans sind steif vor eingetrocknetem Blut und Erbrochenem. Als Patterson leise pfeifend die Kellertreppe hinabsteigt, versuchen Chases Augen regelrecht aus ihren Höhlen zu springen und ihn zu erdrosseln.

»Da hast du dich ja ganz schön in die Scheiße geritten«, sagt Patterson zu ihm.

»Den Mund hab ich ihm eigentlich gar nicht zukleben wollen, aber der hat überhaupt nicht mehr aufhören wollen mit seinem Geschrei.« Junior lehnt sich an die Wand bei der Treppe. »Nicht, dass man ihn auf der Straße gehört hätte, so laut war er dann wohl doch nicht, aber ich konnte ihn trotz Fernseher hören.«

»Was für ein Schlamassel.« Patterson geht vor Chase in die Knie. Chases Arme spannen gegen die Wäscheleine.

»Mir war nicht klar, was ich deiner Meinung nach mit ihm tun sollte. Der hat in Denver nach dir herumgeschnüffelt. Behauptet, du hättest ihm Drogen geklaut und die Frau ausgespannt.«

»Der redet nur Scheiße«, sagt Patterson. »Seine Frau hat er an allen vieren gefesselt in die Badewanne geschmissen. Als ich sie befreit hab, hat sie sich sein Crystal Meth geschnappt. Seither hab ich sie nicht mehr gesehen.« An der Art und Weise, wie der Stuhl plötzlich auf und ab hüpft, merkt Patterson, dass Chase ihm nicht so ganz glaubt.

»Der Kerl hatte nichts Gutes im Sinn. Nur dass du's weißt. Er trug 'ne kleine Kel-Tec 380er bei sich, und in seiner Karre hatte er auch noch 'ne Shotgun.«

»Stimmt das?«, fragt Patterson Chase. »Du bist gekommen, um mich umzubringen?«

Chases Kopf zuckt aggressiv hoch und runter. »Herrgott noch mal«, sagt Patterson.

»Erschieß ihn. Hört ja eh keiner. Und wenn hier doch jemand was mitkriegt, geht's ihm am Arsch vorbei.«

»Ich glaub, er lässt mir keine andere Wahl«, erwidert Patterson konsterniert. Chases Kopf zuckt immer noch.

»Glaub ich auch nicht.«

Patterson lüpft sein T-Shirt, zieht seine 45er aus dem Holster und lässt sie locker auf seinem Bein ruhen. Chase fängt an, wie wahnsinnig irgendetwas zu keuchen, rhythmisch wie ein Kolbenmotor. Tränen quetschen sich aus seinen roten Augen und laufen über das Klebeband sein Gesicht hinunter.

»Willst du was sagen?«, fragt Patterson. Sein Kinn schnellt hoch und runter. »Nur zu«, sagt Patterson zu Junior.

»Wenn du losschreist, brauchst du dir um ihn hier keine Sorgen mehr zu machen«, sagt Junior zu Chase. »Ich erschieß dich, bevor du die erste Silbe über die Lippen bringst.« Dann reißt er brutal das Klebeband von Chases Mund.

Chase ruckelt ein paar Sekunden lang seinen Unterkiefer hin und her, bevor er seine Zunge wiederentdeckt. »Ich hätte der Schlampe doch nie wehgetan«, krächzt er. »Das ist eins von unseren Spielchen, du blöder Schwanzlutscher. Die fährt auf so 'n Scheiß ab.«

»Für die Lüge allein sollte ich dich schon erschießen«, sagt Patterson.

»Fick dich«, erwidert Chase mit wieder erstarkter Stimme. »Du hast ja keine Ahnung, wie die Schlampe drauf ist. Die nervt und nervt und nervt. Wie die Seuche. Die Frau im Bad einsperren, das ist die einzige Möglichkeit, überhaupt mal zur Ruhe zu kommen.«

Junior fängt an zu lachen.

»Ich versteh nicht, was an der Scheiße lustig sein soll. Die Frau könnte einem Heiligen noch den letzten Nerv rauben.« In einer Fistelstimme fährt er fort: »Chase, kauf mir 'ne Schachtel Zigaretten. Chase, lass mich auch mal dran ziehen. Chase, hol mir 'n McMuffin. Chase, heb den Dreck auf. Chase, geh von meiner Schwester runter. – Verdammt noch mal, konnte die Schlampe nerven.«

»Dir ist schon klar, dass du uns grad zwei völlig verschiedene Geschichten erzählt hast, und das direkt hintereinander?«, fragt Patterson. »Einfach so, ohne Luft zu holen.«

»Ich hab für deine Scheiße keine Zeit«, entgegnet Chase.

»Du bist nach Denver gekommen, um mich umzubringen«, sagt Patterson. »Du hast für überhaupt nichts mehr Zeit.«

»Leck mich am Arsch. Ich bin nicht gekommen, um dich umzubringen. Ich bin gekommen, um sie mir zurückzuholen. Ich bin gekommen, um sie mit nach Hause zu nehmen. Ich liebe die Schlampe.«

»Ich hab deine Frau nicht«, sagt Patterson. »Und dein Crystal Meth hab ich auch nicht.«

»Das soll ich dir glauben? Ich soll dir glauben, dass du so 'ne geile Frau nackt in 'ner Badewanne findest und nicht mit ihr durchbrennst? Und dass du ein paar Tausend Dollar an Meth aufm Tisch liegen lässt?«

»Glaub, was du willst«, erwidert Patterson. »Geht mir eh am Arsch vorbei. Ich hab nicht einen Grund, dich anzulügen.«

Chases Kinn fängt an zu beben. Dann seine Unterlippe.

»Meine Fresse«, sagt Junior.

Chase gibt sich redlich Mühe, die Beherrschung nicht zu verlieren, doch es ist, als versuche er einen Deckel auf einen Dampfkochtopf gedrückt zu halten. Als es schließlich aus ihm herausbricht, fließen ihm Tränen und Rotz übers Gesicht, eine gute Minute lang, ehe er anfängt, keuchend nach Luft zu schnappen. Erst laut, dann mit jedem Mal leiser, bis er endlich wieder still ist.

»Du wirst mich überzeugen müssen, dass du weißt, dass ich deine Frau nicht habe«, sagt Patterson.

»Ich weiß, dass du meine Frau nicht hast«, gibt Chase klein bei, seine Stimme melancholisch, seine Augen rot und niedergeschlagen.

»Und dass du in Denver nicht mehr nach ihr suchen wirst«, fügt Patterson hinzu. »Ach was, in ganz Colorado.«

»Ich weiß es ja«, erwidert Chase. »Ich weiß, dass sie nicht hier ist.« Er ballt seine Fäuste gegen die Fesseln. »Verdammt noch mal.«

»Also gut«, sagt Patterson. Er nimmt seine 45er in die linke Hand, holt sein Taschenmesser heraus und schneidet die Schnur durch.

Chase reibt sich die Handgelenke. »Der Scheiß hat wehgetan.«

»Na komm.« Patterson klappt das Messer an seinem Bein zusammen und steckt es wieder ein. »Ich spendier dir einen Tank voll Benzin und ein Essen.«

»Du bist 'n ganz schöner Softie«, sagt Junior und geht die Treppe hinauf.

»Ich weiß.« Patterson macht auf dem Absatz kehrt und folgt ihm.

Genau in dem Moment drischt Chase ihm seinen Stuhl über den Kopf. Die Querstreben zersplittern auf Pattersons Rücken, während die Stuhlbeine komplett abbrechen und klappernd zu Boden fallen. Patterson versucht herumzuwirbeln, doch Chase springt ihm auf den Rücken und gräbt ihm seine Zähne in die Schulter. Krampfhaft greift er nach der Pistole in Pattersons linker Hand. Patterson schießt einen Ellbogen nach hinten, trifft jedoch etwas hartes, so dass ihm ein stechender Schmerz den Ellennerv hinaufjagt. Chase kaut derweil auf seinem Schultermuskel herum. Patterson taumelt, rammt seinen Rücken gegen die Betonwand, und endlich fällt der Mann von ihm ab. Als Patterson jedoch das Blut sieht, das Chase aus dem Mund läuft, beginnt der ganze Keller zu wackeln.

»Erschieß ihn«, sagt Junior.

»Du Scheißkerl«, geifert Chase in Pattersons Richtung. Blutstropfen fliegen durch die Luft. »Ich weiß, dass du sie hast.« Gebückt lauert er auf seine nächste Angriffsgelegenheit.

»Erschießt du ihn jetzt?«, fragt Junior.

Mit einem kehligen Kreischen wirft Chase sich auf Patterson. Der hebt seinen linken Arm, den Arm, der immer noch die 45er hält, doch Chase gräbt ihm seine Zähne in den Unterarm, schlingt seine Arme um Patterson und fängt an, wie wild zu nagen. Patterson hämmert ihm seine rechte Faust an die Schläfe. Chases Beine knicken ein, und gemeinsam gehen sie zu Boden. Noch einmal drischt Patterson ihm seine Faust an die Schläfe. Und noch einmal. Chases Kopf prallt gegen den Betonboden. Patterson boxt ihn noch einmal. Und noch einmal. Und noch einmal.

»Himmel, Arsch und Wolkenbruch«, sagt Junior. Tatenlos steht er da und schaut zu. »Erschießt du ihn jetzt endlich?«

Patterson steht auf. Chase liegt zusammengekauert auf dem Boden. Wie etwas, womit man selbst einen Müllhaufen in einer Wohnwagensiedlung nicht besudeln würde.

»Ich hätte ihn ja erschossen«, sagt Junior.

»Der hatte seine Scheißzähne im Arm mit der Knarre«, erwidert Patterson.

»Hättest sie halt in die andere Hand nehmen sollen.«

»In die andere Hand. Fick dich.«

»Die Nase hast du ihm ja gebrochen.«

Patterson setzt sich mit einem tiefen Seufzen auf den Boden und lässt den Kopf hängen.

»Verschnauf 'ne Minute«, sagt Junior. »Ich fessel ihn solange wieder. Außer du willst ihn gleich erschießen?«

Patterson schüttelt den Kopf. Dann ist er plötzlich nicht mehr ganz da. Taucht ein ums andere Mal in einen grauschwarzen Nebel ab. Sucht etwas. Etwas, das er nicht finden kann. Und das macht ihm eine Höllenangst. Dann realisiert er, dass es sein Sohn ist, Justin. Seine vollen Backen sind gerötet, und eine seiner kleinen Fäuste ist geballt, wie immer, wenn er sich fürchtet. Patterson weiß nicht, wie lang er so weggetreten ist, doch als er wieder zu sich kommt, sitzt er auf dem Boden und Junior schüttelt ihn an der Schulter.

»Du brauchst was zu essen«, sagt Junior.

»Essen«, wiederholt Patterson mit belegter Stimme.

»Außer du willst ins Krankenhaus«, sagt Junior.

»Essen.«

25. Weich

Gemeinsam gehen sie zu einer Eckkneipe beim *National Western Center*, wo man laut Junior noch rauchen darf. Die Kneipe ist original Denver, ein Backsteinbau im italienischen Stil. Am Tresen sitzt ein fetter Mann neben einer Blondine mit Engelsgesicht und Wangen so pink wie Plastikrosen. In einer Ecke schläft an einem der niedrigen Bartische ein groß gewachsener Cowboy unter einer nackten Puffnutte. Der Schuppen ist fensterlos, über und über mit rotem Vinyl verziert und genau die Art Absteige, in der alte, abgewrackte Rodeoreiter jeden Hengst, der sie je abgeworfen hat, und jede Stute, die ihnen davongelaufen ist, im Suff ertränken.

Die Barkeeperin ist eine fette Frau, deren ganze Pracht in einem schmuddeligen gelben Trainingsanzug herumschwabbelt, als sie sich hinter dem Tresen in Bewegung setzt. Sie wärmt ihnen tiefgefrorene Burritos in der Mikrowelle auf, doch während Junior sich seine in den Mund schaufelt, starrt Patterson lediglich auf den Verband an seinem Arm. Hin und wieder versucht er, einen Bissen runterzuwürgen. Dann ist Junior fertig und klappt seine Zigarettenschachtel auf. Leer.

»Hast du noch Kippen?«, fragt er.

»Meine sind auch alle«, erwidert Patterson.

Junior winkt der Barkeeperin zu und zeigt auf die Bierflaschen vor sich. »Zwei neue und eine Packung Zigaretten.«

»Zigaretten sind ausverkauft«, sagt sie und hat die Kronkorken bereits in der Hand. »Die Straße runter is 'ne Tankstelle.«

Junior prostet ihr zu und nimmt einen Schluck aus seiner Flasche. Dann sieht er zu Patterson hinüber. »Was macht der Arm?«

»Schmerzen.« Pattersons Stimme wabert durch die dicke Barluft. »Wie Sau.«

»Wir haben jede Menge Antibiotika reingerieben«, erinnert ihn Junior. »Und verbunden haben wir die Wunde auch wie die Weltmeister. Ich glaub, mehr hätten sie auch im Krankenhaus nicht tun können.«

Patterson zuckt mit den Schultern, ehe er sie jäh wieder fallen lässt, als breche der Boden unter ihm weg.

»Du brauchst dich nicht zu schämen, echt nicht«, sagt Junior.

»Ich schäm mich ja gar nicht.«

»Dafür, dass du fast umgekippt bist.«

Mit Ach und Krach gelingt es Patterson, seine Pistole stecken zu lassen und Junior nicht die Zähne rauszuschießen. »Ich bin nicht umgekippt.«

»Fast, hab ich gesagt.«

»Ich bin auch nicht fast umgekippt.«

»Dir ist halt 'n bisschen schwindlig geworden, Partner«, sagt Junior. »Mehr sag ich ja gar nicht.«

Hinter ihnen geht die Bartür auf und ein heißer Strahl unwillkommenen Sonnenlichts dringt bis zu ihnen vor. »Junior!«, kreischt eine Frau so voller Begeisterung, dass ihre Stimme sich wie ein Messer in Pattersons Kopf bohrt. »Junior Bascom!«

»Verfickt noch mal«, murmelt Junior. Die Frau ist ein Mordsweib, ihre Haut aber so braun und runzelig wie ein verbrannter Braten, als hätte sie einen Ofen verschluckt, der sie von innen heraus räuchert. Das Mädchen an ihrer Seite allerdings ist ein ganz anderes Kaliber. Rote Haare, steife Titten und die geile Geschmeidigkeit einer Stripperin. Als hätten all die Jahre der Lustheuchelei ihre Haut irgendwie plastifiziert. Junior trägt seine Augenklappe, doch sein gutes Auge reißt ihr förmlich die Kleider vom Leib.

»Hallo, Darlene«, begrüßt er die Stattliche nun mit neuem Elan.

»Hallo, Darlene«, äfft sie ihn nach. »Erst seh ich dich vier Jahre lang nicht, und dann hast du mir nicht mehr zu sagen?« Sie gibt ihm einen Klaps auf den Arm. »Das ist 'ne schäbige Begrüßung, Junior.«

»Ich hab einen langen Tag hinter mir«, erwidert er.

»Na ja, siehst gut aus.« Sie wirft einen flüchtigen Blick auf Patterson. »Ist das dein Vater?«

Junior bellt vor Lachen. Patterson reicht ihr seine Hand. Die ohne Verband. Hätte er es mit der anderen versucht, läge er wohl bereits am Boden. »Patterson Wells.«

Sie schüttelt seine Hand. »Schön, dich kennenzulernen, Patterson Wells.«

»Was darf's sein?«, fragt Junior. Erneut geht sein Auge streunen. »Um der alten Zeiten willen.«

»Bud Light«, antwortet Darlene. Der Rotschopf hinter ihr nickt.

»Zwei Bud Light«, sagt Junior zur Barkeeperin, die sie bereits aus dem Kühlschrank nimmt. »Was bringt dich in die Stadt?«, fragt er Darlene. »Ich dachte, du wärst nach deinem Entzug in den Osten gezogen. Syracuse oder so.«

Darlene nimmt eine Schachtel Marlboro Menthol Lights

aus ihrer Handtasche und schielt auf die leere Schachtel vor Junior. »Willst du eine von meinen?«

»Menthol?«

»Menthol.«

Junior winkt ab. »Die Niggaretten rauch ich nicht«, sagt er.

Darlene gibt ihm noch einen Klaps auf den Arm. »Mein Onkel ist gestorben.« Sie zieht eine Kippe aus ihrer Schachtel und nickt in Richtung Rotschopf. »Das ist seine Tochter, Shawna.«

»Mein aufrichtiges Beileid«, sagt Junior zu Shawna. Patterson bringt ein paar ähnliche Worte zustande, wenn auch nur gemurmelt.

Shawna zündet sich eine von Darlenes Zigaretten an. Sie sieht nicht alt genug aus, um zu rauchen. Doch sie sieht auch nicht so aus, als wäre es ihr erstes Mal. So wie Junior ihr auf die Titten gafft, möchte Patterson sie am liebsten bitten, sich ein Sweatshirt überzuziehen.

»Mach dir nichts draus«, sagt sie.

»Wie du meinst«, erwidert Junior. »Dann mach ich mir eben nichts draus.«

Darlene gibt ihm erneut einen Klaps auf den Arm. Für den Bruchteil einer Sekunde verfinstert sich seine Miene, doch auch das entgeht ihr. »Sei nicht gemein zu ihr«, sagt sie. »Sie ist ein gutes Mädchen, und es ist nicht leicht, den eigenen Vater zu verlieren.«

»Doch, es ist ganz leicht«, entgegnet Shawna. »Hab kein Problem damit gehabt.«

»Ach, Schatz.« Darlene streichelt ihr mit trägen Fingern über den Arm. »Das meinst du nicht so.«

Shawna hebt die Augenbrauen und trinkt einen Schluck Bud Light aus der Flasche. Auf Patterson macht sie den Eindruck, als meine sie es verdammt ernst. Junior hingegen mustert sie wie ein Stück Fleisch. Als überlege er gerade, wo er den ersten Schnitt ansetzen soll.

»Es ist nicht ihre Schuld«, erklärt Darlene. »Ist ’ne lange Geschichte mit ihrem alten Herrn.«

»Gar nicht wahr«, sagt Shawna. »Die Story ist ganz kurz. Wir haben ja so gut wie keine Zeit miteinander verbracht.«

»Nun ja«, sagt Darlene. »So hab ich’s ja auch gemeint.« Sie streichelt dem Mädchen über die Haare. »Ach, Schatz«, sagt sie erneut. Sie wendet sich an Junior, und die ganze traurige Geschichte, die dahintersteckt, droht aus ihr herauszuplatzen.

»Ich mach dir ’n Vorschlag«, fährt Junior ihr über den Mund. »Du tust so, als hättest du mir die ganze Chose schon erzählt, und ich tu so, als hätte ich Riesenmitleid.«

Darlene hebt die Hand, um ihm abermals einen Klaps auf den Arm zu geben, doch diesmal entgeht ihr seine Miene nicht. Kichernd beschließt sie, dass es alles nur ein Scherz sei. »Du hast dich kein bisschen verändert.«

Shawna nimmt ein Tablettenfläschchen aus ihrer Handtasche. Sie schraubt den Kindersicherungsdeckel ab, klopft sich drei Pillen in die Hand und jagt sie mit einem Schluck Bier hinunter. Dann klopft sie drei weitere heraus und legt sie vor Darlene auf den Tresen.

»Die kann ich nicht nehmen«, sagt Darlene, starrt die Pillen jedoch an, als könnten sie sich jeden Augenblick auf und davon machen. »Ich weiß ja nicht mal, was das ist.«

»Percocet«, sagt Patterson.

»Willst du ’n paar?«, fragt Shawna ihn.

Patterson lächelt schwach und befürchtet, ob ihrer Gnade glatt in Ohnmacht zu fallen. »Bitte.«

Sie fischt drei weitere Pillen aus ihrem Fläschchen und reicht sie ihm. Patterson zerkaut sie.

»Wie sieht’s mit dir aus?«, fragt sie Junior.

»Ich hab alles, was ich brauche«, erwidert er.

Darlene hat die Tabletten inzwischen in die Hand genommen.

»Die tun dir schon nichts«, sagt Junior. »Die sorgen bloß dafür, dass die Welt ein bisschen weicher wird.«

»Ich trink schon seit heute Morgen«, entgegnet Darlene. »Meine Welt ist schon weich genug.«

»Dann schärfen sie dir wieder ein bisschen die Sinne«, sagt Junior.

Darlene rollt die Pillen auf ihrer Handfläche herum. »Wenn ich sie nehm, bleibst du noch 'n bisschen, okay?«

»Ich hab heute keine anderen Termine mehr.«

»Also gut.« Sie legt sich eine einsame Pille auf ihre fette Zunge, drückt ihre fetten Lippen an die Flasche, schwemmt die Pille mit einem verzweifelten Schluck Bier in ihren fetten Hals und schluckt. Das zweite Mal läuft genauso ab. Als sie die dritte einwirft, kann bereits keiner mehr zusehen.

26. Frei

Darlene schnarcht. Aus ihrem schlaffen Mund läuft Speichel in eine Lache auf dem Tresen. Shawna leert ihre Handtasche aus. Schlüssel, ein ramponierter Kugelschreiber, ein Handy, ein lang gehütetes Kondom in einer abgewetzten Verpackung, eine Tube Lippenstift. Dann endlich ihr Geldbeutel, dem Shawna sechs Dollar und zwanzig bis dreißig Münzen entnimmt. Größtenteils Pennys, grünlich und glanzlos.

»Die hat überhaupt keine Kreditkarten«, empört sich Shawna, »nicht eine einzige Scheißkreditkarte.«

»Ist doch nicht verboten«, meint Junior.

Shawna dreht den Geldbeutel um und lässt die Münzen in klappernden Kaskaden auf den Tresen fallen. »Welcher Mensch hat denn heutzutage keine Kreditkarten?«

»Leute, die sich vom System abgekoppelt haben«, antwortet Patterson. Mit Hilfe der Schmerzmittel erholt er sich langsam wieder.

»Was soll 'n das heißen?«, fragt Shawna. »Vom System abgekoppelt?«

»Seltsame Spackos«, sagt Junior. »Die glauben, dass Aliens es auf sie abgesehen haben. Dass der 11. September aufs Konto unserer eigenen Regierung geht. Dass die CIA Crack erfunden hat.«

»Letzteres ist wahr«, entgegnet Patterson. »Freeway Ricky Ross.«

»Ich hab's aus derselben Quelle wie du«, sagt Junior.

»Leute, die ein Leben ohne Papierspur führen«, erklärt Patterson dem Mädchen. »Keine offizielle Adresse, keine Sozialversicherungsnummer, nichts, womit die Regierung dich finden könnte. Der Versuch, in Freiheit zu leben.«

Shawna blickt spöttisch auf ihre Cousine hinab. »Sieht die Kuh so aus, als hätte sie je in ihrem Leben versucht, frei zu leben?«

Patterson sieht Darlene an. Dann schüttelt er den Kopf.

Shawna seufzt. »Keine Kreditkarte«, wiederholt sie. »Nicht eine beschissene Kreditkarte. Nicht mal eine Debitkarte.« Sie hebt das abgewetzte Kondom auf und wendet es in ihrer Hand. Beißt sich auf die Unterlippe und schüttelt den Kopf, als könne selbst sie nicht glauben, was sie im Begriff ist zu tun.

»Du hast mir auf die Titten geglotzt«, sagt sie zu Junior.

»Den ganzen Abend schon.« Junior nickt einvernehmlich. »Sind ja auch schwer zu übersehen.«

»Hast du Geld?«

»Ja.« Er nickt erneut. »Geld hab ich.«

»Wie viel?«

Junior nimmt seine Augenklappe ab, und Patterson merkt, dass es ihm nicht entgeht, wie sie beim Anblick seines kaputten Auges zusammenzuckt. »Ein paar hundert Dollar«, sagt er.

»Na dann.« Mit dem Kondom zwischen ihren gespitzten Fingern steht sie auf. »Damenklo. Auf geht's.«

Junior schmeißt die Augenklappe auf den Tresen und folgt ihr.

•••

Patterson sitzt allein am Tresen und versucht, nicht an die beiden zu denken. Sie kann nicht älter als 17 sein, und sie hat heute erst ihren Vater zu Grabe getragen. Er weiß, dass sie behauptet hat, es sei ihr egal, doch niemand, der das sagt, meint es wirklich so. Nicht einmal Junior. Besonders Junior nicht. Es ist, als sehe er etwas Verachtenswertes in einem Menschen, der von seinem eigenen Vater verlassen wurde. Als müsse man solche Leute von ihrem Elend erlösen, wenn sie daran leiden. Plötzlich merkt Patterson, dass er seine Hand zur Faust geballt hat, und zwar an seinem verletzten Arm, der trotz des Percocets heftig pocht. So sachte wie möglich versucht er, den Arm zu entspannen.

Fünf Minuten später sitzt Junior wieder auf seinem Stuhl neben Darlene, die noch immer schnarcht und auf den Tresen sabbert. Junior hebt seine Augenklappe auf und schnürt sie sich wieder um den Kopf. Und in dem Moment ist die Sache für Patterson geklärt. Insgeheim schwört er sich, zu Juniors Haus zurückzugehen, Chase zu befreien und Denver so schnell wie möglich hinter sich zu lassen.

Die Klotür geht auf. Shawna hat sie mit einem Zeh aufgestoßen und kommt nun zu Junior herüber. Kreidebleich und doch gefasst baut sie sich neben seinem Barhocker auf.

Junior trinkt sein Bier aus. Würdigt sie keines Blickes.

»Na«, sagt sie.

»Na«, erwidert Junior.

»Na los. Her damit.«

Junior zückt seinen Geldbeutel und blättert durch die paar Scheine darin, so dass jeder sie sehen kann. Ein Zwanziger, zwei Fünfer, drei Einer. Er zückt den Zwanziger und legt ihn neben seinem Bier auf den Tresen. »Stimmt so«, sagt er zur Barkeeperin. Dann lässt er die restlichen Scheine vor Shawna auf den Tresen fallen.

»Sag das ja nicht zu mir«, zischt sie. Ihre Hand ist zur Faust geballt.

Junior wendet sich wieder seinem Bier zu.

Sie geht um ihre Cousine herum und setzt sich auf der anderen Seite an den Tresen. »Hätte ich mich bloß auf meinen ersten Eindruck verlassen«, fügt sie hinzu. Ihren Mund hat sie inzwischen hinter einer Handvoll angenagter pinker Nägel verborgen.

»Ersten Eindrücken soll man trauen«, erwidert Junior und nimmt eine von Darlenes Menthol-Zigaretten aus der Schachtel. »Den Rat schenk ich dir.«

»Hand weg«, sagt die Barkeeperin zu Junior, der steckt sich jedoch ungeniert die Kippe an. Einen Augenblick lang verleiht die Flamme seines Feuerzeugs der Zigarette einen Heiligenschein, so dicht hängt der Alkoholdampf in der Luft.

»Hand weg«, wiederholt die Barkeeperin. »Weg vom Tresen. Du hast Scheiße an der Hand.«

Junior wendet seine Hand und beäugt sie. Tatsächlich, ein Scheißestreifen läuft seine Handkante hinunter. Lachend steht er auf und macht sich auf den Weg zurück zur Toilette, um sich die Hände zu waschen.

Shawna wartet, bis sich die Klotür wieder schließt, ehe sie anfängt zu weinen.

Patterson öffnet seinen Geldbeutel und holt 200 Dollar heraus. »Hier«, sagt er und gibt sie dem Mädchen.

27. Heim

Als sie die Bar verlassen, kann Patterson es kaum erwarten, Junior loszuwerden. Heim auf die Mesa zu fahren, wo er seinen Verband abnehmen und seine Wunden untersuchen kann, ohne dass ihm Junior dabei über die Schulter sieht. Er kann an nichts anderes denken, als er mit ihm zu dessen Haus zurückgeht. Jetzt nur noch Chase den größtmöglichen Schrecken einjagen, und ihn danach schnellstens an die Luft setzen. So weit kann er gerade noch denken.

Doch als sie den Keller betreten, hört Patterson ganz auf zu denken.

Chase hockt zusammengesackt auf dem Stuhl, sein Kopf hängt ihm auf die Brust, sein Körper schlaff in den Seilen. Patterson steht einfach nur da und starrt auf ihn hinab. Wenn Junior nicht hinter ihm stünde, würde er sich jetzt wohl übergeben. Doch Junior steht nun einmal hinter ihm, also legt Patterson stattdessen seine Hand unter Chases Kinn und hebt sein Gesicht ins Licht. Kein Zweifel, der Mann ist tot. Seine Haut hat einen wächsernen Gelbstich, und trotz der Schieflage ist jegliche Spannung aus seiner Muskulatur gewichen, so dass sein Kopf etwas schräg hängt und auf seinem Unterkiefer herumwackelt.

»Ich würd sagen, du hast ihn vielleicht doch etwas härter erwischt als beabsichtigt«, meint Junior.

Patterson will etwas erwidern, bringt jedoch nichts über die Lippen. Er bildet sich ein, aus den Tiefen seiner Kehle eine Art Glucksen zu hören, sicher kann er sich jedoch nicht sein.

»Ich hol jetzt doch mal den Bourbon«, sagt Junior.

28. Auflösen

Pattersons gesamtes Nervensystem scheint sich unmittelbar unter seiner Haut aufzulösen, als er Chases Leichnam auf die Abdeckplane hievt und zerrt. Es hat sowohl mit seinen Schmerzen zu tun als auch mit dem Percocet, das er ja eigentlich gegen die Schmerzen genommen hat, das ihm jedoch immer mehr zu schaffen macht. Und es hat auch damit zu tun, dass der Leichnam scheinbar unaufhörlich gegen den Verband an Pattersons Arm reibt, daran hängen bleibt und ihn ein ums andere Mal von der Wunde löst. Jedes Mal versucht Patterson, ihn glatt zu streichen, doch es will ihm einfach nicht gelingen. Also versucht er den Verband von Chase fernzuhalten, aber auch das ist so gut wie unmöglich. Und der kleine Speed-Junkie ist so nass, als hätte er in seinen eigenen Körpersäften gebadet. Als versuche jede Drüse, sämtliche Amphetamine auf einmal auszuscheiden. Pattersons nervliche Belastung hat also viele Gründe.

Der Hauptgrund jedoch ist sein verzweifelter Versuch zu verstehen, was aus Chases Gesicht gewichen ist. Was eben noch da war und jetzt weg ist. Patterson hat das alles schon mehrfach erlebt, schon mehrfach das Gesicht einer Leiche nach Zeichen dieses Verlusts abgesucht. Nach jeder Leichenbergung, von denen er bereits allzu viele hinter sich hat, hat er sich genau darüber den Kopf zerbrochen. Was geschah da, das er nie sehen konnte? Man kann das Wesen eines Menschen nicht an dem erkennen, was nach dem Tod von ihm übrig bleibt.

Als Justin starb, hat er einen groben Fehler begangen. Nachdem er im Krankenhaus vom Klo zurückkam und ihn tot auffand, hat er versucht, sich das Gesicht des Jungen einzuprägen. Er hat auf die seltsame wächserne Ruine seines Sohnes hinabgesehen und solche Angst gehabt, einen Teil von ihm zu vergessen, dass er sich nicht einmal erlaubte zu blinzeln. Er hat in Justins Gesicht gestarrt, bis er sich sicher war, ihn nie zu vergessen, komme, was da wolle.

Und das hat er auch nicht. Das war das Problem. Es dauerte Jahre, ehe er sich überhaupt wieder an sein Gesicht erinnern konnte, ohne es in diesem Krankenhausbett zu sehen, wächsern und fremd. Fotos halfen nicht. Das tun sie nie. Das Einzige, was ihm seinen Sohn wiederbrachte, war die Zeit. Die Zeit und das Briefeschreiben.

Schließlich ist Chase in die Abdeckplane eingewickelt. Junior sitzt auf der Treppe und zündet sich eine Zigarette an. »Jetzt sag bloß nicht, dass du wegen dem kleinen Wichser noch anfängst zu heulen.«

Patterson schwillt vor Hass der Kragen, ehe er merkt, dass Junior nicht von Justin sondern von Chase spricht. Was ja das einzige Thema ist, das für ihn gerade in Frage kommt. Also denkt auch er an Chase, und zwar an den Chase, den er im Einsatz kennengelernt hatte. Er erinnert sich, wie der Mann am Häcksler arbeitete, zur Musik aus dem Radio sang und die Liedtexte verstümmelte. Immer der Erste, wenn es darum ging, ein Bier zu spendieren oder einen Witz auf eigene Kosten zu reißen. Er hatte eine lockere Art sich selbst gegenüber, wie Patterson sie nie hatte.

»Er hätte wohl trotz allem was Besseres verdient, als er am Ende bekommen hat«, sagt Patterson.

»Keiner verdient was Besseres, als er am Ende bekommt«, entgegnet Junior.

Patterson streicht sich behutsam über die Bisswunde und denkt sich, dass er den Verband wahrscheinlich ablegen sollte. Dass nichts Gutes dabei herauskommen kann, wenn er ihn weiter anbehält, nachdem er den Leichnam eingewickelt hat. Der Verband ist braun und gelb und komplett von Chase verdreckt. Patterson mag sich kaum vorstellen, was alles an forensischen Indizien darin klebt. Er zupft an einem losen Ende, zwickt sich aus Versehen in die Wunde und stöhnt vor Schmerzen. Dann erinnert er sich, dass er den Verband ja nur trägt, weil Chase ihn gebissen hat. Und dass sich nichts darin befinden kann, was nicht sowieso schon in seiner Wunde ist.

Diesmal muss er sich an einer der Kellerwände abstützen. Und das für geraume Zeit.

So lang, um genau zu sein, bis Junior fragt: »Koks gefällig?«

29. Kojoten

Das Einzige, was es im gemeindefreien Adams County reichlich gibt, sind passende Plätze, um eine Leiche zu vergraben. Als sie auf einem der vielen verlassenen Landstreifen zwischen der Raffinerie und der Abdeckerei dann ein kleines Pappelwäldchen finden, machen sie sich an die Arbeit und graben ein Loch. Dank ihrer Koksnasen strotzen sie zwar vor Mut, sind jedoch beide ein wenig sprunghaft und aufgedreht.

»Meinst du, das ist tief genug?«, fragt Junior schließlich. Er lehnt sich auf seine Schaufel und spuckt in das Loch hinab.

»Weiß der Teufel«, antwortet Patterson. Aufgrund der Doppelladung Kokain und Percocet spürt er inzwischen nicht einmal mehr den geringsten Schmerz.

»Sieht so aus, als wären wir 'n guten Meter weit unten. Das muss doch wohl tief genug sein.«

»Und was ist mit Spürhunden?«, fragt Patterson.

»Da muss erst mal jemand ahnen, dass hier draußen 'ne Leiche rumliegt, bevor er mit Spürhunden anrückt.«

»Es gibt ja auch noch Kojoten. Jede Menge Kojoten.«

»Hast du je von einem Kojoten gehört, der einen Meter tief in den Dreck runtergegraben hat?«

»Wir hätten trotzdem Ätzkalk mitbringen sollen.«

»In einer Minute ist alles vorbei«, sagt Junior. »Dann liegt der Kerl unter der Erde und nichts wird ihn mehr ausbuddeln.«

Patterson wirft ihm einen Blick zu.

»Wie wär's, wenn wir die Leiche jetzt in das Loch hier werfen?«, fragt Junior. »Lass uns den Scheißkerl endlich begraben.«

Patterson nickt. Er packt den eingewickelten Leichnam am Kopf und zieht ihn von der Ladefläche des Trucks herab. Junior nimmt ihn an den Füßen, und gemeinsam hieven sie ihn in das Loch. Als er landet, ragt er zwar noch halb heraus, doch dann treten sie auch den letzten Rest hinein, füllen das Loch auf und decken es mit genügend Gras, Dreck und Pappelästen ab, um es ausreichend zu verbergen, zumindest ihrer mitternächtlichen Einschätzung nach.

»Wenn wir doch nur frische Klamotten mitgebracht hätten«, sagt Patterson, als er seine Schaufel auf die Ladefläche wirft.

»Wenn das Wörtchen wenn nicht wär …«

»Frische Klamotten und Wasser, um uns zu waschen. Wir

sind völlig verdreckt. In meinem Truck wird's vor Beweisspuren nur so wimmeln.«

»Ich kann dir 'ne Jeans und 'n T-Shirt leihen, wenn wir wieder bei mir sind. Und Bleiche für die Ladefläche.« Junior zündet sich eine Marlboro an. Das Feuerzeug erhellt sein Gesicht mit einer gelblich orangen Stichflamme, die so schnell wieder verschwindet, wie sie erschienen ist. Auf Pattersons Netzhaut bleibt noch kurz eine rote Brandspur zurück, dann reicht Junior ihm eine Zigarette und sein Feuerzeug. »Ist das das erste Grab, das du je gegraben hast?«

»Ausgegraben hab ich schon so einige Leichen«, antwortet Patterson. »Aus Geröll.« Er zündet sich die Zigarette an. »Und du?«

Junior schüttelt den Kopf.

Patterson lehnt sich an den Truck. »Du gräbst wahrscheinlich ein Grab nach dem anderen. Für 'n Meth-Dealer gehört so was ja wohl zum guten Geschmack.«

»Nur das eine Mal«, erwidert Junior.

»Welches eine Mal?«

»Als ich ein Kind war.«

Die ganze Szene verzerrt sich vor Pattersons Augen wie ein flackerndes Fernsehbild. Er muss sich zwingen, sich auf Juniors Gesicht zu konzentrieren. Auf sein schlechtes Auge. Junior hat die Augenklappe abgenommen, und eine Flüssigkeit läuft durch den verkrusteten Schmutz in seinem Gesicht.

»Okay«, sagt Patterson widerwillig. »Für wen war das Grab?«

»Ein Aneurysma hat sie umgebracht. Im Schlaf«, antwortet er. Patterson senkt seinen Blick, um sich seine Erleichterung nicht von den Augen ablesen zu lassen. Er weiß zwar nicht, was Junior ihm gleich erzählen wird, doch er ist heilfroh, dass es nur um ein Aneurysma geht. »Sie ist im Schlaf gestorben«, fährt Junior fort. Er blickt sich um. »Wo is 'n der Bourbon hin?«

»Den haben wir getrunken.«

»Getrunken«, wiederholt er. »Henry ist komplett ausgerastet. Der hatte grade erst ein einwöchiges Koks- und Saufgelage hinter sich. Dann hat er sich in einer Ecke zusammengerollt, gejammert, dass er schuld dran war, und mit einem Klappmesser seine Arme traktiert. Kurz darauf hat er mich zum Komplizen erklärt, weil ich nicht die Polizei gerufen hatte. Also sind wir mit der Leiche auf ein Feld rausgefahren. Ich hab ein Grab ausgehoben und sie reingerollt, während er bewusstlos auf dem Rücksitz seines Wagens lag.«

Patterson versucht gar nicht erst, passende Worte zu finden. Er schließt einfach seine Augen und tut so, als sei er woanders.

»Das Schlimmste war der nächste Tag, als er merkte, wie saudumm er gewesen war. Da hat er mich gezwungen, sie wieder auszugraben und abzuwaschen, nackt und alles. Danach haben wir sie zurück nach Hause gebracht und ins Bett gesteckt.« Junior spuckt auf den Boden. »Natürlich mussten die Bullen nur einen Blick auf sie werfen, um zu wissen, was wir getan hatten. Du kannst dir gar nicht vorstellen, wie tief der blöde Wichser danach in der Scheiße steckte.«

»Nein«, erwidert Patterson. »Will ich auch gar nicht.«

»Lass uns zurück zu mir fahren und die Spuren beseitigen.«

Justin

Gestern fuhr ich durch Denver, geradewegs durch die Innenstadt. Als ich das letzte Mal in der Gegend war, hatte ich dich bei mir. Wir waren auf dem Weg zu einem Rockies-Spiel beim Coors Field. So wie ich mich kenne, habe ich dir von meinen Jugendträumen erzählt, von meinen Träumen, es in die Major Leagues zu schaffen. Was für kurze Zeit auch beinahe möglich schien. Zumindest bis ich es in die Schulauswahl schaffte und sah, was es wirklich bedeutet, ein mittelmäßig bis guter Spieler zu sein. Kurz darauf gab ich meine Baseballfantasien auf und fing an, mit ganz anderen Leuten rumzuhängen. Soweit ich mich jedoch erinnere, warst du eh nicht gerade beeindruckt von dem Spiel, dafür aber umso mehr vom Spielplatz nebenan, und von Dinger, dem Dinosauriermaskottchen.

Es ist lang her, dass ich Downtown Denver gesehen habe. Als ich ein Kind war, ging man nicht in die Innenstadt. Damals bestand sie aus Bordellen, Billardhallen und baufälligen Fabriken, in denen Drogensüchtige und Obdachlose Hausbesetzer spielten. Jetzt ist sie voller Boutiquen und Edelrestaurants. Die Saufbrüder und Drogenheinis haben inzwischen den Schlagstock zu spüren bekommen, sind also von der Shoppingmeile auf die Colfax Avenue umgezogen. Da hat ja immer noch einer Platz.

Ich habe einmal mit einer Kellnerin ein Wochenende in Las Vegas verbracht. Das war eine von vielleicht drei Frauen auf der Welt, die mich zu einem Wochenende in Vegas hätten überreden können, und trotzdem haben wir's nicht überstanden. Ich bin aus dem Flugzeug gestiegen und hatte vom ersten Moment an das Gefühl zu ersticken. Als drücke mir jemand ein Kissen ins Gesicht, eins mit einer Fadenzahl im Tausenderbereich, das noch dazu in Haarspray getränkt war. Auf natürliche Weise könnte diese Stadt nie existieren. Sie ist wie eine Art Mondkolonie, die nur überlebt, weil sie an einem künstlichen Lebenserhaltungssystem hängt. Sollten jemals die Lebensmittellieferungen, Klimaanlagen oder

Wasserleitungen ausfallen, würden schon binnen weniger Stunden Leute auf den Straßen verrecken. Wenn es mal so weit ist, wird die ganze Stadt ein einziges Katastrophengebiet sein. Und zwar eins, in dem ich für kein Geld der Welt arbeiten würde.

Die Sache ist die, Denver ist eigentlich genau das Gleiche. Es sieht anders aus, weil auf den großen Ebenen Gras wächst und ein paar Bäche durch die Stadt fließen, wo sie zwischen ein paar Pappeln und Weiden kurz zu Flüssen aufgeblasen werden. Doch das Umland ist und bleibt eine Hochlandwüste. Die Bevölkerung nimmt explosionsartig zu, die Einkaufsviertel sind brechend voll, auf jeder Rasenfläche wächst Wiesen-Rispengras, und es ist nur eine Frage der Zeit, bis das Wasser ausgeht. Wenn es zum Kollaps kommt, kann ich nur hoffen, dass ich daheim auf der Mesa bin.

Auf dem Heimweg fuhr ich gerade durch Lower Downtown, als die Bars dicht machten. Es war noch schlimmer, als ich es mir vorgestellt hatte. Frauen in kurzen Röcken wanderten mit ihren Schuhen in den Händen die Straßen entlang, Augen und Nasen geschwollen vor lauter Sauf- und Partylaune. Die Männer tänzelten seitwärts neben ihnen her und fielen sich gegenseitig über die Füße. Ein Duftgemisch aus Unisex-Duschgel und Früchtecocktails schwappte aus den Nachtclubs auf die Straße heraus, und es schien, als schwebten alle zehn Zentimeter über der Erde.

Ich hatte in der letzten Zeit so einige Fehlentscheidungen getroffen, doch als ich heimfuhr, dachte ich ganz bewusst nicht darüber nach. Ich wusste, dass ich solchen Gedanken nur zu Hause gewachsen bin, wenn überhaupt.

30. Geister

Am nächsten Tag reinigt Patterson die Bisse an Arm und Schulter, versichert sich, dass keiner davon infiziert aussieht, und verbrennt den Verband. Dann stellt er seine Zinkwanne im Wohnzimmer auf und nimmt ein Bad. Lang sitzt er da, lässt das Wasser die Schmerzen aus den Bissen waschen und betrachtet die Zahnabdrücke, bis sie verschrumpeln und verblassen. Die Fenster hat er geöffnet, so dass er Vögel hören kann, und noch in der Wanne isst er mit bloßen Händen ein blutiges Drei-Pfund-Steak. Dann verbindet er seine Wunden und trinkt beim Lesen auf der Veranda eine Flasche George Dickel Whiskey. Jedes Mal, wenn er an Chase denkt, liest er ein weiteres Gedicht und nimmt einen weiteren Schluck, zieht sich weiter in Robert Frosts dunkle Wälder und Geister zurück. Sancho sitzt die ganze Zeit über an Pattersons Seite, als ob er über ihn wache.

Chase und Patterson waren keine großen Freunde. Das kann er wirklich nicht behaupten, und das weiß er auch. Chase war schon vor dem Meth seltsam. Hatte seinen Verstand längst an seine chronische Armut verloren, an die schmutzigen Geschäfte, die er für das bisschen, das er hatte, betreiben musste, und an den unbestimmten Eindruck, dass eine irre weite Welt hinter seinem Horizont lag, eine Welt, die sich komplett gegen ihn verschworen hatte. Sein Schlag Mensch ist leicht zu erkennen. Die Großtuerei, die Selbstherrlichkeit, die Schimpftiraden, hier auf reiche Scheißkerle, da auf eingebildete Schlampen.

Aber er war ihm eben doch ein Freund gewesen, zumindest in dieser letzten Saison. Er besaß die Fähigkeit, still zu sein. Nützte sie zwar nicht sonderlich oft, aber er konnte es. Und wenn Patterson über etwas reden musste, das er in einem Buch gelesen hatte, hörte Chase ihm zu. Er war immer etwas ehrfurchtsvoll, dass Patterson überhaupt Bücher las, und Patterson kann nicht behaupten, je den Eindruck gehabt zu haben, dass Chase auch nur irgendetwas von dem verstand, was er ihm da erzählte, aber er hörte immer zu. Und eins ist für Patterson so sicher wie das Amen in der Kirche: Er hatte es nicht verdient, in einem Dreckloch in Adams County verbuddelt zu werden.

Dennoch kann Patterson nicht von sich sagen, dass er ein schlechtes Gewissen hätte wegen dem, was mit Chase passiert ist. Er hatte keinen Ärger gewollt, und ehe er zuschlug, hatte Chase ihm ein Loch in den Arm genagt. Es fällt ihm also schwer, sich allzu schuldig zu fühlen. Was ihm jedoch leidtut, ist, was sie ihm am Ende antun mussten. Ihn da draußen begraben.

Als er so dasitzt und Robert Frost liest, verspricht sich Patterson ein paar Dinge. Wie zum Beispiel, sich nicht weiter in Juniors Scheiße hineinziehen zu lassen. Patterson weiß immer noch nicht, wie um alles in der Welt er überhaupt so weit hineingeraten konnte. Der erste Schritt ergab ja noch Sinn. Rüberfahren und ihm ins Gewissen reden, damit er Henry in Ruhe lässt. Doch sich von ihm zurückrufen zu lassen, um Chase einzuschüchtern, woraufhin der auch noch verreckt, darauf hätte Patterson verzichten können. Junior hätte sich doch raushalten und das kleine Arschloch sich selbst überlassen können. Irgendwann hätte der sich in Denver dumm und dämlich gelaufen, und gefunden hätte er ihn ohnehin nicht.

Aber natürlich hätte auch Patterson sich raushalten können. Schon in Chases Haus in St. Louis, als das Ganze mit Chases Frau anfing. Aber wie zur Hölle soll man im Nachhinein noch aus Entscheidungen schlau werden, die derart übel enden?

•••

Ein paar Stunden nachdem er den Bourbon geleert hat, wacht Patterson von einem Autogeräusch in seiner Einfahrt auf. Als er seine Avrilla-Kappe von den Augen nimmt, steht Laney auf der Verandatreppe, Gabe an der Hand. Patterson fängt an zu husten, hart zu husten, bis er sich Schleim in die Faust würgt. Als der Hustenanfall vorüber ist, wischt er seine Hand an seiner Jeans ab und zündet sich eine Zigarette an. Dann hält er sie von seinem Mund weg, um sie zu verschonen, während er noch ein paar Mal hustet.

»Lange Nacht?«, fragt Laney mit Blick auf seinen Verband.

»Meine sind alle lang.« Patterson grinst ein Grinsen, das verwegen aussehen soll, doch stattdessen eher den Verdacht auf einen Bauchschuss weckt.

»Sieht ganz so aus«, erwidert sie mit einem demonstrativen Blick auf seinen bandagierten Arm. Demonstrative Blicke sind etwas, das sie sehr gut beherrscht.

»Das war ein Eselhase. Der Mistkerl hat mich angegriffen.«

»Hast du ihn erledigt?«

»Ja, den hab ich erledigt, keine Sorge.«

Sie schüttelt den Kopf. »Wir gehen picknicken«, sagt sie. »Haben sogar ein Brathähnchen dabei. Ich hab's selbst zubereitet.«

»Ja?« Patterson hat das Gefühl, dass er etwas von diesem Brathähnchen wissen sollte, kann sich aber an nichts erinnern. »Woher wusstest du, dass ich hier bin?«

»Wusste ich gar nicht«, antwortet sie. »Wir waren auf dem Weg zu den Sanddünen. Gabe will im Medano Creek spielen.«

»Trägt der noch Wasser? Ich dachte, der wäre mittlerweile vertrocknet.«

»Noch fließt er. Wir haben im Internet nachgesehen.«

»Im Internet nachgesehen?«

»Armer Patterson«, sagt sie. »Im Internet findest du alles. Aller Wahrscheinlichkeit nach hätte ich auch sehen können, ob du daheim bist. Irgendeine Satellitenaufnahme von deinem Haus hätte ich wohl schon gefunden, und da lässt sich ja leicht sehen, ob dein Truck in der Einfahrt steht.«

Die Idee gefällt ihm nicht. Er blickt in den Himmel hinauf und zuckt zusammen, als ihm aus all dem Blau heraus die Sonne in die Augen sticht.

»Ich könnte mitkommen«, meint er.

»Ist bloß ein Picknick«, erwidert sie.

»Bloß ein Picknick.« Patterson sieht zu dem Jungen. Er ist klein für sein Alter. Schwarze Haare, scharfe Züge und eine seltsame, argwöhnische Intelligenz in den Tiefen seiner Augen. »Hast du die Pferde schon gesehen?«, fragt Patterson ihn.

Der Junge schüttelt den Kopf.

»Da gibt's eine ganze Herde von Pferden mit Schwimmhäuten. Die verstecken sich da oben in den Dünen.«

»Hör auf«, sagt Laney.

»Ist doch wahr«, beharrt Patterson. »Das hab ich im Radio gehört. Von Bruder Joe.«

»Ich hab gesagt, du sollst aufhören.«

»Und wie sieht's mit der Alligator-Farm aus?«, fragt Patterson. »Die gefällt mir am besten. Erst war's eine Buntbarsch-Farm, doch die Eigentümer beschlossen, einen Alligator anzuschaffen, um die Überreste der Fische zu vernichten. Dann dachten sie sich, dass der Alligator einsam sein könnte, also kauften sie noch einen, damit der ihm Gesellschaft leistet. Und nun haben sie eine Alligator-Farm und keinen einzigen Buntbarsch mehr. Dafür kann man da jetzt mit den Viechern ringen.«

»Ich mein's ernst«, sagt Laney.

»Die Geschichte stimmt aber wirklich.« Patterson muss schmunzeln. »Also gut. Ich hab noch eine. Auf den Dünen kann man Schlitten fahren. Lass uns in Alamosa halten und einen beim Walmart besorgen.« Er versucht aufzustehen, doch beim ersten Anlauf spielen seine Beine noch nicht mit. »Und Bier werd ich auch besorgen müssen.«

Laney öffnet schon den Mund, als wolle sie etwas erwidern. Lässt es jedoch bleiben.

31. Wasser

Patterson starrt ihr auf den Po, als sie vom Bett zum Badezimmer geht. Er kann sich noch gut erinnern, wie gern er das in den ersten Tagen ihrer Ehe tat. So kommen selbst die unwahrscheinlichsten Dinge wieder, wenn man nur lang genug wartet. Sie schließt leise die Badezimmertür, unter der lediglich ein schmaler Streifen gelben Lichts auf dem Boden zurückbleibt. Patterson bleibt im Bett liegen und raucht. Gelegentlich ascht er in eine Bierflasche auf dem Nachttisch. Dann geht die Tür wieder auf und sie kehrt ins Bett zurück, rutscht unter die Decke und schmiegt sich rücklings an ihn, an seine nackten Beine, kalt wie ein Fisch.

»Es war schön, euch beiden heute Nachmittag beim Schlittenfahren zuzusehen«, sagt sie. »Ich wusste gar nicht, dass das auf den Dünen geht.«

Patterson knurrt unverbindlich. Gabe ist ein seltsamer Junge. Ein Tagträumer, der nur redet, wenn er angesprochen wird, und manchmal selbst dann nicht. Kein bisschen wie Justin. Sie hatten es mit dem Schlitten nur zweimal auf die Dünen hoch geschafft, ehe er zurück zum Bach und zu seiner Mutter wollte.

»Alles klar?«, fragt sie. Sie beugt sich über Patterson zum Nachttisch, nimmt eine seiner Zigaretten und zündet sie an, ehe sie sich mit einem rauchigen Seufzer wieder zurück in ihr Kissen sinken lässt. »Hast du das mit Antonio mitbekommen?«

»Welcher Antonio?«

»Antonio – unser Nachbar. Mein Nachbar. Mit dem du dich früher immer auf seiner Veranda betrunken hast, wenn du auf mich sauer warst.« Sie lispelt ein wenig. Wie immer nach dem vierten Drink. Eine Eigenheit, die in ihren Zwanzigern noch liebenswert war, heute weniger.

»Ich bin schon ’ne ganze Weile weg«, erinnert er sie.

»Seine Frau hat eine Niere verloren«, sagt Laney.

»Hab ich nicht mitbekommen.«

Sie dreht sich zu ihm, stützt sich auf ihren Ellbogen. »Du solltest vorbeischauen und was zu ihm sagen.«

»Was denn?«

»Ihm zum Beispiel anbieten auszuhelfen, falls er jemanden braucht. Du könntest ihm ein Freund sein. Seinen Kindern geht’s auch nicht gut. Der Kleine hat, wie heißt das noch mal, Knochenschwund.«

»Knochenatrophie.«

»Richtig, Atrophie.«

»Der sollte das Leitungswasser hier nicht trinken.« Patterson lässt seinen Zigarettenstummel in die Bierflasche fallen, die ihm den ganzen Abend schon als Aschenbecher dient.

Sie stützt sich noch immer auf ihren Ellbogen und betrachtet ihn. Im Licht ihrer glimmenden Zigarette glänzen ihre Augen in einem flüssigen Rot.

»Es heißt doch, man soll acht Gläser Wasser am Tag trinken«, entgegnet sie.

»So nah, wie du hier an der Molybdänmine dran bist, wärst du in einem Jahr tot«, sagt Patterson. »Ich hab seit unserer Scheidung nicht ein Glas Wasser getrunken.«

»Das glaub ich gerne.« Sie streckt die Hand mit der Zigarette aus und streichelt einen Augenblick lang seinen Arm. »Es war schön. Ich meine, wirklich schön, dich mit ihm in den Dünen zu sehen.«

Patterson seufzt.

»Also«, fährt sie fort, nur um erneut einen Moment lang zu schweigen. »Ich habe nachgedacht«, sagt sie schließlich.

Schlagartig verspürt Patterson den Drang, sich auf und davon zu machen. »Worüber?«

»Darüber, Questa zu verlassen. Darüber, an einen Ort zu ziehen, wo man das Leitungswasser trinken kann.«

»So? Wohin würdest du denn ziehen?«

»Denver, vielleicht. Es muss ja nicht weit weg sein. Leitungswasser kann man an den meisten Orten trinken.«

»Leitungswasser kann man nirgends trinken«, sagt Patterson. »Und ich war gerade erst in Denver. Da kannst du nicht mal die Luft atmen.«

Sie raucht ihre Zigarette zu Ende und reicht ihm den Stummel. Er lässt ihn in die leere Bierflasche an seiner Seite fallen.

»Hast du Gabes Hände gesehen, als ihr Schlitten fahren wart?«

Er stöhnt.

»Ich meine es ernst«, fährt sie fort. »Seine Hände zittern. Und er hat häufig Kopfweh.«

»Lass ihn kein Leitungswasser trinken«, meint Patterson.

»Mehr hast du nicht zu sagen?«, fragt sie. »Lass ihn kein Leitungswasser trinken?«

Patterson faltet die Bettdecke zurück und schwingt seine Beine aus dem Bett.

»Ach, fick dich«, sagt sie. »Jetzt komm zurück ins Bett.«

»Ich muss früh raus.«

»Unsinn«, sagt sie. »Komm zurück ins Bett. Ich hör auch auf zu reden.«

Patterson zieht sich im Dunkeln seine Jeans an. »Nein, tust du nicht.« Er küsst sie auf die Stirn. »Ich muss wirklich früh raus.«

Was nicht ganz stimmt. Er muss nur aus diesem Schlafzimmer raus.

32. Tätowierungen

Patterson tritt seinen neuen Job bei Paulson an: Buschland für Eigenheime roden. Er hat zwar nicht vor, jeden von Henrys Plänen für sich in die Tat umzusetzen, aber es stimmt ja, dass er etwas Geld immer gut gebrauchen kann. Außerdem ist Büscheschneiden zwar harte Arbeit, aber weniger gefährlich als Bäumeklettern. Und Patterson kommt es so vor, als hätte Paulson nichts dagegen, jemanden zu haben, der ihm seine Mexikaner auf Trab hält. Der Eindruck hat etwas mit der Art zu tun, wie Paulson sein Gesicht von ihnen abwendet und in den Dreck spuckt, nachdem er ihnen einen Befehl erteilt hat. Was für Patterson bedeuten könnte, den Sommer im Führerhaus seines Trucks zu verbringen und dafür bezahlt zu werden, anderen bei der Arbeit zuzuschauen.

Arbeiten jedoch, das können sie. Patterson verausgabt sich geradezu, nur um mit ihnen mitzuhalten, und kommt dabei auf gute 14 Arbeitsstunden. Die Wunden, die Chase ihm verpasst hat, behindern ihn inzwischen kaum mehr, doch als es auf Feierabend zugeht, kehren all die schmerzlichen Altlasten seiner Baumfällertage zurück. Schließlich kann er kaum noch gehen, ohne sich sein Kreuz zu halten. Seine linke Hand ist auf die Größe eines Baseballhandschuhs angeschwollen, und dank der Schulterschmerzen sieht er schwarze Flecken vor den Augen.

Er büßt immer noch für Dinge, die er seinem Körper vor zehn Jahren zugemutet hat, und es gibt Zeiten, in denen all diese Leichtsinnigkeiten drohen, sich gegen ihn zu verbünden und ihn vollends außer Gefecht zu setzen.

Was Sancho anbelangt, der verbringt den ganzen Tag damit, im Dreck zu liegen und ihm bei der Arbeit zuzusehen. Patterson hat das Gefühl, dass Sancho nichts lieber täte, als dauerhaft auf die Mesa zu ziehen.

Als er endlich vor seiner Hütte hält, ist sie wieder da. Laney. Sitzt auf seiner Verandatreppe und liest. »Ich habe einen Babysitter«, sagt sie und schließt ihr Buch. »Wo warst du denn? Du solltest mich doch ausführen.«

Patterson schiebt das spärliche Mobiliar in seinem Gedächtnis herum, findet jedoch nichts dergleichen.

»Entspann dich«, fährt sie fort. »Was ich damit sagen wollte, ist, dass ich in der Hoffnung hier rausgefahren bin, dass du mich vielleicht ausführst.«

»Verstehe.«

Sie kneift die Augen zusammen. »So, und wo warst du nun?«

Leugnen erscheint ihm unter diesen Umständen aussichtslos, also antwortet er wahrheitsgemäß: »Arbeiten.«

»Arbeiten?«

»Henry hat mir einen Job organisiert. Das soll mich wohl dazu bringen, dauerhaft auf die Mesa zu ziehen.«

Schlagartig gehen Laneys Augen wieder auf, weit auf. »Ach, du lieber Gott«, sagt sie. »Wie siehst du denn aus!«

»Mir geht's gut«, erwidert Patterson. Und das ohne Blut zu spucken, was für sich schon eine beachtliche Leistung ist.

Sie legt ihr Buch auf den Boden und steigt von der Veranda herab. »Entschuldige bitte«, sagt sie. »Komm, ich helf dir.«

»Morgen wird's weniger schlimm«, meint Patterson. »Das ist ja die Sache mit dem Altwerden. Morgen wird immer alles weniger schlimm.«

Sie nimmt ihn am Arm. »Hier«, sagt sie und führt ihn hinein zur Couch. »Was machst du jetzt normalerweise?«

»Mich betrinken.«

Sie sieht ihn an.

»Unter dem Spülbecken ist noch etwas Bengay«, sagt er. »Betteln werd ich aber nicht.«

...

Bei Anbruch der Dunkelheit liegt er ausgestreckt auf einer ausgefransten Decke auf dem Boden seiner Hütte und Laney reibt ihm im Lampenlicht den Rücken mit Bengay-Creme ein.

»Wusstest du, dass Henry mit seiner Frau redet?«, fragt sie, während sie ihm in sein sonnenverbranntes Fleisch bohrt, als führe sie mit ihren Fingern eine Art Operation durch.

»Seit wann seid ihr zwei denn so gute Freunde?«

»Wir reden am Telefon«, erwidert sie schlicht.

»Über was?«

»Dies und das. Er ist interessant.«

»Sicher«, keucht Patterson, als sie ihm mit beiden Händen seine ganze Kraft aus der Lunge quetscht. »Und nein, er hat mir nie erzählt, dass er mit seiner Frau redet.«

»Tut er aber, und zwar die ganze Zeit. Er hat ihre Asche in seiner Wohnscheune. Er behauptet sogar, dass sie ihm antwortet.«

»Wetten, ihre Stimme klingt genau wie seine?«, sagt Patterson.

Diesmal bohrt sie ihm so tief in die Schulter, dass er beinahe winselt. »Mach dich nicht über ihn lustig«, sagt sie. Ihre Stimme ist dabei nicht unbedingt freundlich.

»Tu ich nicht.« Dann kommt ihm ein Gedanke. «Hat er dir erzählt, an was sie gestorben ist? Seine Frau?«

»An irgendeiner Art Krebs«, sagt sie. »Hat lang gedauert. Ein halbes Jahr. So lang saß er bei ihr im Krankenhaus.«

»Das hat er mir auch erzählt. Dabei dachte ich immer, sie hätte zu viel Leitungswasser getrunken.«

Wie zu erwarten klatscht sie ihm auf den Hinterkopf. »Warum fragst du?«

»Ich hab noch eine andere Geschichte gehört«, sagt Patterson.

»Die hast du von dem Arschloch gehört, seinem Sohn. Henry hat mir von ihm erzählt. Er hat auch erwähnt, dass du und er seit Neuestem dicke Freunde seid.«

»Das würde ich nicht gerade behaupten«, meint Patterson.

»Henry hat sich verändert«, fährt sie fort. »Menschen verändern sich.«

»Junior muss er davon noch überzeugen.«

Sie bohrt erneut. Und diesmal winselt er doch. »Junior hat keine Ahnung«, entgegnet sie.

»Ich widersprech dir doch gar nicht«, sagt Patterson.

»Hast du dich bei Henry dafür bedankt, dass er dir diesen Job besorgt hat?«, fragt sie.

»Ich muss erst noch meine Pistole laden.«

»So, fertig«, sagt sie, steigt jedoch nicht von ihm ab. Stattdessen streichen ihre Finger sanft über seinen Rücken, dann seine Arme hinab. »Jetzt kann ich sie sehen«, fährt sie fort. »Die Tätowierungen. Die, die du versucht hast zu überdecken. Komisch, dass ich sie nicht sehen konnte, als wir verheiratet waren.«

»Manche sehen sie auf den ersten Blick«, meint Patterson. »Andere brauchen länger.«

»Warum hast du sie dir stechen lassen?«

»Weil sie umsonst waren. Und weil sie Leute abschreckten.«

»Hast du wirklich Menschen zusammengeschlagen? Nur wegen ihrer Identität?«

»Manchmal. Aber seltener, als wir uns gegenseitig verdroschen haben.«

Sie schaudert. »Und was hat es damit auf sich?«, fragt sie und ertastet dabei einen Knoten unterhalb seines rechten Schulterblatts.

»Weiß ich nicht«, erwidert Patterson. »Da hat sich vor ein paar Jahren mal ein Ast reingebohrt. Ich hab an einem herunterhängenden Wipfel gezogen und das Ding hat mich sechs Meter weit auf den Boden hinuntergeschleudert. Ungefähr sechs Monate später erschien der Knoten.«

»Wie kann es denn sein, dass du nicht weißt, was das ist? Bist du nicht zum Arzt gegangen?«

»Doch, bin ich schon. Hatte mir ja drei Rippen gebrochen. Aber mein Kopf war woanders.«

»Du hast dir drei Rippen gebrochen und dein Kopf war woanders? Wo denn, bitte?«

»Jedes Mal, wenn sich ein Angestellter bei Avrilla während der Arbeitszeit verletzt, muss er einen Drogentest machen. Ich war mir ziemlich sicher, dass ich meinen nicht bestehen würde, also hab ich einen Arbeitskumpel gebeten, in eine Leimflasche zu pissen. Die hab ich mir ans Bein gebunden, sie war aber undicht, und die ganze Zeit lang, während der Arzt mit mir geredet hat, konnte ich an nichts anderes mehr denken. Nur noch daran, dass mir fremde Pisse das Bein runtertröpfelt.«

Laney versucht etwas zu sagen, bringt aber vor Lachen kein Wort heraus.

»Steh auf«, sagt Patterson. »Ich brauch ’n Drink.«

Hilflos außer Atem rollt sie sich von ihm herunter und bedeutet ihm mit einem Wink, ihr auch einen zu bringen.

Als er die Whiskeyflasche unter dem Schrank hervorzieht, klopft es an der Tür. Patterson seufzt, stellt die Flasche ab und öffnet.

Es ist Emma. Mit den Händen in den Taschen ihrer Carhartt-Jacke steht sie auf der Schwelle und blickt so elend drein, wie es nur ein Mädchen ihres Alters vermag. Draußen regnet es. Kleine Wassertropfen laufen ihr aus den Haaren über die blassen Sommersprossen ihres Gesichts, das so ausgewaschen ist wie das Spültuch eines Farmers. Patterson nimmt sie an der Schulter und zieht sie in die Hütte.

»Komm rein«, sagt er. »Komm schon rein.«

Laney eilt bereits herbei, führt Emma ins Wohnzimmer und nimmt ihr die nasse Jacke ab.

Währenddessen geht sich Patterson seine Stiefel anziehen. »Im Geschirrschrank findest du Tee«, sagt er. »Vielleicht möchte sie ja einen.«

»Wo willst du denn hin?«, fragt Laney.

»Ich bin gleich wieder da«, erwidert er und schnallt sich sein Gürtelholster an.

33. Heilmittel

Die Tür zu Henrys Hütte ist unverschlossen. Er sitzt oben im Wohnzimmer bei der Truhe mit dem Reitbedarf. Vor ihm liegt ein Revolver, ein 44er Single-Action Magnum. Daneben steht eine Flasche Old Crow, die zu drei Vierteln leer ist, und in seiner linken Hand hält er ein Glas.

»Jim Harrisons Heilmittel für gebrochene Herzen«, sagt Patterson. »Anfang der Woche hatte ich auch eins. Badewanne, blutiges Steak, das volle Programm.«

»Das Rezept hab ich dir doch selbst verraten«, erwidert Henry.

»Wohl wahr. Dank deiner Sauferei war's ja auch 'n Höllensommer.«

»Ein höllischer Sommer«, bestätigt Henry, ohne Patterson anzusehen.

Patterson nickt. »Willst du mir nicht die Waffe geben?«

»Noch nicht.« Seine rechte Hand greift nach dem 44er. »Ich hab mich noch nicht entschieden.«

»Du hast Emma angerufen, um mich zu holen«, sagt Patterson. »Das heißt, du hast dich bereits entschieden.«

Seine Augen sind blutunterlaufen, seine Brauen schweißnass. »Ich hab sie angerufen, um ihr zu sagen, dass ich morgen blaumache, nicht damit sie mir einen Babysitter auftreibt.«

»Tja. Jetzt ist sie bei Laney.«

»Gut so.«

Patterson holt seine Zigaretten raus. »Stört's dich, wenn ich rauche?«

»Nur zu«, erwidert Henry.

Patterson nimmt sich als Aschenbecher eine Untertasse aus einem der Geschirrschränke und setzt sich an die Pferdetruhe.

»Du hast alles getan, was du tun konntest«, sagt er. »Laney und ich haben gerade erst darüber gesprochen.«

Henry räuspert sich. Er trinkt.

»Sie war krank.« Patterson zündet sich eine Zigarette an. Über den Rauch hinweg betrachtet er Henry.

»Da konnte ich nichts tun«, fügt Henry hinzu.

»Krebs kann man nicht besiegen.«

Henry räuspert sich erneut. »Sie hat es versucht. Sie hat alles gegeben. Und ich bin bis zum bitteren Ende bei ihr gesessen.«

»Ich weiß.«

»Was tust du, Patterson?« So betrunken er auch ist, seine Stimme ist nach wie vor tief und klar. Sie scheint tief aus der Zedervertäfelung an den Wänden zu kommen. »Was tust du, wenn du deinen Sohn vermisst?«

»Ich schreibe ihm«, sagt Patterson. »Ich versuche, ihn in meiner Nähe zu spüren. Und manchmal besaufe ich mich mit einer geladenen Pistole in Reichweite.«

»Ich will nicht mehr reden. Und meine Knarre will ich dir auch nicht geben.«

»Das musst du auch nicht. Keins von beiden.«

»Ich will diese Flasche leer trinken und dann ins Bett gehen.«

»Hast du was dagegen, wenn ich solang bei dir sitzen bleibe?«

Henry schüttelt den Kopf.

Patterson denkt daran, was Laney gesagt hat. Dass Henry mit seiner Frau spricht. Und nun drängt sich doch die Frage auf, warum Henry ihm nie davon erzählt hat. Aber es ist nicht wirklich wichtig. Patterson weiß zwar nicht, was Henry sagt, wenn er mit ihr redet, aber er weiß, was passiert, wenn sie aufhört, ihm zu antworten.

Das scheint oft der Fall zu sein in Henrys schlimmen Nächten. Dabei ist sich Patterson nicht mal sicher, ob irgendjemand außer Henry sie überhaupt als so schlimm empfinden würde. Und wenn er sich's recht überlegt, weiß er nicht mal, ob seine eigenen schlimmen Nächte wirklich so schlimm sind, wie er meint. Diese Zweifel hegt er nun bereits, seit er Junior getroffen hat. Der Junge hat Pattersons Horizont um ein gutes Stück erweitert. Doch nun, da er bei Henry sitzt, merkt er, wie lächerlich Juniors Geschichte über den Tod seiner Mutter wirkt. Dass er sie erst begraben und später wieder ausgegraben haben soll. Was Patterson auf den Gedanken bringt, wie lächerlich Junior überhaupt wirkt.

Er sitzt bei Henry, bis der seine Flasche geleert hat. Dann hilft er ihm ins Bett. Henry ist längst jenseits von betrunken, und als Patterson die Tür zu seinem Schlafzimmer schließt, murmelt er etwas. Patterson ist jedoch schon lange genug sein Freund, um nicht nachzufragen, wenn er betrunken ist, also entlädt er einfach den 44er und legt die Patronen neben die Waffe aufs oberste Regal seines Schreibtisches, wo Henry seinen Putzstock und sein Öl aufbewahrt. Dann lässt er die Whiskeyflasche im Müll verschwinden und spült sein Glas.

34. Spät

Es gibt Zeiten, da muss Junior allein sein. Das ist einer der Gründe, warum er nicht mit Jenny zusammenwohnt, warum er stattdessen für zwei Häuser im selben Block Miete zahlt. An den meisten Tagen kommt er so gut mit seinen Mitmenschen zurecht wie jeder andere auch, doch an manchen scheint es ihm förmlich die Haut vom Körper zu reißen. An solchen Tagen liegen seine Nerven blank, und dann bleibt er lieber allein. Meidet anderer Leute Gesellschaft. Oder zumindest die seiner Bekannten.

Was in letzter Zeit vermehrt vorkommt.

Heute Morgen wacht er auf dem Fahrersitz seines Wagens auf, und das mit offenem Mund und einem Geschmack auf der Zunge, der irgendwo zwischen Kiesgrube und Baumwollfabrik liegt. Das Letzte, woran er sich noch erinnern kann, ist die I-25. Nach seiner zweiten Liefertour in Folge war er auf dem Rückweg von der Grenze. Er weiß, dass er sich an mehr erinnern sollte, aber mehr ist da nicht. Die Gedanken, so langsam entgleiten sie ihm alle.

Es dauert ein paar Minuten, ehe er in der Lage ist, seine Augen aufzusperren. Und ein paar weitere, ehe die Morgensonne ihm weit genug vom Pelz rückt, dass er seine Umwelt wahrnehmen kann. Ein Parkplatz hinter einer Biker-Bar an der 38sten, unweit vom *Federal Center*. Muss eine Höllennacht gewesen sein. Junior fummelt nach der Brusttasche seines Hemds und findet neben seinen Zigaretten sogar noch sein Feuerzeug.

Er zündet eine an und lässt eine Rauchfahne in Fetzen aus seinem Mund steigen. In seinem Magen macht sich krampfartig ein schlechtes Gewissen breit. Jede Fahrt zur Grenze, jeder Morgen, an dem er für Casey unbrauchbar aufwacht, ist ein weiterer Fehler, den er nie wiedergutmachen kann. Und schon allein dafür will er sich Henry schnappen und ihm den Kopf in den Boden stampfen.

Dann bemerkt er das Mädchen auf dem Beifahrersitz neben sich. Ihr Jeansrock ist zu kurz, ihr T-Shirt zu dünn, und ihr blasses Gesicht so ramponiert und verschmiert wie eine alte Gipskartonwand. Sie trägt Juniors Augenklappe, doch im Schlaf ist sie ihr auf die Nase gerutscht. Junior zerrt sie ihr vom Kopf, und das nicht unbedingt zärtlich, doch sie regt sich nicht einmal. Er legt sich die Augenklappe wieder an, und als ihm dabei erneut Casey durch den Kopf geht, gibt er der Schulter des Mädchens einen Ellbogenrempler. Ihre Augenlider zucken. Langsam rüttelt sich ihr Körper wieder zu Bewusstsein, als hätte er einen Spielzeugroboter eingeschaltet.

»Freut mich, dass du noch am Leben bist«, sagt Junior.

»Ach du Scheiße«, erwidert sie. Und sie klingt, als meine sie es auch so. Dann zucken ihre Arme, und ihre Augen springen auf. »Wie viel Uhr ist es?«

»Weiß der Teufel.«

Sie fuchtelt mit den Händen. »Wo ist meine Handtasche?« Sie findet sie im Fußraum und reißt sie auf. »Ach du Scheiße. Er hat schon 17 Mal angerufen.«

»Wer?«

»Lem.«

»Dein Zuhälter?«

»Fick dich.« Sie klappt ihr Handy zu. »Ja.«

»Wo hab ich dich aufgegabelt?«

»Colfax. East Colfax.«

»Schulde ich dir Geld?«

»Ja. Nein. Ich glaub nicht.«

»Gut«, sagt Junior. »Lass mich meine Kippe noch fertig rauchen, dann fahr ich dich zurück. Der kriegt sich schon wieder ein.«

Sie schüttelt den Kopf. Ihre Unterlippe zittert. Mehr denn je sieht sie aus wie ein kleines Mädchen. Was sie ja auch ist.

»Er weiß, wo ich bin«, jammert sie. »Mein Handy hat einen GPS-Sender. Mit dem kann er mich auf seinem Laptop orten.«

»Leck mich am Arsch«, erwidert Junior voller Bewunderung. »Was man mit Computern heutzutage nicht alles machen kann.«

»Fahr los«, sagt sie. »Jetzt fahr schon. Wir müssen zurück. Du weißt ja nicht, was der mit mir anstellt, wenn er mich holen muss.«

»Meine Güte«, sagt Junior. »Warte mal.« Er tastet in seinen Taschen nach den Schlüsseln. Nichts. Da, im Fußraum. Er streckt sich hinunter, um sie aufzuheben.

»Zu spät«, sagt sie mit bebender Stimme, und Junior hört eine Autotür zufallen.

Als er seinen Kopf hebt, steht Lem am Fenster. Seine Brust ist hohl, knochig und zu allem Überfluss auch noch eingerahmt von einem offenen Kapuzenpulli und einem roten Bart, der fernab jeder Realität im Reich der Pelzträume gewachsen zu sein scheint. Schwungvoll stößt Junior seine Tür auf, so dass Lem zurückspringen muss, um nicht getroffen zu werden.

»Tschuldige, Alter«, sagt Junior und steigt aus seinem Wagen. »Hab dich da gar nicht gesehen.«

»Schlampe«, faucht Lem das Mädchen an. Seine Hand fährt hinter seinen Rücken. Junior wartet erst gar nicht ab, was er da hat. Er stürzt sich auf Lem und gemeinsam fallen sie auf den Asphalt, wo Lems Hinterkopf so hart aufprallt, dass ihm die Zähne klappern. Es ist ein Messer, das er zücken will, ein Klappmesser mit einer fünfzehn Zentimeter langen Klinge. Junior packt sein Handgelenk und schlägt ihm mit der Faust ins Gesicht. »Fick dich.« Lem spuckt Blut und ein Stückchen Zunge aus. Es prallt an Juniors Backe ab, woraufhin der ihm erneut ins Gesicht drischt. Unter seiner Faust verrutschen ein paar Knochen. Lem greift ihm in den Nacken und setzt mit einem Ruck zu einem Kopfstoß an, doch Junior kommt dem Zuhälter nur allzu gern entgegen und hämmert ihm die Stirn auf die Nase, dass sein Hinterkopf auf den Asphalt donnert. Dann packt er Lems rechtes Ohr und reißt es ab.

»Verdammt«, sagt Junior. An dem obstähnlichen Ding in seiner Hand hängen lose Hautfetzen, und Blut tropft auf Lems Gesicht hinab. Es rauscht in Juniors Ohren, und plötzlich wankt der Boden unter ihm.

»Verdammt«, sagt Junior abermals. Er lässt Lems Messerhand los und rappelt sich auf. Lem bleibt, wo er ist. Zusammengerollt auf dem Boden. Aus dem Loch in seinem Kopf läuft weiter das Blut.

»Hast du das gesehen?«, fragt Junior das Mädchen, das inzwischen aus dem Wagen gestiegen ist und nun hinter der Tür steht. Statt zu antworten, lässt sie ihre Hand von ihrem Mund sinken und kotzt sich fast schon elegant auf ihr Hemd.

Was Junior auf den Gedanken bringt, dass es wohl langsam an der Zeit ist, die Heimreise anzutreten.

35. Highlands Ranch

Zu Hause angekommen braucht Junior eine Weile, bis er wieder runterkommt. Doch schließlich nimmt er eine Dusche, zieht sich frische Klamotten an und schleift einen Küchenstuhl auf seine Veranda hinaus. Er sieht den dünnen Wolken nach, die wie leichte Schleier an der Sonne vorbeidriften, tut nichts, als ihnen nachzusehen, um auch ja keinen Blick auf sein eigenes Leben zu riskieren. Unter seiner Erschöpfung spürt er einen reißenden Strudel, ein düsteres Gewässer, das um ein schwarzes Auge kreist und ihm viel zu vertraut ist, als dass er sich einreden könnte, mit ein wenig Schlaf darüber hinwegzukommen.

Dann tut Junior etwas, das er gelegentlich tut, wenn er sich so fühlt. Er hebt die Augenklappe von seinem schlechten

Auge und deckt sich damit sein gutes ab. Unter dem plötzlichen Lichteinfall zuckt das schlechte vor Schmerz zu, doch dann schwindet der Schmerz allmählich wieder und zurück bleiben lediglich diese hohen, dünnen Wolken über seinem dürftig bewachsenen Hinterhof.

Wie immer ist sich Junior nicht sicher, ob überhaupt ein Unterschied zwischen den beiden besteht. Abgesehen davon, dass das schlechte Auge die Dinge womöglich etwas weicher gestaltet. Als wären die Kanten der Welt so gesehen nicht ganz so scharf. Doch mit Sicherheit kann er es nie sagen. Selbst wenn er die Klappe hin und her bewegt oder mit der Hand erst ein Auge und dann das andere abdeckt.

Also lässt er die Klappe auf seinem guten Auge liegen und den Tag dahindriften, bis schließlich die Dunkelheit hereinbricht und die heiße Sonne auslöscht. Im schwülen Smog schwimmen ein paar Sterne um ihn herum. Er hat keine Ahnung, woran es liegt, doch auf einmal spürt er einen Knoten in seiner Brust, als habe ihm jemand einen Baseballschläger in den Rachen gerammt. Das dicke Ende voran.

Im nächsten Moment öffnet Jenny sein Tor und kommt in den Hinterhof. »Hi«, sagt sie. Sie hat ein Sechserpack Budweiser dabei – die mit den langen Hälsen – und reicht ihm eine Flasche.

»Wo ist Casey?«, fragt er.

»Meine Mutter passt auf sie auf. Die beiden schauen sich einen Film an.« Sie setzt sich auf den Verandaboden, kreuzt ihre Beine und blickt zu ihm auf. Sie versucht, ihm nicht in sein schlechtes Auge zu sehen, spannt jedoch unwillkürlich die Lippen an. »Sieht gut aus«, sagt sie, hat ihren Blick jedoch bereits von ihm abgewandt. »Die Veranda.«

»Da ist rein gar nichts waagerecht«, erwidert er. »Geschweige denn gerade.«

»Sieht gut aus«, wiederholt sie. Das Halbdunkel hat ihre Augen in Schatten gehüllt, so dass es den Anschein hat, als betrachte sie ihn von hinter der Maske ihres eigenen Gesichts. Dann sagt sie es. »Wir müssen reden.«

»Worüber?«

Sie holt tief Luft. Atmet langsam wieder aus. »Wir ziehen um.«

Junior verschlägt es einen Augenblick lang die Sprache. Irgendetwas steigt in ihm auf, drückt ihm auf sein Zwerchfell und erstickt ihm das Wort im Mund. »Wohin?«

»Highlands Ranch.«

Er nimmt seine Augenklappe vom Kopf und spannt sie sich wieder über sein schlechtes Auge. »Was zur Hölle willst du denn in Highlands Ranch? Das letzte Mal, als ich da durchgefahren bin, wurde ich dreimal angehalten, weil ich angeblich verdächtig aussehe. Ich wär am nächsten Tag fast zurückgefahren, um irgendjemandem das Gartentor abzufackeln.«

»Du siehst aber auch verdächtig aus«, sagt sie.

»Tja.«

»Ich hab einen Job«, fügt sie hinzu. »Einen Job und eine Wohnung.«

Plötzlich fällt ihm auf, dass Highlands Ranch so weit von ihm entfernt liegt, wie es im Großraum Denver überhaupt möglich ist, und ein wenig fühlt es sich so an, als ziehe ihm jemand den Boden unter den Füßen weg.

»Hey«, sagt sie. Sie legt ihm ihre Hand auf den Arm. »Hey.«

»Alles klar.« Er schüttelt ihre Hand ab. »Ich geb dir weiter Geld. Genauso viel wie bisher.«

»Das musst du nicht«, erwidert sie. »Und du kannst vorbeikommen, so oft du willst. Du kannst sie sehen, wann immer du Zeit hast.«

Eine Weile lang kann er nicht sprechen. Langsam steigt ihm das Bier im Hals hoch und ertränkt seine Stimme. Schließlich fragt er: »Was schauen sie sich denn an? Sie und deine Mutter?«

»Den *Zauberer von Oz*«, antwortet sie. »Würdest du dich gerne dazusetzen?«

»Ja«, sagt er. »Gerne.« Rasch steht er auf, zu rasch. Er muss einen Ausfallschritt machen, um nicht zu stürzen. Laut klatscht die Sohle seines Cowboystiefels auf den Verandaboden, doch einen Augenblick später steht er wieder aufrecht.

»Langsam«, sagt sie. Sie nimmt ihn am Arm und stützt ihn. »Immer langsam.«

Justin

Ich weiß, dass ich dir nie viel von deinen Großeltern erzählt habe. Das liegt hauptsächlich daran, dass es da nicht viel zu erzählen gibt. Als ich auf die Welt kam, waren die beiden schon so gut wie erdrückt von der Last ihres Lebens. Deine Großmutter hatte sich als junge Frau eingebildet, eine Sängerin zu sein. Volkssängerin, glaube ich. Als ich ein Kind war, hatte sie noch immer eine Gitarre und spielte mir darauf Lieder vor. Wahrscheinlich dieselben Lieder, die ich dir vorsang – alte Cowboylieder, die sie von Ramblin' Jack Elliotts Schallplatten gelernt hatte.

So hatte sie auch deinen Großvater kennengelernt – beim Singen in einer Bar, in der sie zwischen ihren Auftritten Bier servierte. Er war gerade erst gelandet, frisch zurück aus Vietnam, und völlig kaputt vor Erleichterung, endlich alles hinter sich zu haben. Ich war immer schon der Meinung, dass sie sich deshalb zu ihm hingezogen fühlte. Desillusionierte Vietnamveteranen, die standen gegen Kriegsende hoch im Kurs.

Das große Glück war es jedoch für beide nicht, natürlich nicht. Er stellte fest, dass er gar nichts hinter sich hatte. Und sich ihren eigenen Vietnamveteranen zu halten, erwies sich in Volkssänger-Kreisen als unzulängliche Grundlage für eine Karriere. Insbesondere, weil es da für sie nicht mehr wirklich rund lief. Sie versuchte es noch immer mit akustischen Dylan-Nummern, ein Jahrzehnt nachdem der auf E-Gitarre umgestiegen war.

Als ich schließlich kam, waren die beiden längst Säufer. Nicht Trinker, Säufer. Deine Großmutter arbeitete als Pflegerin in einem Altenheim, dein Großvater als Wachmann. Wenn sie von der Arbeit heimkamen, bemühten sie sich um einen normalen Alltag. Abendessen machen, mir bei meinen Hausaufgaben helfen, das Haus in Schuss halten. Doch sobald sie das Gefühl hatten, alles erledigt zu haben, schalteten sie den Fernseher an und gaben sich die Kante.

Und doch müssen sie sich geliebt haben. Zumindest schienen sie sonst niemanden zu brauchen. Freunde hatten sie meines Wissens überhaupt keine. Sie stritten ja auch die ganze Zeit, und das völlig ohne Veranlassung. Ich erinnere mich noch, wie es eines Abends wegen einer Fernsehdoku über die Mondlandung fast zu einer Prügelei zwischen ihnen kam. Dein Großvater schwor bei allem, was ihm heilig war, dass das Ganze ein Schwindel gewesen sei, während deine Großmutter lauthals zeterte, dass er mir den Kopf nicht mit so einem Schwachsinn füllen solle.

Ich habe die beiden nie verstanden. Tue es heute noch nicht. Sie gaben mir als Kind eine Menge Freiraum, und ich nahm ihn gerne an. Ich fand leicht Freunde, und außer Haus schien es immer etwas zu tun zu geben. Es gab eine ganze

Bande von Kindern mit ähnlich nutzlosen Eltern, und wir verbrachten den ganzen Tag damit, Zigaretten zu rauchen, die Gassen East Denvers unsicher zu machen oder Bier aus den Garagen unserer Nachbarn zu plündern. Dann fing ich an, Baseball zu spielen, und hatte gar keinen Grund mehr, mich zu Hause blicken zu lassen. Und als sie sahen, was aus mir wurde, nachdem ich den Sport wieder aufgegeben hatte, war ich dort ohnehin nicht mehr willkommen.

Ich glaube, ich sah sie nie wirklich als eigenständige Menschen, bis Dad sich erschoss. Es war kurz bevor du auf die Welt kamst, da fuhr er zum Fluss hinunter, um nicht von Mom gefunden zu werden, und feuerte sich aus seiner 1911er eine Kugel in die Schläfe. Ich war in North Carolina und fuhr auf dem schnellsten Weg heim zur Beerdigung.

Als ich mit meiner Mom draußen auf der Veranda ihres Hauses saß, versuchte ich, sie danach zu fragen. Was es gegeben hatte, von dem ich nichts wusste und das ihn so unglücklich gemacht hatte, dass er sich so etwas antat. Ich gab mir Mühe, einfühlsam zu sein, weil ich nicht wusste, ob sie selbst der Grund war, also formulierte ich die Frage wohl nicht besonders gut. Zumindest ist das der Eindruck, den ich bei ihrer Antwort bekam. Man müsse nicht sonderlich unglücklich sein, um sich zu erschießen, sagte sie. Ein Durchschnittsleben reicht schon. Woraufhin sie ihr Glas Wein austrank und sich ein neues einschenkte. Und nur ein paar Jahre später fing ihr Gedächtnis an nachzulassen.

So, und heute habe ich sie endlich mal besucht. Führte ja kein Weg dran vorbei. Ich war sogar ziemlich stolz auf mich, weil es normalerweise Mitte Juli wird, bis ich es zu ihr hinüberschaffe. Natürlich hätte ich genauso gut der Hausmeister sein können. Sie erkennt mich ja eh nicht mehr. Es gab eine Zeit, da hielt sie mich noch für deinen Großvater, aber selbst dafür reicht es bei ihr nicht mehr. Sie liegt nur noch mit offenem Mund im Bett, wie ein Fisch an Land, während ich ihre Hand halte und fernsehe.

Es war deine Mutter, Laney, die darauf bestand, dass wir sie in dem Altenheim in Taos einquartieren. Ich war dafür, sie in Denver zu lassen. Dachte mir, es sei in gewisser Weise nur gerecht, dass sie ihre goldenen Jahre im selben Scheißloch verbringt, in dem sie selber gearbeitet hat. Doch deine Mutter und ich hatten noch nie denselben Sinn für Humor. Sie meinte, ich soll kein Arschloch sein, und damit hatte sie wohl recht. Immerhin muss ich jetzt nicht den ganzen Weg nach Denver fahren, um ihr einen Besuch abzustatten.

Es war auch deine Mutter, die mich dran erinnerte, sie heute zu besuchen. Wenn du die Wahrheit wissen willst. Sie rief mich heute Morgen an, gleich nach Sonnenaufgang. Und dann bat sie mich, auf dem Rückweg auch noch bei ihr vorbeizuschauen. Meinte, das wär ich ihr schuldig. Zumindest den Papierkram müsse ich mir ansehen. Ich sei ja nicht der Einzige, der versuche, damit fertigzuwerden. Sie könne nachts nicht schlafen, weil sie wisse, was Dr. Court den Kindern anderer Eltern noch antun könnte. Ich könne das Geld ja spenden oder sonst was damit tun. Ich schulde es ihr schlicht, mich in ihre Küche zu setzen, die Akte aufzuschlagen und eine Entscheidung zu treffen.

Natürlich versprach ich ihr zu kommen. Deine Mutter kann mich so tief in die Knie zwingen, dass ich ihr alles verspreche. Aber sie hat es noch nie verstanden, mich so weit zu bringen, dass ich meine Versprechen auch einhalte.

36. Sonnenuntergänge

Patterson fährt auf dem Rückweg von seiner Mutter nicht bei Laney vorbei. Er kann es nicht. Wenn Laney ihn erst einmal in derselben Küche hat, in der sie einst gemeinsam mit Justin saßen, könnte sie ihn überreden, so gut wie alles zu unterschreiben. Das weiß er nur allzu gut, und sie weiß es auch. Wenn Laney weiß, was sie von ihm will, weiß sie auch, wie sie es von ihm bekommt. Und sie bekommt es auch, jedes Mal, es sei denn, Patterson sorgt für die ein oder andere strategische Abwesenheit.

Er fährt gerade auf die Mesa hoch, kommt aus der letzen Haarnadelkurve, wo die Staubstraße abflacht, als er Juniors Charger am Straßenrand stehen sieht. Junior liegt ausgestreckt auf der Kühlerhaube. Seine Hände ruhen auf seiner Brust, und das letzte Sonnenlicht des Tages schimmert auf dem gezackten Horizont der San Juans.

»Besuchst du Henry?«, fragt Patterson und steigt aus seinem Truck.

Ein leichtes Grinsen spielt um Juniors Mundwinkel. »Selbst wenn's so wäre, wärst du zu spät dran.«

Patterson greift nach dem Handy in seiner Tasche.

»Ganz ruhig«, sagt Junior. »Bin nur auf der Durchreise.«

»Durchreise?«

»Unterwegs in den Süden. El Paso.«

»Was gibt's in El Paso?«

»Die mexikanische Grenze. Ich fahr hier immer einen kleinen Schlenker, wenn mich die I-25 anödet.« Junior wirft einen Seitenblick auf Patterson. »Der Kerl ist zwar ein Charmeur, aber die meisten Schlampen, die auf seinen Scheiß reinfallen, sind abgetakelte Rodeo-Groupies. Du bist der erste erwachsene Mann.«

»Du brauchst dir heut Abend keine Mühe geben, wenn du einen Sreit mit mir vom Zaun brechen willst. Spring einfach von deiner Karre runter, dann versohl ich dir den Arsch noch an Ort und Stelle.«

Junior schmunzelt.

»Du bist nicht der Einzige, der eine harte Kindheit hinter sich hat«, sagt Patterson. »Jeden Tag wird ein neues Buch drüber geschrieben.«

Junior schweigt einen Augenblick lang, ehe er antwortet. »Eines Tages werd ich dich dem alten Arschloch mal persönlich vorstellen.«

»Deshalb hast du hier haltgemacht? Um mir das zu sagen?«

Junior schüttelt den Kopf. Seine Augen sind wieder geschlossen. »Ich hab haltgemacht, um mir den Sonnenuntergang anzuschauen. Es gibt doch auf der ganzen Welt keinen besseren als genau hier auf dieser Hochebene.«

»Und danach machst du dich auf den Weg nach El Paso?«

»El Paso.« Junior öffnet die Augen, als habe Patterson ihn gerade erst daran erinnert, dass er dorthin unterwegs ist. »Willst du mitfahren?«

»Wohin mitfahren?«

»Nach El Paso.«

Ohne auch nur darüber nachzudenken, öffnet Patterson den Mund, um »nie und nimmer« zu sagen, doch noch ehe er ein einziges Wort über die Lippen bringt, klingelt sein Handy. Er zieht es aus der Tasche und wirft einen Blick darauf. Dann steht er ein, zwei Takte lang unschlüssig in der Gegend herum. Sein Daumen ist drauf und dran, dem Klingeln ein Ende zu bereiten und den Anruf entgegenzunehmen, doch schließlich schiebt er das Telefon noch immer klingelnd in seine Tasche zurück.

»Wie lang dauert die Fahrt?«, fragt Patterson. »Ich muss Montag wieder arbeiten.«

»Scheiß drauf, wir sind morgen Mittag schon wieder zurück. Und Geld ist auch drin. Ich hab schon verdammt lang nicht mehr geschlafen, könnte also jemanden gebrauchen, der mich beim Fahren wach hält.«

»Wie viel Geld?«

»200 Dollar.« Junior grinst.

...

Unterwegs lauschen sie so lange Bruder Joe, bis sie außer Reichweite sind. Die Sendung handelt von der Belagerung der Davidianer in Waco. Davon, dass FBI und ATF wegen vermeintlichen Kindesmissbrauchs Giftgas auf das Gelände gepumpt und sämtliche Kinder den Flammen überlassen haben. Dass sie behauptet haben, überhaupt nicht in das Gelände gefeuert zu haben, obwohl Infrarotbilder belegen, dass sowohl Sturmgewehre als auch Granatwerfer im Einsatz waren. Bruder Joe verkündet, dass es die Waco-Belagerung war, die ihm seinen Liberalismus ausgetrieben hat, und bis zu jenem Tag war er ein guter Demokrat.

»Weißt du, warum mich diese Scheiße nervt?«, fragt Junior und schaltet energisch das Radio aus.

»Welche Scheiße?«

»Waco. Der 11. September. Die ganze Scheiße, die Bruder Joe und Henry dauernd breittreten.«

»Verrat's mir.«

»Menschen sterben. Jede Scheißsekunde sterben Menschen. Werden in die Luft gejagt, angezündet. So ist das Leben nun mal. Ich hab diesen gottverdammten Fernseher jetzt schon seit zwei Wochen, und ich hab ihn noch nicht ein einziges Mal angemacht, ohne zu sehen, wie wieder irgendein armer Hurensohn umgenietet wird.«

»Die bringen nur Wiederholungen«, sagt Patterson.

»Wie zur Hölle sucht man sich also eine von diesen Wichstruppen aus und beschließt, sich für den Rest seines Lebens in diese eine Nummer reinzusteigern? Waco, der 11. September, die ganze Scheiße ist doch Schnee von gestern. Sollen sie sich doch was Neues suchen.«

»Ich glaube, sie würden behaupten, dass es was ganz anderes ist, wenn's deine eigenen Leute sind, die dir so was antun«, erwidert Patterson. »Das zumindest würden sie wohl behaupten.«

»Meine Leute, so 'ne Scheiße. Ich weiß nicht mal, was 'n Davidianer ist. Das waren genauso wenig meine Leute wie die im World Trade Center. Weißt du, wie vielen Manhattan-Bankern ich in meinem Leben bisher begegnet bin?«

Junior steckt sich einen Finger unter seine Augenklappe und reibt. Als der Finger wieder zum Vorschein kommt, ist er nass. Seine Hand zittert.

»Wie wär's, wenn ich 'ne Weile fahre?«, schlägt Patterson vor. Insgeheim fragt er sich, wie lang es wohl her ist, dass Junior geschlafen hat.

»Keinem«, fährt Junior fort und ignoriert ihn einfach. »Keinem einzigen, verdammt noch mal. Ich hab mehr mit einem Ziegenhirten in Afghanistan gemeinsam als mit einem Banker in Manhattan. Das garantier ich dir. Die finden alle nur deshalb so gerne irgendeine Scheiße, über die sie sich aufregen können, damit sie sich nicht um ihr eigenes Scheißleben kümmern müssen.«

»Da widersprech ich dir gar nicht.«

»Ich weiß. Deshalb hockst du ja auch da oben auf deiner Hochebene und säufst dir dein Hirn weg. Du weißt genauso gut wie ich, dass es alles Schwachsinn ist.«

37. Einwanderer

Eine Bar in einer Einkaufsstraße in El Paso, ein paar Blocks weit auf der falschen Seite der Innenstadt. Ihr Name, *Green Gables*, ist gleich neben ihrer verriegelten Tür in verblichenen grünen Buchstaben an die Wand gepinselt. Als Patterson und Junior davor anhalten, öffnet der Laden gerade zum Frühstück, eine Portion Eier mit Schweinekoteletts für 2,99 Dollar, und prompt erhebt sich eine Schlange alter Männer von der kalkgetünchten Backsteinmauer davor und marschiert mit einem fußkranken, zähen Schlurfen hinein, als hätte ihnen jemand den Großteil ihrer Knochen gebrochen und mit Kontaktkleber wieder repariert. Während Junior nun seinen Geschäften nachgeht, folgt Patterson den Männern in die Bar.

Fühlt sich gut an, in einer neuen Stadt zu sein. Patterson hat es noch nie zuvor nach El Paso verschlagen, und nichts befreit die Gedanken so wie eine Fahrt ins Fremde. Hinter der Fliegengittertür geht die Sonne auf, und als er an einem Tisch beim Eingang die Lokalzeitung liest, kommt ein Hund vom Tresen zu ihm herüber. Der Köter sieht zwar halbwegs wie ein Pitbull aus, rollt sich jedoch friedlich neben ihm auf dem Boden zusammen. Patterson krault ihn am Hals und vermisst Sancho. Die alten Männer beenden ihr Frühstück und gehen zum Bier über.

Nach etwa einer Stunde faltet Patterson die Zeitung zusammen und macht sich auf einen Spaziergang, beziehungsweise auf einen Erkundungsgang. Der *Acme Saloon*, wo sich John Wesley Hardin einst abknallen ließ, ist die einzige Anlaufstelle, die er in El Paso kennt, doch wie sich bald zeigt, ist der Saloon mittlerweile ein Ramschladen. Lediglich eine Gedenktafel erinnert noch an alte Zeiten: *Hardin wurde von El Paso*

Constable John Selman in den Hinterkopf geschossen. Patterson geht weiter. An zugenagelten Imbissbuden und obdachlosen Männern vorbei, die vom vielen Saufen in der staubigen, heißen Sonne auf ein Nichts zusammengeschrumpft sind. Doch dann wendet sich sein Glück und er stößt auf *Dave's Pawn Shop*, einen Ramschladen der anderen Art: Pancho Villas Abzugfinger, das Herz eines Babyvampirs, ein mumifizierter Hund und eine Sammlung von Nazi-Mutterkreuzen. Er kauft eine alte Ausgabe von *Omoo* und kehrt zur Bar zurück, um das Buch zu lesen.

Der Mittag kommt und geht. Eine dunkelhäutige Frau versucht, einen armlosen Jungen zu füttern, vergisst ihren Schützling jedoch hin und wieder und verliert sich schließlich ganz in ihrem Tequilaglas. Also sitzt der Junge so lange mit offenem Mund da, dass ihm schließlich die Augen tränen. Patterson beobachtet die beiden, bis er ein schlechtes Gewissen bekommt. Dann beobachtet er sie noch ein bisschen länger. Dann liest er sein Buch.

Kurz vor drei kehrt Junior zurück und setzt sich zu ihm an den Tisch. »Wir bekommen gleich Gesellschaft«, sagt er.

Patterson schließt bedächtig sein Buch.

»Ganz ruhig«, sagt Junior. »Wir trinken bloß ein, zwei Gläser Bier mit ihm. Zu so einem Typen kann ich nicht nein sagen.«

Patterson muss feststellen, dass es gute und schlechte Entscheidungen gibt. Und dann gibt es noch diese hier, die außerhalb der Skala liegt. Erstaunlich, zu welch bodenlosen Dummheiten er sich hinreißen lässt, wenn er's drauf anlegt, einer Frau aus dem Weg zu gehen.

»Ein Freund von dir?«, fragt er.

»Du wirst begeistert sein. Der ist noch verrückter als Henry«, sagt Junior. »Und ich hab eh keine andere Wahl.«

Patterson streckt sich und lässt seinen Blick durch die Bar schweifen. »Ich hab mir die Grenze irgendwie anders vorgestellt.«

»Offene Kofferräume?«, meint Junior. »Hätten wir dir zuliebe in die Wüste rausfahren sollen? Vielleicht von der Interstate 10 runter und irgendwo gegenüber den Slums von Juarez haltmachen?«

»Ja, vielleicht«, sagt Patterson. »Juarez wäre schön gewesen.«

»Schön. Scheiße, in Juarez siehst du den Tod nicht mal kommen. El Paso ist eine der sichersten Städte in den Vereinigten Staaten. Juarez ist ein gottverdammtes Schlachthaus.«

»Wie kann es denn bitte sein, dass El Paso eine der sichersten Städte in den Vereinigten Staaten ist, aber Juarez ein Schlachthaus?«

»El Paso ist eine Einwanderer-Stadt«, erwidert Junior. »Einwanderer-Städte sind sicher.«

»Aber die Einwanderer kommen doch aus Juarez, hab ich nicht recht?«

»Schon, aber Juarez ist keine Einwanderer-Stadt.«

Patterson gibt auf. »Also, wer ist dein Freund?«

»Den erkennst du, sobald du ihn siehst«, sagt Junior.

38. Disneyland

Patterson erkennt ihn tatsächlich, sobald er ihn sieht, und zwar ohne den geringsten Zweifel. Bald Abendessenszeit, und ein Haufen Bauarbeiter ist gerade von der Arbeit hereingekommen. Die Kerle schütten sich das Bier gleich kannenweise in den Hals und brüllen sich dabei auf Spanisch an, da betritt er die Bar in einem Grenzschutz-Polohemd. Plötzlich verstummt der Laden. Er nimmt seine Sonnenbrille ab und faltet sie zusammen. Sein Gesicht ist braungebrannt, sein blondes Haar luftig zurückgekämmt.

»Junior«, sagt er und geht auf die beiden zu.

»Carmichael«, erwidert Junior. »Das ist Patterson.«

»Patterson«, wiederholt Carmichael und lässt sich auf einen Stuhl fallen. Er muss irgendwas zwischen 30 und 50 sein, doch seine Haut ist so rein, dass es schwer zu sagen ist. Er sieht aus, als hätte er sich den Großteil seines Lebens mit Vaseline eingeschmiert.

»Bist du wirklich beim Grenzschutz?«, fragt Patterson. Er weiß, dass er wahrscheinlich gut beraten wäre, keine Fragen zu stellen, kann sie sich jedoch nicht verkneifen.

»Denkt an Alamo!«, brüllt Carmichael. Jeder Kopf in der Bar schnellt zu ihm herum, er lässt jedoch nur kurz seine Dienstmarke aufblitzen, und schon wenden sie sich alle wieder ab. »Ich mach nur Scheiß. Würd die Jungs doch im Leben nicht einkassieren.« Er seufzt glückselig.

»Ist das nicht dein Job?«, fragt Patterson.

»Nicht nach Feierabend.« Carmichael zuckt mit den Schultern. »Kneipen wie diese hier, das sind die letzten Refugien unserer Freiheit.«

»Wie meinst du das?«, will Patterson wissen.

»Denk nach«, sagt Carmichael. »Wenn du draußen auf der Straße bist, hat dich die ganze Zeit jemand aufm Schirm. Und mit jedem Schritt verstößt du gegen irgendein Gesetz. Weißt du, warum?«

»Warum?«

»Weil's zu viele davon gibt, um sie auch nur zu zählen. Es gibt für alles Gesetze. Rauchen. Essen. Matratzen. Selbst fürs Überqueren einer Straße. Weißt du, wie viele Gesetze in Mexiko gelten, wenn du eine Straße überqueren willst?«

»Keine Ahnung«, sagt Patterson. »Ich war noch nie in Mexiko.«

»Keins. So sieht's aus. Wenn du in Mexiko eine Straße überqueren willst, überquerst du sie einfach. Die nehmen da drüben an, dass du es als mündiger Bürger wahrscheinlich auch ohne staatliche Einmischung über eine Straße schaffst. Das ist Freiheit, mein Junge. Und die haben wir hier nicht. Hier haben wir Strafen wegen verkehrswidriger Straßenüberquerungen. Wenn du dir 'ne größere Beleidigung deiner Freiheit vorstellen kannst, dann lass mal hören.«

»Kann ich nicht.«

»Glaubst du, dass du sämtliche Gesetze, denen du unterworfen bist, aufzählen könntest? An Ort und Stelle? Aus dem Stegreif?«

»Nein«, sagt Patterson. »Keine Ahnung.«

»Natürlich nicht, kannst du auch nicht. Das kann keiner. Du könntest dir noch so große Mühe geben und trotzdem nicht alle Gesetze befolgen. Glaub mir. Ich kann sie noch nicht mal selber alle aufzählen. Wenn dich jemand einlochen will, muss er keinen Grund dafür erfinden. Der braucht bloß durch ein paar Gesetzbücher zu blättern, ein oder zwei Gesetze finden, die du gerade brichst, und schon ist es soweit, du armes Schwein. Schon steckst du im Knast. Weil sie dich immer aufm Schirm haben. Auch das kannst du mir glauben.«

»Die hassen uns doch angeblich für unsere Freiheit. Habe ich mir sagen lassen.«

»Schwachsinn«, sagt Carmichael. »Das ist so die Sache mit den Mexikanern. Wir hassen sie für ihre Freiheit. Das ist es doch, wogegen sie da unten an der Grenze protestieren, all diese Proleten mit ihren Gewehren und Gartenstühlen. Dass andere Leute das Recht haben, sich schlicht und ergreifend so zu verhalten, als wären sie frei. Dass sie das Recht haben, sich völlig frei zu bewegen. Das treibt die zur Weißglut. Ich weiß, wovon ich rede. Ich muss mich schließlich mit ihnen rumärgern.«

»Warum ist man dann hier frei?«, fragt Patterson. »Warum gerade in dieser Bar? Die steht doch in unserm Land, also unterliegt sie doch wohl denselben Gesetzen wie wir alle.«

»Nein, tut sie nicht.« Carmichael schüttelt den Kopf. »Hier hat dich keiner aufm Schirm. Hier bist du unsichtbar. Keiner von diesen Scheißern existiert überhaupt. Die können kommen und gehen, ohne dass jemand sie wahrnimmt. Es will sie ja auch keiner wahrnehmen. In unserm Land brummt die Wirtschaft doch nur deshalb, weil keiner sie wahrnimmt.«

»Die sind frei, weil sie nicht existieren?«

»Exakt. Denen schaut keiner auf die Finger, und wenn du in einer von ihren Absteigen bist, schaut auch dir keiner auf die Finger. Bei denen lebt es sich fast schon wie im gelobten Amerika.«

»Du liebst deinen Job ja wirklich.« Patterson ist beinahe beeindruckt.

»Aber hundertpro. Ich liebe jeden einzelnen von diesen kleinen Hurensöhnen. Leute, die glauben, sie beschützen Amerika, indem sie uns die Mexikaner vom Hals halten, haben nur Scheiße im Kopf. An den Stellen, die solche Typen beschützen, ist von Amerika ohnehin nichts mehr übrig. Die mit ihren beschissenen Einkaufszentren, ihren beschissenen Fußgängerkreuzungen und ihren beschissenen Trabantenstädten. Freiheit hat in so 'nem Gesellschaftsmodell überhaupt keinen Platz mehr.«

»Den Eindruck hatte ich schon immer von Einkaufszentren«, sagt Patterson.

»Das liegt daran, dass du ein Denker bist. Das hab ich dir auf den ersten Blick schon angesehen. Einkaufszentren sind

Knäste. Das kannst du mir glauben. Die erwecken zwar den Anschein, als wär's ganz anders, aber nur weil sie deine Gedanken im Griff haben.«

Patterson lacht laut auf. Jetzt ist er wirklich beeindruckt.

»Stimmt doch«, fährt Carmichael fort. »Und weißt du, was das Schlimmste daran ist?«

»Raus damit.«

»Also gut«, sagt Carmichael. »Die machen von unserer eigenen Vorstellungskraft Gebrauch, um unsere Gedanken überhaupt erst in den Griff zu kriegen. Auf die Art wirst du sie nie selbst nutzen, um dir was Besseres vorzustellen.« Er deutet mit seinem Bier auf Patterson. »Aus demselben Grund gibt es auch Disneyland. Um die Tatsache zu vertuschen, dass der Rest von Amerika das wahre Disneyland ist. Genau wie Gefängnisse die Tatsache vertuschen, dass der Rest unserer Gesellschaft das wahre Gefängnis ist. Das ist ein Zitat.«

»Du bist doch selbst einer von denen, die unsere Mauern hochziehen«, entgegnet Patterson. »Du bist Teil des Problems, Chef.«

»Stimmt. Stimmt.« Er nickt.

»Ich hab irgendwo gelesen, dass es unter katholischen Klerikern mehr Atheisten gibt als sonst wo in Amerika«, fährt Patterson fort.

»Stimmt auch«, sagt Carmichael und wendet sich an Junior. »Der gefällt mir. Den kannst du jederzeit wieder mitbringen.«

»Gut«, sagt Junior. »Und irgendwann verrät mir hoffentlich einer von euch Deppen, über was zum Teufel ihr da redet.«

39. Schwach. Sinn.

Es ist genau der Abend, den sie verdient haben. Sie trinken Bier, bis Junior sich langweilt und anfängt, sein Koks auf dem Tisch in Lines zu ziehen. Frauen sind auch zugegen. Braunhäutige Frauen. Und obwohl sie sich nicht gerade um die Herren scharen, kreisen sie doch um Junior. So langsam beginnt Patterson, die Vorzüge einer Augenklappe auch für sich selbst zu erwägen. Wohingegen Junior seinerseits die Mädchen zu ignorieren scheint. Was Patterson überwiegend mit Erleichterung zur Kenntnis nimmt.

»Wo kommst du her?«, fragt Carmichael Patterson.

»Aus dem San Luis Valley«, antwortet Patterson.

»Da sieh mal einer an. Über das San Luis Valley weiß ich Bescheid«, sagt Carmichael. »Da gibt es Energiewirbel.«

»Da gibt es was?«, fragt Patterson. Eines der Mädchen lenkt ihn ab. Sie trägt eine blaue Bluse, die wie ein Wasserfall von ihren Schultern herabgleitet.

»Energiewirbel«, wiederholt Carmichael. »Warum glaubst du, gibt es ausgerechnet da so viele Kirchen? Die haben Exerzitienhäuser für Buddhisten, Tempel für Hindus, das volle Programm.«

»Ist man da auch frei?«, fragt Junior. »Oben auf Pattersons Hochebene?«

»Sag du's mir«, erwidert Carmichael. »Du bist doch fast so viel da oben wie er.«

Junior lehnt sich mit einem aufgerollten Fünf-Dollar-Schein über den Tisch und zieht sich eine Line in die Nase. Als er sich wieder aufrichtet, wischt er mit seinem Handrücken darüber.

»Wie hast du davon gehört?«, fragt er. »Von den Energiewirbeln?«

»Wurden in einer Radiosendung erwähnt«, sagt Carmichael. »Ich musste mal eine Zeit lang fast so oft wie du nach Denver hochfahren, damals, als ich noch am Anfang meiner Karriere stand. Und du bist nicht der Einzige, den die I-25 auf Dauer langweilt.«

»Bruder Joe«, sagt Junior. »Sag jetzt bloß nicht, dass es Bruder Joes Sendung war.«

»Du hast von ihm gehört«, stellt Carmichael fest.

Junior schüttelt den Kopf und taucht für eine weitere Line ab. Patterson versucht, ihn nicht allzu sehr anzustarren. Es ist schier unmöglich. Er könnte selbst noch eine Line vertragen.

Dann sagt Carmichael: »Ich hab ihn getroffen.«

Auf einen Schlag verflüchtigen sich sämtliche Gedanken an Kokain und braunhäutige Mädchen aus Pattersons Kopf.

»Bitte wen?« Junior schmeißt den aufgerollten Geldschein auf den Bartisch. »Wen hast du getroffen?«

»Bruder Joe«, sagt Carmichael. »Ich hab ihn getroffen.«

»Schwach. Sinn.«

»Willst du die Geschichte hören?«

»Ja«, sagt Patterson. Er nimmt den aufgerollten Schein vom Tisch und schnupft eine Line. »Die Geschichte will ich auf jeden Fall hören.«

40. Einweckgläser

»Letzten Herbst war ich auf dem Rückweg von Denver«, fängt Carmichael an zu erzählen. »Es war ein Wochenendausflug, und meine Frau hatte die Kinder zu ihren Eltern mitgenommen. Ich hatte nichts Dringendes in El Paso zu erledigen, und ihr wisst ja, wie das ist, wenn man da oben erst mal ins Fahren kommt. Nachdem ich also Fort Garland erreicht hatte, dachte ich mir, scheiß drauf, fahr einfach weiter. Und das tat ich auch, geradewegs durch Alamosa in den Rio Grande Nationalpark und von da aus rauf ins San Juan Gebirge. Ich hatte vor, eine Hütte zu finden und sie übers Wochenende zu mieten. Der Ausflug nach Denver war zwar nett gelaufen, aber doch fast daneben gegangen. Ich brauchte also etwas Zeit für mich.

Womit ich jedoch nicht gerechnet hatte, war, wie dunkel es da oben wird. Und Handyempfang gibt's auch keinen, zumindest nicht, wenn man erst mal in die Berge kommt. Was dazu führte, dass es mir langsam etwas mulmig wurde. Was dazu führte, dass ich anfing, wahllos eine Abzweigung nach der anderen zu nehmen. So nach dem Motto, irgendwo muss es hier oben ja ein Haus geben, oder? Jemanden, den ich fragen kann, wo ich für die Nacht ein Zimmer finde. Dann waren die Seitenstraßen plötzlich nicht mehr befestigt, und mir kamen ernste Bedenken. Die Sicht war beschissen. Und als ich nach dem Benzinstand sah, musste ich auch noch feststellen, dass der Tank nur mehr zu einem Viertel voll war.

Damit war die Nummer gelaufen. Ich quälte die Karre noch den Rest des Anstiegs hinauf, und als ich da oben in einer Art Sackgasse eine Haltebucht fand, blieb ich stehen. Scheiß drauf. Ich kann ja warten, bis ich bei Tageslicht wieder was sehe, dachte ich mir. Und dann versuchen, einen Rückweg zu finden.«

»Ich hab mich da oben auch schon verfahren«, sagt Patterson.

»Ich nicht«, behauptet Junior. »Ich hab mich in meinem ganzen Leben noch nicht ein einziges Mal verfahren.«

»Alles klar«, erwidert Carmichael. »Auf jeden Fall stand die Sonne schon am Himmel, als ich wieder aufwachte. Also sah ich mich um, wie man's halt tut, wenn man an einem fremden Ort aufwacht und versucht, sich zurechtzufinden. Ihr wisst schon.

Und dann hab ich mir fast in die Hose geschissen.

Da stand jemand neben meinem Wagen. Sein Schatten fiel durch das Beifahrerfenster herein, der Mann selbst war lediglich eine Silhouette im Sonnenlicht.

Ich setzte mich auf, legte meine Hand auf meine Pistole und rollte mein Fenster runter.

›Hier komm ich auch immer her, um mir den Sonnenaufgang anzusehen‹, sagte der Mann. Er war ein großer Kerl, trug eine Carhartt-Jacke und dazu einen Bart, der bis auf den Latz seiner Hose hinunterreichte.

Nun, zu dem Zeitpunkt war mir der Sonnenaufgang noch gar nicht aufgefallen. Bloß die gottverdammte Sonne. Also werde ich wohl ein bisschen herumgeblinzelt haben.

›Das Leben ist ein großer Sonnenaufgang‹, zitierte der Mann. ›Ich sehe nicht ein, warum der Tod nicht ein noch größerer sein sollte. Das hat Nabokov gesagt.‹«

»Aus welchem Buch kommt das?«, fragt Patterson.

»Du liest genug Nabokov, um da einen Unterschied zu machen?«, erkundigt sich Carmichael.

»Ich lese«, sagt Patterson.

»In seinem Alter muss man ja irgendwie die Zeit totschlagen«, meint Junior.

Carmichael schmunzelt. »Ich hab ihm dieselbe Frage gestellt. Und weißt du, was er geantwortet hat? Er hat gesagt: ›Weiß ich nicht. Hab ich im Internet gelesen.‹ Dann griff er sich in die Brusttasche seiner Latzhose, nahm eine Tabaktüte raus und fing an, sich eine Zigarette zu drehen. ›Hast du dich verfahren?‹

›Ich hab's ja scheinbar mit allen Mitteln versucht‹, sagte ich.

Ich sah die Straße auf und ab. Nichts kam mir auch nur entfernt bekannt vor. ›Ich glaub fast, ich hab's geschafft.‹

›Wo kommst du denn her?‹

›Ich muss zurück ins San Luis Valley. Wenn ich's bis dorthin schaffe, finde ich mich schon wieder zurecht.‹

Der Mann schüttelte den Kopf. ›Ich halt mich von dem Tal fern‹, sagte er. ›Da tut sich zu viel. Weißt du, wo du bist?‹

›Ich hab nicht die leiseste Ahnung.‹

›Du kannst mich heimfahren‹, sagte der Mann. ›Von dort kann ich dir den Weg beschreiben.‹«

»Du hast sein Haus gesehen?«, fragt Junior. »Bruder Joes Haus? Henry würde der Schlag treffen.«

»Wer ist denn Henry?«

»Ein beschissener Groupie, sonst nichts«, erwidert Junior. »Mach dir wegen dem mal keinen Kopf. Erzähl einfach weiter.«

»Also gut.« Carmichael nickt. »Ja, ich hab's gesehen. Und ich weiß nicht, was ich erwartet hatte. Wahrscheinlich irgendeinen Schuppen aus Teerpappe. Definitiv nicht die Blockhütte, in der ich schließlich landete. Klar war die etwas verwittert, aber sie hatte mehrere Stockwerke und Giebel und Terrassen und lauter so 'n Scheiß. Wie eine dieser McMansions, die sie südlich von Denver haben, in Castle Rock oder Lonetree.

Doch als wir aus dem Wagen stiegen, verdammt noch mal. Direkt neben dem steinernen Fußweg zwischen Wendeplatz und Haustür war dieser Haufen. Irgendwas lag da unter einer blauen Abdeckplane. Und der Gestank, der darunter herausströmte, so was hatte ich noch nie in meinem Leben gerochen.

›Das sind Kojoten‹, sagte der Mann. ›Ich deck sie ab, damit keiner der Hubschrauber, die hier durch die Gegend fliegen, sie sehen. Wenn sie übel genug stinken, dass ich sie im Haus riechen kann, verbrenn ich sie.‹

›Scheint fast so, als wär's wieder mal an der Zeit‹, sagte ich.

›Das werden wir ja gleich sehen‹, erwiderte er und führte mich auf eine Veranda rauf, wo drei räudige Hunde schliefen, gleich neben einer Hollywoodschaukel, an deren Pfosten runzelige Klapperschlangenhäute festgenagelt waren. Dann öffnete er die Tür und ich verstand genau, was er meinte. Da waren all diese Einweckgläser, randvoll mit den widerlichsten Dingen. Dingen, die wie Babydaumen aussahen, oder wie kleine Embryos, die in irgendeiner Flüssigkeit trieben. Und die Deckel auf diesen Gläsern wölbten sich alle, als würden die Teile gleich in die Luft fliegen. Ich spürte, wie sich mein ganzer Körper auskotzen wollte.

Das war das Widerwärtigste, das ich je gesehen oder gerochen hatte, und ich hatte schon hundertfach tote Mexikaner aus der Wüste gezerrt. ›Himmel. Arsch. Und Wolkenbruch‹, brachte ich würgend hervor und versuchte dabei mit aller Macht, mich nicht zu übergeben.

›Hab dir doch gesagt, dass du die Kadaver hier nicht riechen würdest‹, sagte er. ›Das sind ihre Analdrüsen, die du jetzt riechst. Und ihre Vaginas und anderweitige Reproduktionsorgane. Eingelegt in ihrem eigenen Urin.‹

›Verstehe‹, erwiderte ich und zog mein Hemd über meine Nase. ›Aber wozu denn in Gottes Scheißnamen?‹

›Fallen stellen.‹ Der Mann nickte in Richtung der Küchenecke, in der eine Kiste verrosteter Schnappfallen stand. ›Willst du 'n Drink?‹

›Herrgott, ja.‹

›Hier lang.‹ Nun, das Wohnzimmer war gesäumt von Büchern und noch mehr Tierteilen. Scheiße, die ich bei allem, was mir heilig ist, in meinem ganzen Leben noch nicht gesehen hatte, weder in der Luft noch an Land. Ich hab mich aber gehütet, ihn danach zu fragen.

Er zog seine Jacke aus und warf sie auf einen Stuhl. Unter seiner Latzhose trug er keinerlei Hemd, und er hatte all diese Tätowierungen. Normal waren die nicht. Adler und Hakenkreuze und keltische Kreuze, alles in blauer Tinte. Er ging zur Wand rüber, an der ein Getränkewagen stand, und schenkte uns beiden ein Glas Bourbon ein. Dann ließ er sich auf einem Ledersessel nieder und bedeutete mir, auf der Couch Platz zu nehmen.

›Es roch auch schon mal schlimmer‹, sagte er. ›Eine Weile lang hab ich mit Stinktier-Essenz und Moschus experimentiert. Das war fast nicht auszuhalten.‹

›Ich persönlich würd ja vielleicht mal drüber nachdenken, die Scheiße draußen zu lassen‹, sagte ich. ›Aber so bin ich halt.‹

›Das gehört alles zum Leben‹, entgegnete er. ›Das musst du reinlassen.‹

›Ich steck schon bin zum Hals in Analdrüsen und Muschis‹, wandte ich ein. ›Noch mehr und ich verrecke womöglich.‹

›Verschließt du dich der Außenwelt, so verschließt du dich deiner Seele‹, sagte er.

Ich konnte mir nicht mehr helfen. ›Ich weiß, wer du bist‹, sagte ich.

Er stellte sein Bourbon-Glas auf einen Beistelltisch und holte von irgendwo unter all den aufgeschlagenen Büchern und vollen Aschenbechern einen kleinen Laptop hervor. ›Ach ja?‹

›Du bist Bruder Joe.‹

›Und du ein Hörer‹, erwiderte Bruder Joe und öffnete den Laptop.

›Kein regelmäßiger. Nur wenn ich auf der Durchreise bin.‹

›Das sagt die Hälfte der Leute, die sich meine Sendung anhören. Die fahren scheinbar alle höllisch viel.‹ Er hackte auf die Tastatur ein. ›Da‹, fuhr er fort. ›Eine Wegbeschreibung bis Alamosa. Wird gedruckt.‹ Er drückte auf einen weiteren Knopf.

›Glaubst du all den Scheiß?‹, fragte ich ihn.«

»Das ist sie«, unterbricht Junior. »Das ist die Frage, die ich hören wollte.«

Patterson lehnt sich vor. Das letzte Mal, dass er jemandem so genau zugehört hat, saß er vor einem Arzt.

»Natürlich hab ich ihn das gefragt«, sagt Carmichael. »Doch seine Antwort lautete: ›Welchen Scheiß?‹

›Weltraumstationen‹, antwortete ich. ›Aliens. Die Regierung hat das World Trade Centre in die Luft gejagt. Den ganzen Scheiß.‹

›Siehst du die?‹ Bruder Joe verwies mit einer ausladenden Geste auf seine vielen Bücher.

›Ja.‹

›Ich hab noch mehr. Der ganze Keller ist voll.‹ Er nickte in Richtung der Tür. ›Da drinnen ist mein Büro. Und in meinem Büro sind zwei Magnetbandbibliotheken, auf denen jeweils 30 Terabyte an Daten gespeichert sind. Die Dinger sind nahezu randvoll mit Bildern, Videos, Büchern. Dabei ist selbst die größte Buchdatei nicht größer als ein Megabyte, und in jedem Terabyte steckt eine Million Megabyte. Kannst du mir noch folgen?‹

›Nicht im Geringsten.‹

Er nickte. ›Es gibt zu viele Informationen in diesem Haus, allein schon in diesem Haus, um auch nur irgendetwas zu glauben. Ich glaube nicht, ich setze Informationen zusammen. Und was ich zusammengesetzt habe, bekommst du in meiner Sendung zu hören.‹

›Also glaubst du nichts davon?‹

Er zog an seinem Bart. Dann lächelte er. ›Gibt es Nächte, in denen ich nicht schlafen kann? Es gibt Nächte, in denen ich eine solche Scheißangst habe, dass ich nicht mal atmen kann.‹

›Also glaubst du es doch.‹

›Lass es uns so versuchen‹, sagte er. ›Hast du schon mal vom World Trade Center 7 gehört?‹

›Sicher. Das war das Gebäude, von dem ihr alle behauptet, es sei der Beweis für eine kontrollierte Sprengung.‹

›Exakt‹, sagte er. ›Ein Terabyte an Daten in diesem Zimmer besteht aus Videos, Bildern und Berichten, die beweisen, dass es genau das war: eine kontrollierte Sprengung. Ein anderes Terabyte besteht aus Videos, Bildern und Berichten, die beweisen, dass es so gerade nicht war.‹

›Und welcher Version glaubst du?‹

Er lachte laut auf. ›Hast du jemals versucht, ein Terabyte an Daten aufzunehmen? Es alles zur selben Zeit im Kopf zu behalten, geschweige denn es gegen ein weiteres Terabyte abzuwägen?‹

›Andere Leute tun doch genau das. Auf die Art schreiben sie ja deine Berichte.‹

›Die verschließen sich dabei doch lediglich neuen Informationen. Stellen eine Vermutung auf und nennen sie der Weisheit letzter Schluss.‹ Er stand auf und ging in sein Büro. Als er zurückkam, reichte er mir die Wegbeschreibung nach Alamosa. ›Denk dran‹, sagte er. ›Diese Beschreibung dient lediglich der Streckenplanung. Was du auf der Karte siehst, entspricht nicht zwangsläufig den wahren Begebenheiten.‹«

41. Bullen

»Das war's?«, fragt Junior. »Das war die ganze beschissene Geschichte?«

Carmichael zuckt mit den Schultern. »Das war die ganze Geschichte.«

Junior schüttelt den Kopf. »Erst hör ich mir die ganze Scheißstory an, und dann war's das einfach«, murmelt er vor sich hin.

»Was hatte es mit den Tätowierungen auf sich?«, fragt Patterson. »Erinnerst du dich an irgendetwas Konkretes? Die haben ja was zu bedeuten. Umso mehr, wenn er sie sich in die Haut stechen lässt.«

»Konkret erinnere ich mich an gar nichts«, sagt Carmichael. »Die Hakenkreuze haben mich auf dem falschen Fuß erwischt. Abgesehen davon kann ich mich nur noch an die Adler und den komischen Keltenmist erinnern.«

»Du bist wie 'ne Tussi, Patterson«, sagt Junior. »Du musst in jeder Geschichte irgendwas finden, das mit dir zu tun hat.«

»Würdest du zurückfinden?«, will Patterson von Carmichael wissen. »Leck mich am Arsch«, fügt er voller Staunen über seine eigene Idee hinzu.

»Keine Chance«, sagt Carmichael. »Ich mein, wenn ich die Wegbeschreibung, die er mir ausgedruckt hat, noch hätte, dann schon, aber die ist längst weg.«

»Tja, mich kotzt die Nummer eh an«, meldet sich Junior wieder zu Wort. »Das war ja wohl die sinnloseste Geschichte, die ich je gehört hab. Außer dem Spruch über die Analdrüsen, die dir bis zum Hals stehen. Der war klasse.« Er blickt sich in der Bar um. »Zur Wiedergutmachung wird jetzt die Dame hier dran glauben müssen«, verkündet er. Es ist das Mädchen in der blauen Bluse, das er im Auge hat.

Carmichael sitzt zurückgelehnt auf seinem Stuhl, sein Fuß ruht auf dem gegenüber. Patterson merkt ihm an, dass er genug davon hat, die zweite Geige hinter Junior zu spielen, vor allem in den Augen der braunhäutigen Mädchen.

»Wie sieht's da drunter aus?«, fragt er Junior.

»Wie sieht's wo aus?«

»Da drunter.« Carmichael deutet auf Juniors schlechtes Auge. »Unter der Klappe.«

Juniors gutes Auge wirft ihm einen Blick zu, den Patterson schon einmal gesehen hat. Das Klappmesser, mit dem Junior sein Koks bearbeitet, hat eine Drop-Point-Klinge, die gute acht Zentimeter misst, und Patterson weiß, dass er auch noch seine Glock einstecken hat.

»Was siehst du?«, fragt Junior und richtet sein Messer mit einer schwungvollen Bewegung auf Carmichaels Gesicht. »Da drunter.«

Carmichael legt seinen Kopf schräg. »Bin mir nicht sicher, dass ich dir noch folgen kann, Kleiner.«

»Nein«, meint Junior. »Da wär ich mir an deiner Stelle auch nicht sicher.«

Das Mädchen in der blauen Bluse hat sich mittlerweile herangepirscht. Ihr Gesicht ist so pervers jung, dass Patterson sich auf die Füße schaut.

»Komm her«, sagt Junior zu ihr. Doch als sie sich auf den Weg zu ihm macht, versucht er wie Carmichael seinen Fuß auf den Hocker gegenüber zu legen und fällt dabei seitlich vom Stuhl. »Verdammt noch mal«, murmelt er.

Carmichael hämmert vor Lachen auf den Tisch.

»Verdammt noch mal«, wiederholt Junior. Er richtet sich auf und nimmt wieder Platz. Dann sieht er auf das kleine

Häufchen Koks vor ihm hinab. »Das ist alles, was noch übrig ist«, sagt er in tieftraurigem Ton.

...

Es ist genau die Nacht, die sie verdient haben. Und wie Carmichael schon die ganze Zeit über behauptet: Anglos in einer mexikanischen Bar zu sein, bedeutet, dass man sich für nichts entschuldigen muss. Also schlägt er vor, dass sie einfach gehen. Er führt sie ein paar Blocks weiter zu einem Saloon, der überhaupt kein Schild hat, bloß eine abblätternde rote Ladenfront und eine schwere Stahltür, durch die sie das Klicken von Poolkugeln hören.

»Wartet hier«, sagt Carmichael, ehe er Junior und Patterson prompt auf dem Gehsteig stehen lässt. Um sie herum fließt die Nacht in tiefen, heißen, dunklen Wirbelströmen dahin. Langsam sickert das Koks aus Pattersons Kopf und die Zweifel über die Ratsamkeit dieses Trips kehren zurück. Zweifel, die ihm noch mehrmals kommen werden.

Dann ist Carmichael zurück, gleich hinter einem mexikanischen Jugendlichen, den er durch die Bartür stößt und auf dem Gehsteig mit einem harten Nierenschwinger in die Knie zwingt.

»Wer zur Hölle ist denn das?«, fragt Patterson. Doch Junior klopft ihm auf die Brust und bedeutet ihm mit einem Kopfschütteln zu schweigen.

»Ich hab nichts für dich«, sagt der Junge in fehlerfreiem Englisch zu Carmichael. Er spuckt Blut und versucht, sich wieder aufzurappeln, doch seine Beine wackeln wie Gummi. Carmichael wischt sich eine lose Haarlocke aus den Augen, packt den Jungen am Kragen und zerrt ihn um die Hausecke.

Patterson starrt ihnen nach. Meint, er müsse ihnen folgen. Denkt, er müsse das, was da gerade passiert, was auch immer es sein mag, unbedingt stoppen.

»Denk nicht mal dran, Partner«, sagt Junior.

Dann ist es vorbei und Carmichael kehrt mit einem Plastikbeutel Koks zwischen den Zähnen zurück. Mit dem weißen T-Shirt des Jungen wischt er sich dessen Blut von Armen und Händen. Schließlich knüllt er es zusammen und schmeißt es in die Gosse.

•••

In der nächsten Bar sind sie, bis auf eine fette Barfrau und einen Hund, allein. Einen Hund scheint es in jeder Bar zu geben. »Habt ihr hier keine Mädchen?«, fragt Carmichael die Barfrau.

Sie schüttelt den Kopf. »Bullen«, erwidert sie. »Die haben alle Mädchen mitgenommen. Wegen der örtlichen Geschäftsleute. Die wollen die Gegend auf Vordermann bringen. Wenn ihr Mädchen wollt, müsst ihr nach Juarez.«

»Bullen«, wiederholt Carmichael leicht angewidert. Er fischt das Koks aus seiner Tasche hervor und wirft es auf den Tisch.

»Das ist wohl mit dem Spruch gemeint, in seiner eigenen Schlinge gefangen zu werden, Partner«, sagt Junior.

»Zieh dir 'ne Line rein«, erwidert Carmichael. »Eine groß genug, um dir dein Scheißmaul zu stopfen.«

Junior lässt sich nicht lang bitten. Doch als er sich wieder aufrichtet, zieht er weiter die Nase hoch, als versuche er, sämtlichen Sauerstoff aus der Luft zu saugen.

»Verdammt noch mal«, sagt er. Seine Stimme ist belegt und heiser. Er hebt seinen Stiefel und betrachtet die Sohle.

»Was ist los?«, fragt Patterson.

»Hundescheiße. Ich wusste doch, dass es hier nach Hundescheiße stinkt.«

»Wahrscheinlich wegen dem gottverdammten Köter da drüben«, meint Carmichael.

Junior steht auf. Die Barfrau ist nirgends in Sicht, vermutlich in irgendeinem Hinterzimmer. Junior geht zu dem Barhocker hinüber, unter dem der Hund schläft, und mit äußerster Vorsicht, um ihn ja nicht zu wecken, zieht er den Stuhl vom Tresen weg. Dann tritt er dem Tier so hart in die Rippen, dass es vom Boden abhebt und gegen den Tresen kracht. Wieder holt er aus und wieder tritt er zu, und plötzlich hat er seine Pistole in der Hand.

Carmichael wirft seinen Arm um Juniors Hals, Patterson packt seine Schusshand, und zu dritt fallen sie zu Boden. Der Hund bleibt wo er ist, zuckend und wimmernd, bis er schließlich anfängt, sich in blutig schäumenden Schüben zu erbrechen. Patterson reißt Junior die Waffe aus der Hand. Er sieht sich schon dabei, wie er sie Junior auf die Stirn setzt und abdrückt. Ehe es so weit kommt, wirft er sie schnell zur Seite.

»Ihr Wichser«, sagt die Barfrau. Sie steht wieder hinter ihrem Tresen und starrt die drei an. »Schert euch zum Teufel.«

»Pass auf, was du sagst, Alte«, warnt Carmichael sie und erhebt sich von seinem Stuhl.

»Nein.« Inzwischen laufen ihr die Tränen, große Tränen, die sich geradezu aus ihren Augenwinkeln herausquetschen müssen. »Schaut, dass ihr hier rauskommt. Egal, wer ihr seid.«

42. Truth or Consequences

Sie verlassen El Paso noch lange vor Sonnenaufgang. Patterson hat den Verdacht, dass es Junior die Sprache verschlagen hat. Zwar hat er wiederholt den Mund geöffnet, jedoch noch kein einziges Wort über die Lippen gebracht. Patterson sieht ihm an, dass er bemüht ist, eine Rechtfertigung für sein Verhalten zu finden, doch es ist, als säßen da zwei von ihm. Der Erste besteht aus Fleisch und Knochen, aus einer zuckenden Masse an Impulsen, die überall und jederzeit mit ihm durchgehen können, und der Zweite ist eine Art Terrorist, der Tag und Nacht über den Ersten richtet. Es gibt Zeiten, denkt sich Patterson, da rechnet er fast schon damit, dass Junior seine Pistole zieht, an seine Schläfe hält und abdrückt, gleich hier und jetzt. Nur um klarzustellen, wer er ist.

Für eine Essenspause halten sie bei einem 24-Stunden-Imbiss in Truth or Consequences, New Mexico. Außer um zu bestellen, wechseln sie kein Wort. Patterson ist alt genug, dass das Koks, wenn es erst einmal aus seinem Kopf verpufft, den Großteil seines Hirns gleich mitnimmt. Doch dann kommt der Kaffee, und nach einer Tasse wagt er einen Versuch.

»Heftiger Ortsname«, sagt er über einen Teller Huevos Rancheros hinweg. »Truth or Consequences.«

»Klingt biblisch, hab ich recht?«, erwidert Junior. Sein Gesicht sieht aus, als hätte er sich's gerade erst in Benzin gewaschen. Fleckig und geschwollen. Hier wund gerieben, da ölig.

»Biblisch, das kannst du laut sagen. Bei so einem Ortsnamen kriegt man ja Angst und Schrecken.«

»Der kommt von 'ner Radio-Quiz-Sendung«, informiert Junior ihn. »Der Moderator gab bekannt, er würde sie aus der ersten amerikanischen Stadt übertragen, die sich nach der Sendung benennt. Das hier war die erste, die anbiss.«

»Wie oft bist du denn diese Strecke schon gefahren?«

Junior zeigt mit seinem Buttermesser auf eine Familie, die ein paar Tische weiter sitzt. »Siehst du die?« Ein Mann, eine Frau, und eine Jugendliche. Der Unterkiefer des Mannes ist gute 15 Zentimeter lang, die Frau hat ein ähnliches Pferdegesicht, und beide haben braunes Haar, das hier und da absteht wie Strohhalme aus einem Misthaufen. Das Mädchen ist 15 oder 16, flachsblond und zierlich.

»Ich seh sie«, sagt Patterson.

»Wie sieht das Mädchen deiner Meinung nach aus?«

Patterson späht hinüber, schwer bemüht zu erkennen, was Junior ins Auge gefallen ist. »Wie ein Mädchen, das genug vom Reisen hat. Genug von ihrer Familie.«

»Meinst du etwa, die sieht ihnen ähnlich? Den anderen beiden?«

»Fehlt ihr das Frontspoiler-Kinn?«, versucht es Patterson.

»Das will ich doch wohl meinen«, erwidert Junior.

»Was willst du meinen?«

»Dass sie ihnen nicht ähnlich sieht.«

»Na dann«, sagt Patterson. »Freut mich, dass wir das klären konnten.«

Mit einem Klappern lässt Junior Gabel und Messer auf den Teller fallen und bedeutet der Bedienung, dass er die Rechnung will.

Patterson steht auf und rammt sich prompt das Knie am Tisch an. »Ich muss erst noch kotzen gehen, bevor wir weiterfahren«, verkündet er.

»Nur zu, Partner.«

•••

Patterson wacht wieder auf, als Juniors Autotür zuknallt. Blitzartig springen seine Augen auf, so schnell, dass ihm flackernde Licht- und Dunkelflecken die Sicht wieder nehmen. Junior geht inzwischen um den Wagen herum auf den Kofferraum zu. Patterson fährt sich mit der Hand durchs Gesicht, um sich zu versichern, dass noch alles da ist. Dann schaut er sich um. Rastplatz am Rande des Highways, am Himmel die aufgehende Sonne. Er muss eingeschlafen sein, während Junior fuhr.

Plötzlich erhascht er einen Blick auf ihn. Und auf das, worauf er zusteuert. »Ach du Scheiße.« Patterson stößt gewaltsam die Tür auf, doch noch ehe er sich versieht, legt er eine Bruchlandung auf dem Asphalt hin, während drei Parklücken weiter Junior bereits mit einem Reifeneisen auf das Fahrerfenster eines 15 Jahre alten Ford Kombi einschlägt. Die Scheibe zersplittert und der Hinterwäldler mit dem Pferdegesicht reißt zum Schutz die Arme hoch. Junior zieht erneut durch und drischt ihm mit dem Reifeneisen die Stirn ein.

Im nächsten Moment spurtet seine Frau mit einem Gartenmesser wedelnd um die Kühlerhaube herum. Ihre Augen springen ihr fast aus dem Kopf. Patterson ist wieder auf den Füßen, rennt auf sie zu und schmettert ihr so hart seine Faust ins Gesicht, dass er sich die Knöchel bis in den Ellbogen staucht. Sie sackt zusammen und bleibt auf Höhe der Reifen reglos liegen. Ein kleines Häufchen Elend.

»Hol das Mädchen da raus«, knurrt Junior. Er streckt seine Hand durch das zerschmetterte Fenster, entriegelt die Tür und zerrt den bewusstlosen Hinterwäldler aus dem Wagen heraus auf den Asphalt. Dann hebt er erneut sein Reifeneisen.

Das Mädchen kauert im Kofferraum und zischt Patterson an. Der öffnet die Heckklappe, weicht ihren Fingernägeln aus und zieht sie am Arm aus dem Auto.

43. Blumenkohl

Irgendwann im Laufe des Überfalls hat sie sich in die Hose gepisst, also halten sie am nächsten Interstate Walmart. Junior stellt den Wagen weit hinten auf den Parkplatz zu den Sattelschleppern und Wohnmobilen. Patterson hält sich in seinem Schoß die Schlaghand. Sie ist auf die Größe eines Blumenkohls angeschwollen.

»Aus genau dem Grund hab ich das Reifeneisen benutzt«, sagt Junior und dreht den Motor ab. »Ich schlag doch einem Holzkopf von Hinterwäldler nicht mit der Faust ins Gesicht. Da könnt ich ja gleich auf 'ne Salzsäule einschlagen.«

»Du warst besser vorbereitet als ich«, entgegnet Patterson. Er hat überhaupt kein Gefühl mehr in den Fingern. Seine Hand ist eine Art pochender Keule, über der seine Haut zieht und spannt. »Fühlt sich an, als würde das Scheißding gleich abfallen.«

Junior dreht sich zum Rücksitz um. »Bist du wach?«

»Ich bin wach«, antwortet sie.

»Wir sind bei einem Walmart. Hast du Geld?«

Sie blickt in den Rückspiegel und schüttelt den Kopf. Ihr feines blondes Haar umwogt ihr Gesicht wie ein Nebelschleier.

»Ich geh dir jetzt ein paar Klamotten und Reisesachen besorgen«, sagt Junior. »Zahnbürste, Seife, den ganzen Mist halt, okay?«

»Danke«, erwidert sie mit leiser Stimme.

Ein, zwei Sekunden lang nickt Junior nur. Dann steigt er aus dem Wagen und geht in Richtung Walmart.

Patterson öffnet seine Tür. »Frische Luft«, bringt er gerade noch hervor. Sie folgt ihm und klettert zwischen dem Rücksitz und dem Türrahmen aus dem Truck. Patterson lehnt bereits an der Wagenseite, schwer darauf bedacht, nicht versehentlich seine Hand anzuschauen. Ein paar Minuten lang schweigen sie. Rauchend beobachten sie andere Autos beim Ein- und Ausparken. Pattersons Hand trieft vor Schmerz, als laufe Blut daran herab, doch er lässt sich trotzdem nicht dazu verleiten, sie anzusehen.

»Wo kommst du her?«, fragt er sie schließlich.

»San Antonio«, antwortet sie.

»Wir wollen dich nicht entführen.«

»Okay.«

Dann muss er wieder aufhören zu reden und sich ganz darauf konzentrieren, nicht zu kotzen, so sehr pocht das Ding am Ende seines Arms.

Als Junior letztendlich aus dem Laden zurückkehrt, hat er drei Plastikeinkaufstüten in einer Hand und eine Zigarette in der anderen.

»Zieh dich im Wagen um«, sagt er zu dem Mädchen und wirft die Tüten auf die Kühlerhaube. Sie nimmt sie und kriecht auf den Rücksitz zurück. Junior schmeißt hinter ihr die Tür ins Schloss.

»Wo kommt sie her?«, fragt er.

»San Antonio«, erwidert Patterson.

Junior überlegt einen Augenblick lang. »Wir können sie doch nicht den ganzen Weg nach San Antonio fahren.«

»Tja. Hierlassen können wir sie ja wohl auch nicht.«

Als die Tür wieder aufgeht, steigt sie in billigen Jeans, einem *One Direction* T-Shirt und einem Paar weißer Tennisschuhe aus dem Wagen.

»Wer waren diese Arschlöcher?«, fragt Junior sie.

»Die haben mich per Anhalter mitgenommen.«

»Wie lang hatten sie dich schon in ihrer Gewalt?«

»Seit letzter Nacht.«

»Musst du ins Krankenhaus?«

»Sie hatten noch keine Gelegenheit«, sagt sie. »Sind die ganze Nacht durchgefahren. Hatten Angst, dass die Bullen sie erwischen.«

»Alles klar«, sagt Junior.

»Hatten noch keine Gelegenheit«, wiederholt sie.

»Alles klar«, sagt Junior erneut. »Wir versuchen uns gerade klar zu werden, was wir mit dir machen sollen.«

»Ihr müsst überhaupt nichts mit mir machen. Ihr könnt mich einfach hierlassen.«

»Wie wär's, wenn wir dich noch bis zur nächsten Bushaltestelle mitnehmen? Dir eine Fahrkarte nach San Antonio kaufen?«

»Bis zur Bushaltestelle könnt ihr mich mitnehmen«, sagt sie.

»Aber nach San Antonio fährst du nicht zurück?«, fragt Junior.

»Nie im Leben.« Sie schüttelt den Kopf. Ihre Augen röten sich und ihr Kinn fängt an zu beben. »Scheiß auf den Kerl.«

Junior drückt sich sein schlechtes Auge an die Schulter. Seine Augenklappe muss im Laufe der Nacht irgendwann verloren gegangen sein, irgendwo.

»Hast du überhaupt jemand, wo du hinkannst?«

»Ich hab einen Cousin in Casper«, meint sie.

Justin

Ich weiß nicht, woher Junior wusste, was da lief. Ich bin mir nicht mal sicher, dass Junior selbst weiß, woher er es wusste. Oder ob er sich überhaupt sicher war, dass da Gefahr im Verzug war. Es kann auch sein, dass er einfach etwas brauchte, um sich nach unserer Nacht in El Paso abzureagieren, und dass die Nummer ihm lediglich die erste Möglichkeit dazu bot. Dass es schlichtweg ein Zufallstreffer war, dass wirklich jemand Hilfe brauchte.

Aber das ist es nicht, was an mir nagt. Es ist die Tatsache, dass es Männer gibt, die Kindern so etwas antun. Ihren eigenen Kindern. Es gibt Phasen, in denen ich drei, vier Nächte lang kein Auge zubringe. Als ob mir jemand einen Putzlappen in die Kehle gestopft und einen Truck auf meiner Brust geparkt hätte. Ich kann dann an nichts anderes denken, als bei dir im Krankenhaus zu sitzen. Oder an ihn, Dr. Court. Ganze Nächte lang sitze ich schlaflos da und stelle mir vor, wie ich ihn eigenhändig zu Tode prügle. Es gibt nichts, was ich nicht tun würde, um dich zurückzubekommen.

Und auf der anderen Seite gibt es Männer wie ihn. Der seine eigene Tochter vertreibt. Der sie wahrscheinlich vergewaltigt oder sonst wie misshandelt hat, aber der sie definitiv – und das ist noch viel schlimmer als alles, was er ihr sonst hätte antun können – im Stich gelassen hat. Der sie da draußen allein gelassen hat. Einfache Beute für jeden dahergelaufenen Psychopathen. Auf dass sie verhungere, sterbe oder sich für den Rest ihres Lebens an seiner Abwesenheit aufreibe.

Andere Leute schmeißen sie ins Gefängnis, weil sie Drogen nehmen. Kinder sperren sie ein, weil sie in Tankstellen Geld mitgehen lassen oder in geklauten Autos Spritztouren machen. Aber Männer, die ihre eigenen Kinder im Stich lassen, die treiben durchs Leben. So leicht wie Luft.

44. Mehr

Vor seinem Haus angekommen, schaltet Junior den Motor ab, dann muss er allerdings erst noch eine Weile sitzen bleiben. Er hängt seine Arme übers Lenkrad und starrt in seinen Schoß hinab. Ihm ist, als rutsche die Welt unter seinen Reifen weg. Vielleicht hat Jenny ja recht. Vielleicht muss er nur raus aus diesem verdammten Denver. Nicht nach Highlands Ranch, das könnte er auf keinen Fall, aber vielleicht nach Greeley. Vielleicht sollte er einfach den Lkw-Führerschein machen und einen Sattelschlepper fahren oder so.

Dann hebt er seinen Kopf und sieht den Mann, der auf seiner Türschwelle sitzt. Die gewaltige Größe: wie eine Kreuzung aus einem Bären und einem Berg. Wenn Eduardo nicht neben dem viel kleineren Vicente sitzt, ist es vielleicht gar nicht so auffällig, wie riesig er ist, doch der Anblick verschlägt einem immer noch den Atem.

Junior wird klar, dass der Tag noch nicht vorbei ist.

»Anstrengende Fahrt?«, fragt Eduardo, als Junior aus dem Wagen steigt. Selbst sein Gesicht, oder was davon als Ruine noch übrig ist, ist so groß wie Juniors ganze Brust.

Junior lässt sich bedächtig neben ihm auf der Betonstufe nieder. »Ich wollte mich erst noch herrichten, ehe ich meine Lieferung mache.«

»Gute Idee«, meint Eduardo. »Vicente würde sich Sorgen machen, wenn er dich so sähe. Würde wohl glauben, du wärst in einen Kampf geraten.«

Junior blickt auf seine zerschundenen Hände hinab. Und auf das Hundeblut und den ganzen Dreck, der an seiner Kleidung klebt. »Nicht wirklich.«

»Nicht wirklich. Soll das heißen, dass es keinen Kampf gab?«

»Nicht wirklich. Es soll heißen, dass es kaum ein Kampf war.«

»Ah«, sagt Eduardo. Er trägt eine Lederweste, aus deren Innentasche er nun eine Zigarre hervorholt. Die Tätowierungen an seinen braunen Armen sind so verworren und verblasst, dass sie aussehen wie ein kompliziertes Muster aus Blutergüssen.

»Stört es dich, wenn ich rauche?«

»Tu dir keinen Zwang an«, sagt Junior.

»Ich hatte gehofft, dass wir unter vier Augen miteinander reden können.« Eduardo entzündet die Zigarrenspitze mit einem Feuerzeug, das wie ein Düsentriebwerk aussieht. »Vicente macht sich ohnehin schon Sorgen um dich. Größere Sorgen, als er mir eingestehen will. Was bedeutet, dass ich mir noch größere Sorgen machen sollte als er. Ihm zuliebe.«

»Gibt nicht einen Grund auf der Welt, warum sich jemand um mich Sorgen machen muss«, meint Junior.

»Liegt es am Kokain?«, fragt Eduardo. »Ist das das Problem?«

»Nein«, erwidert Junior. »Das ist es nicht.«

»Wir können uns darum kümmern, wenn Kokain das Problem ist«, sagt Eduardo. »Wenn Koks das Problem sein sollte, wird es zwar schwer für dich, aber es gibt Hilfe, und die werden wir dir auch beschaffen.«

»Koks ist nicht das Problem.«

»Na dann«, erwidert Eduardo. Er bläst einen Schwall Zigarrenrauch in die Blätter der Pappel hinauf, die vor Juniors Haus steht. »Was ist dann das Problem?«

»Das Leben, vielleicht«, sagt Junior. »Scheiße, ich weiß es nicht.«

»Es ist schwer, jung zu sein«, meint Eduardo.

»Das Leben ist ein Scheißekuchen, und früher oder später

muss jeder sein Stück fressen«, sagt Junior. »So würde ich das formulieren.«

»Hast du das Buch gelesen?«, fragt Eduardo. »Das Buch, das ich dir gegeben habe? Brave of Heart?«

Junior nickt. »Hab's gerade zu Ende gelesen.«

»Das Buch kann etwas Hilfe bieten«, meint Eduardo. »La Familia liest es aus gutem Grund.«

»Ich dachte, das Buch sei hirnrissiges Geschwafel. Hast du das nicht selbst behauptet?«

Eduardo schüttelt den Kopf. »Das hat Vicente behauptet. Der tut vieles schnell ab.«

»Du nicht?«

»Ich nicht. Ein Mann braucht doch mehr. Muss sich doch um mehr drehen als nur um sich selbst. Ein Leben leben, das seines Herzens würdig ist. Gottes Herz. Ein Mann braucht einen Krieg, einen Kreuzzug, eine holde Jungfrau, die er aus ihrer Bedrängnis retten kann.« Eduardo blickt die Straße auf und ab. »Wenn das mein Leben wäre, das einzige Leben, das mir bliebe, würde ich es vorziehen, gar nicht mehr zu leben. Das Dasein der Menschen in diesen Häusern. Nutzlose Arbeit und noch nutzlosere Frauen. Das ist kein Leben.«

»Meine Alte behauptet genau das Gegenteil«, sagt Junior. »Die meint, es sei der Schlüssel zu meinem Leben, einen vernünftigen Job zu finden und den zu behalten. Ihrer Meinung nach ist Drogenkurier nicht unbedingt die beste Lebensentscheidung.«

Eduardo greift sich hinter den Kopf und rückt seinen Pferdeschwanz zurecht. Dann bleiben seine Augen ein, zwei Sekunden zu lang an Junior haften.

»Drogenkurier hin oder her, ausschlaggebend sind deine Entscheidungen und Gedanken. Entscheidungen und Gedanken, die eines Mannes würdig sind, daran fehlt es dir.«

»Tja, eine holde Jungfrau hab ich tatsächlich erst vor Kurzem gerettet«, sagt Junior. »Und wenn du weißt, wo der beschissene Krieg ist, dann zeig mir, wo's langgeht.«

»Die Bürde kann ich dir nicht abnehmen«, erwidert Eduardo. »Das ist dein Krieg.« Er klatscht Junior mit seiner Riesenhand auf die Schulter. »Noch was.«

»Nur zu.«

»Es hat sich noch jemand nach deinem Freund erkundigt.«

Junior spürt, wie sich sein ganzer Körper versteift. »Nach welchem Freund?«

»Nach dem Gringo-Alkoholiker.«

»Ach ja, wer denn?«

»Eine Frau«, sagt Eduardo. »Eine Frau mit schwarzen Haaren.«

Junior lacht.

Eduardo sieht Junior lange an, mit schwarzen, klaren Augen.

»Verstehe«, sagt Junior.

»Diese Frau ist die Anführerin einer Biker-Gang, die fast das ganze Meth in St. Louis vertickt«, sagt Eduardo. »So viel zu ihr.«

»Verstehe«, sagt Junior erneut.

Eduardo drückt seinen Arm. »Du kannst dir keine Freunde leisten, die diese Art Aufmerksamkeit auf sich ziehen. Selbst wenn sie nicht wissen, was du tust. Ich weiß, dass du nicht dumm genug bist, dir eine Blöße zu geben, aber du kannst dir trotzdem keine Freunde leisten, die so was tun. Und dieser Freund von dir, der tut genau das. Der stellt Leute bloß. Bringt sie in Gefahr.«

»Ich verstehe«, sagt Junior.

»Gut.« Eduardo erhebt und streckt sich, bis seine Arme von einem Horizont zum anderen reichen. »Lies das Buch«, sagt er. »Versuch klare, geradlinige Gedanken zu finden, und lies das Buch. Es wird dir helfen.«

45. Fortschritt

Patterson wacht zusammengerollt auf seiner Couch auf. An seiner Hand ein Verband, auf seiner Nase ein Pflaster. Auf seinen Beinen liegt Sancho, ebenfalls zusammengerollt, mit einem kläglichen Ausdruck im Gesicht. Und um die Lage noch zu verschlimmern, sitzt Laney am Tisch. In der einen Hand einen Kaffee, in der anderen ein Buch, und neben sich Gabe, der irgendetwas in ein Malbuch kritzelt. Patterson öffnet seinen Mund, um etwas zu sagen, bringt jedoch kein Wort über die Lippen. Er räuspert sich und würgt einen Schleimbatzen hoch, der sich so groß wie eine ausgewachsene Maus anfühlt. Dann schluckt er ihn herunter und der Raum verschwimmt in einer eklig gelben Wolke. Er fängt erneut an zu würgen.

»Hallo«, sagt Laney. »Wie geht's dir?«

»Mir geht's gut«, meint Patterson.

»Nein«, entgegnet sie. Sie hält ihre leicht gerötete Nase über die Kaffeetasse und atmet tief ein. »Es geht dir nicht gut.«

»Nicht?«

»Erinnerst du dich an das Krankenhaus?«, fragt sie.

Er schüttelt den Kopf.

»Du hast zwei Haarfrakturen, eine Muskelzerrung und ein verstauchtes Handgelenk. Ich wusste nicht mal, dass man sich ein Handgelenk verstauchen kann, aber du hast es geschafft. Eine gebrochene Nase hast du übrigens auch noch. Angeblich weil du es keine zwei Schritte über deine Türschwelle geschafft hast, ehe du mit dem Gesicht voraus auf dem Boden gelandet bist. Und dann war noch die Rede von den Unmengen Kokain und Alkohol, die man in deinem Blut gefunden hat, beides in Mengen, die dich eigentlich hätten umbringen sollen.«

»Hat sich schlimmer angefühlt«, sagt Patterson.

»Erschöpfung kam auch noch dazu, aber da haben Henry, Emma und ich schon gar nicht mehr zugehört. Die beiden haben dich übrigens gefunden. Henry und Emma. Wenn die nicht gewesen wären, lägst du jetzt immer noch bei dir auf dem Boden.«

»Ich war ziemlich müde«, meint Patterson.

»Außerdem«, fährt sie fort, »wurden Blutspuren an dir gefunden, die laut dem Arzt aus verschiedenen Quellen stammen. Und von verschiedenen Zeitpunkten. Manche befanden sich an deinen Hosenbeinen und Schuhen, andere an deinem Hemd.«

Patterson nickt. »Das Zeug an meinen Hosen und Schuhen war Hundeblut. Wobei's zum Großteil wohl Hundekotze war.«

»Gut. Damit hätten wir das ja schon mal geklärt.«

»Der reine Sarkasmus.«

»Ganz recht. So, ist die Vermutung berechtigt, dass nur das Blut an deiner Hose Hundeblut ist, nicht jedoch das an deinem Hemd?«

»Die Vermutung ist berechtigt.«

»Wo kam dann das Blut an deinem Hemd her?«

»Ich hab ihren Namen nicht mitgekriegt.«

»Ihren?«

»Die Frau war eine Kinderschänderin.«

»Gut«, sagt Laney erneut. »Solang sie's nur verdient hat.«

»Schon wieder Sarkasmus.«

»Gut aufgepasst. Was meinst du, wirst du dich noch mal mit deinem Freund treffen? Henrys Sohn? Oder bist du inzwischen auch der Meinung, dass Henry vielleicht doch recht hat, was seinen Charakter angeht?«

Patterson denkt über Henry nach. Und über Junior. Und über das Mädchen auf der Straße. »Ich weiß nicht«, sagt er.

»Immerhin ein Fortschritt«, erwidert sie. »*Ich weiß nicht* ist echt schon ein Fortschritt. Ich will dich nicht nerven, aber ich glaube wirklich, wirklich, wirklich nicht, dass Junior unbedingt den allerbesten Einfluss auf dich hat.«

46. Wissenschaftler

Der Arzt im Krankenhaus hat ihm ein Rezept für Vicodin ausgestellt, also haut er sich eine Handvoll nach der anderen von den Pillen rein und hämmert sich damit das Hirn weich, bis seine Hand allmählich wieder wie eine Hand aussieht. Mit Vicodin ist er noch bestens vertraut aus der Zeit unmittelbar nach Justins Tod. Das ist so die Sache mit dem Trauern, man will am liebsten einfach nur dasitzen und vor sich hin starren, ohne auch nur im Geringsten irgendetwas zu ergründen. Deswegen hat er die Pillen damals schon gemocht. Weil sie es leichter machen, stillzusitzen und in die Welt hinauszustarren, ohne sie verstehen zu wollen.

Laney umsorgt ihn, während er sich von seinem Trip nach El Paso erholt. Sie kocht ihm seine Mahlzeiten, putzt ihm die Hütte, füttert Sancho. Sie spricht mit ihm über Bücher, die sie gerade liest, und leiht sich sogar Henrys Stromaggregat und Fernseher aus, damit er sich Western anschauen kann. Und nicht ein einziges Mal erwähnt sie dabei das Gerichtsverfahren oder die Unterlagen, die er unterschreiben soll. Sie scheint verstanden zu haben, wie armselig ihm nach solchen Gesprächen immer zumute ist.

Am dritten Abend dieses Erholungsurlaubs kommt Henry vorbei. »Wie geht's dir, Patterson?«, fragt er und bleibt auf der Türschwelle stehen.

»Gut.« Patterson isst einen Apfel, liest dabei in den Briefseiten, die er vor seinem Ausflug nach El Paso geschrieben hat, und fragt sich, was zur Hölle er sich dabei gedacht hat. »Wie ich höre, schulde ich dir ein Danke.«

»Du würdest doch dasselbe für mich tun, wenn du mich halbtot und randvoll mit Koks finden würdest.« Er hat die Hütte immer noch nicht betreten. »Ich geh mal davon aus, dass es ihm auch nicht besser geht?«

»Er tut, was er kann«, meint Patterson.

»Wo ist Laney?«

»Mit Gabe in der Gartenhütte.«

Henry kommt ein paar Schritte in den Raum und stößt mit seinem Gehstock die Tür zu.

»Hab ich dich irgendwie angepisst?«, fragt Patterson.

»Nein.« Er kneift sich mit Daumen und Zeigefinger in die Nasenwurzel. »Genau genommen, ja«, korrigiert er sich. »Paulson hat eine Stinkwut.«

»Ich dachte, der hätte mich gefeuert.«

»Hätte er auch. Ich hab ihm gesagt, dass deine Mutter gestorben ist.«

»Danke.«

»Leck mich.«

Die Tür geht auf und Laney kommt mit Gabe an der Hand herein. »Streitet ihr zwei?«, fragt sie.

»Ich streite nicht mit Alkis«, sagt Henry. »Und mit Drogis schon gar nicht.«

Patterson grinst freundlich. Mit all dem Vicodin im Kopf fällt es ihm ungewohnt leicht.

»Bist du soweit?«, fragt Henry Laney.

»Wo wollt ihr denn alle hin?«, erkundigt sich Patterson.

»Henry hat ein Teleskop gekauft«, sagt Laney. »Und es extra auf dem Scheunendach aufgestellt, weil's heute Nacht einen Meteorschauer geben soll. Er dachte, wir würden ihn vielleicht gerne sehen.«

»Keinen Schauer«, sagt Henry. »Ein paar Sternschnuppen.«

»Es würde dir guttun, das Haus mal zu verlassen«, fährt Laney fort. »Ich hab gehofft, dass wir dich überreden können.«

»Ich bleib lieber hier und freu mich, dass mir bereits ein Stern vom Himmel gefallen ist«, erwidert Patterson. »Dass ich einen Freund hab, der vor meinem Chef für mich lügt. Aber geht ihr nur.«

»Würde dir gar nicht schaden, mal ein, zwei Sterne zu sehen, die du dir nicht nur einbildest«, sagt Henry.

»Sicher«, meint Patterson. »Seit wann interessierst du dich eigentlich für Astronomie?«

»Denn hierin entblößen sich die unendliche Herrlichkeit Gottes und die wahre Größe seines Reiches dem menschlichen Auge«, zitiert Henry. »Das All rühmt ihn nicht nur mit einer, sondern mit unzähligen Sonnen. Nicht mit einer einzigen Erde, einer einzigen Welt, sondern mit abertausend.«

»Na dann«, sagt Patterson. »Viel Glück.«

»Patterson missbilligt allein schon aus Gewissensgründen jeglichen Versuch, der Welt eine Bedeutung abzugewinnen«, erklärt Henry Laney. »Wenn er ein Serienmörder wäre, würde er Pfarrer und Wissenschaftler umbringen.«

»Nicht nur Pfarrer und Wissenschaftler«, korrigiert Patterson ihn. »Aber im Wesentlichen hast du recht.«

»Das ist auch der Grund, warum er nie über Politik spricht«, fährt Henry fort. »Der Mann will nirgends einen Sinn sehen.«

»Können wir über was anderes reden?« So freundlich ihn das Vicodin auch stimmt, von diesem Gespräch hat er mittlerweile genug.

Henry sieht ihn lange an. »Ich wüsste noch was ganz anderes über dich zu sagen.«

»Fang gar nicht erst an.«

»Doch, eins noch. Junior.«

»Nicht Junior«, sagt Laney. »Definitiv nicht Junior.«

»Wart's ab«, sagt Henry zu ihr. »Darauf will ich ja hinaus. Patterson und Junior, die zwei drehen sich beide im Kreis. Weißt du, warum?«

»Nein«, antwortet Laney. »Keine Ahnung.«

»Weil sie vom selben Schlag sind«, sagt Henry. »Junior, der erträgt's auch nicht, der Welt einen Sinn abzugewinnen. Das ist noch so einer wie Patterson. Der kann an nichts glauben.«

»Schwachsinn«, entgegnet Patterson. »Er glaubt doch an dich. Und man sieht ja, was er davon hat.«

47. Seil

Nachdem sie gegangen sind, merkt Patterson, dass Laney recht hatte. Er muss tatsächlich raus aus der Hütte. Also legt er seine 45er an und geht spazieren. Die Sterne sind über den mattschwarzen Himmel verstreut, als wären sie Kieselsteine in einem Flussbett, und den Nachthimmel so über sich zu sehen, lässt ihn wieder etwas klarer denken. Wie ratsam das gerade ist, weiß er jedoch nicht, also kehrt er zur Hütte zurück, schenkt sich einen Drink ein und streckt sich mit einem Buch in der Hand auf der Couch aus. Nachdenken ist ja schön und gut, doch Lesen ist ein bewährter Schutz vor allzu tiefen Gedanken. Genau wie Trinken. Patterson hat das Gefühl, dass sein Leben zunehmend einer Art Boxübung gleicht, die nur einen einzigen Zweck hat – herauszufinden, welche Lebenserkenntnis zuerst durch seine Deckung schlüpfen wird.

Mit Klopfen halten sie sich gar nicht erst auf. Der Mann tritt einfach die Tür ein und gleitet in den Raum. Sein Bewegungsablauf wirkt sauber und einstudiert. Er ist größer als Patterson, hager, und sein langes grauschwarzes Haar geht nahtlos in seinen Bart über. Am Arm hat er eine Tätowierung, einen geflügelten Totenkopf und die Worte Semper Fi. Vor seiner Brust hält er ein äußerst gefährlich aussehendes AR-15 an einem Single-Point-Gewehrriemen. Patterson hat schon mit einer Unmenge solcher harten Jungs gearbeitet. Kaputt aus irgendeinem Golfkrieg heimgekehrt, heuern sie als Handlanger an, wo sie nur können.

Und die Frau, die dem Biker durch die Tür folgt, erkennt Patterson auch augenblicklich. Der Adrenalinstoß trifft ihn wie ein kalter Eimer Wasser. Blut rauscht in seinen Ohren, als wäre ein Damm gebrochen. Mit dem letzten Rest an Selbstbeherrschung legt er sein Buch auf den Boden.

»Das kann doch wohl nicht dein Scheißernst sein«, sagt er zu ihr. Seine Stimme klingt selbst in seinen eigenen Ohren verschwommen.

»Wo ist der Hund?«, fragt der Mann. Patterson hat schon Kettensägen gehört, die menschlicher klangen als diese Stimme.

»Der ist draußen. Da bleibt er meist die ganze Nacht. Manchmal vergehen auch drei oder vier, bis ich ihn wieder zu Gesicht bekomme.« Patterson spricht langsam, denkt über jedes Wort einzeln nach, damit sich sein Körper von dem Schock erholen kann.

»Steh auf«, sagt der Mann. »Und lass deine Hände, wo ich sie sehen kann.«

Patterson schwingt seine Füße von der Couch und stellt das Glas auf dem Boden ab. Er befiehlt seiner Hand, nicht so zu zittern, doch sie gehorcht ihm kaum. Dann streckt er dem Mann beide Hände entgegen, um ihm zu zeigen, dass sie leer sind.

»Könntest du die Tür schließen, bevor die Moskitos reinkommen?«

Der Mann gibt durch nichts zu erkennen, ob er Patterson überhaupt gehört hat. Er steht bei der offenen Tür, seine linke Hand ruht locker am Griff des AR-15, und er macht sich noch nicht einmal die Mühe, die Waffe auf ihn zu richten.

»In Ordnung«, sagt Patterson. »Wir können das klären.« Er versucht, so ängstlich wie möglich auszusehen. Besonders viel Anstrengung kostet es ihn nicht. »Schließ die Tür, dann sag ich euch, was immer ihr wissen wollt.«

»Genau deshalb sind wir hier«, sagt Mel. »Ich will wissen, wo Chase ist.«

Patterson denkt nicht einmal daran, Deckung zu suchen. Es gibt in der Hütte nicht eine Stelle, an der der Biker ihn nicht genauso leicht abknallen könnte, als stünde er einen Meter vor ihm. Und der Typ weiß das ebenso gut wie Patterson, weshalb er ihn ja nicht einmal direkt ansieht.

»Herrgott, bist du ’ne harte Nuss«, sagt Patterson zu Mel. »Du erinnerst dich schon noch, dass ich dich aus der Badewanne befreit hab, oder?«

Keine Reaktion.

»Der hat’s nicht gut mit dir gemeint«, versucht Patterson es weiter. »Falls du das noch nicht selbst gemerkt haben solltest.«

»Wo ist er?«, fragt sie.

Patterson weiß, dass sie sich mit keiner Lüge der Welt zufrieden geben wird. Also tut er, was er scheinbar am besten kann. Er stellt sich dumm. »Woher, meinst du, soll ich das wissen?«

»Er ist hier runtergefahren, um nach dir zu suchen«, sagt sie.

»Das ist er«, gibt Patterson zu. »Und ich hab ihm gesagt, dass ich dich nicht habe. Und sein Dope auch nicht, worauf er's ja eigentlich abgesehen hatte.«

»Halt's Maul«, sagt sie.

»Ergibt das für dich auch nur den geringsten Sinn?«, fragt Patterson den Biker.

Der Mann antwortet nicht, auch seine Schusshand bewegt sich nicht, und doch meint Patterson, etwas in seinen Augen zu registrieren.

Er versucht es mit einer anderen Taktik. »Ich hab Leute, die jeden Moment zurück sein werden«, sagt er.

»Wir haben ein Seil dabei«, erwidert sie. »Wir bleiben nicht lange.«

»Die kommen euch trotzdem auf die Schliche«, entgegnet Patterson. »Hier oben auf der Mesa kennt jeder jeden. Irgendjemand wird euren Wagen sehen.«

»Zieh die Schuhe an«, sagt sie. »Dann versuchen wir's einfach mal.«

»Herrgott«, seufzt Patterson. »Und das wegen einem Verlierer wie Chase.«

»Zieh die Schuhe an.«

»Okay«, beschwichtigt Patterson sie. »Okay. Aber jetzt mach mal endlich die Tür zu.«

Diesmal scheint die Aufforderung bei dem Biker anzukommen. Ohne nachzudenken streckt er seine Schusshand aus und stößt die Tür zu.

Sobald die Hand die Tür berührt, springt Patterson zurück, zieht seine 45er, reißt den Lauf auf Brusthöhe hoch und drückt zweimal ab. Der Doppelschuss ist ein einziger harter Knall, als hätte jemand vor seinen Augen eine Dynamitstange explodieren lassen. Auf die kurze Entfernung hatte er lediglich Zeit für einen Schnellschuss, und zunächst befürchtet er, sein Ziel verfehlt zu haben. Bis der Biker fassungslos auf seine Brust hinabstarrt und zu Boden sackt.

Mel ist bereits in Bewegung. »Halt!«, brüllt Patterson, hört jedoch kein Wort, so laut hallt es in seinen Ohren nach. Sie hat ihn wohl auch nicht gehört, denn sie geht neben dem Mann in die Knie und zerrt am AR-15. Sie bildet sich wahrscheinlich ein, dass sie schnell reagiert, und vielleicht tut sie das auch, doch in Pattersons Augen sind ihre Bewegungen lachhaft langsam. Sie kämpft mit dem Riemen, versucht ihn zu lösen.

»Halt!«, versucht Patterson es abermals, noch lauter.

Sie reißt das AR-15 vom Riemen, und mehr Zeit kann Patterson ihr nicht mehr geben. Er drückt erneut ab. Die Kugel schlägt ihr durch den Arm in die Brusthöhle, und noch während sie die Augen aufreißt, knicken ihre Beine ein und der letzte Atem entweicht ihr. Langsam, fast schon graziös, sinkt sie auf den Biker hinab.

Patterson atmet aus. »Blöde Kuh«, sagt er. Dann setzt er sich an den Tisch und starrt die beiden Leichen an.

48. Schmutz

Patterson hat keine Ahnung, wie lang er schon am Küchentisch sitzt. So nah war er dem Tod noch nie gekommen. Mels Gesichtsausdruck ließ keinen Zweifel daran zu, und der Biker war ein absoluter Profi. Patterson weiß, dass er nur durch

Glück mit dem Leben davongekommen ist. Schieres Glück. Und die Tatsache, dass er bis zum Umfallen geübt hat, seine Pistole zu ziehen.

Wahrscheinlich sind noch keine fünf Minuten vergangen, doch es kommt ihm so vor, als sitze er schon seit Stunden an diesem Tisch. Dabei weiß er noch nicht einmal, worauf er eigentlich wartet. Vielleicht auf Zeugen, vielleicht auf eine Polizeisirene. Doch irgendwann wird ihm klar, dass keiner kommt. Dass keiner, der nicht zufällig genau im richtigen Augenblick die Straße entlanggegangen wäre, die Schüsse hätte hören können. Und was ihm plötzlich genauso klar wird, ist, dass er unter keinen Umständen Laney, Gabe und Henry auch nur irgendetwas von alledem erklären will. Geschweige denn der Polizei. Also kippt er sich den Rest seines Evan Williams hinunter und wirft sich mit dem Whiskey noch ein paar Vicodin ein. Er braucht jetzt so starke Nerven wie möglich.

Besorgt, dass jeden Moment jemand durch die Tür kommen könnte, macht er sich rasch an die Arbeit. Binnen 15 Minuten hat er die Leichen in Abdeckplanen gewickelt und mit Klebeband verschnürt. Viel Blut ist nicht zu sehen. Ein paar Rinnsale, doch das meiste haben ihre Kleider aufgesogen. Wie vom Hersteller versprochen, hat keines der Hohlspitzgeschosse einen der Körper durchschlagen, so dass er nach weiteren 15 Minuten seinen Boden sauber geschrubbt und mit frischem Dreck aus dem San Luis Valley wieder in seinen ursprünglichen verwahrlosten Zustand versetzt hat.

Dann geht er hinaus und sieht ums Hauseck herum ihren Wagen stehen. Eine Corvette ZR1. Leuchtend orange, blitzblank bis hinunter zu den schwarzen Rennreifen, und noch kein Jahr alt. Außer in Autozeitschriften hat Patterson noch nie eine ZR1 gesehen, und als ihm klar wird, dass sie jetzt ihm gehört, zumindest für den Rest der Nacht, kann er der Versuchung selbst mit zwei Leichen im Wohnzimmer nicht widerstehen und gafft die Karre erst mal voller Bewunderung an.

Lang gönnt er sich den Anblick jedoch nicht, ehe er wieder hineingeht, um die Leichen zu holen. Irgendwie gelingt es ihm, Mel in den Kofferraum zu falten. Den Biker muss er mit ein paar Tritten auf den Beifahrersitz bugsieren. Nachdem er noch eine Schaufel und einen Sack Ätzkalk in den Wagen geworfen hat, lässt er die Hochebene hinter sich und nimmt die CO-159 nach Questa.

Im Gegensatz zu seinem schlechten Gewissen, als er Chase tot auffand, ist er jetzt geradezu unbekümmert. Er fühlt sich sogar besser als seit Jahren. Plötzlich jemanden mit einer Waffe im Wohnzimmer stehen zu haben, jemanden, der versucht einen umzubringen, und trotzdem ungeschoren davonzukommen – Patterson hat weder ein schlechtes Gewissen, noch ist er verwirrt oder gar traurig. Zum ersten Mal seit langer Zeit hat er das Gefühl, dass er genau das Richtige, das Notwendige getan hat.

Er schaltet das Radio an, lehnt sich vor und dreht langsam am Frequenzknopf wie ein Sonarbediener, der die Tiefe auslotet, während statisches Knistern die fast flächendeckende Funkstille des weiten Tals durchdringt. Als er auf Bruder Joe stößt, besinnt er sich schnell eines Besseren und dreht weiter am Knopf, bis er durch Glück Willie Nelson findet. Den lässt er singen – *He Was a Friend of Mine* –, obwohl es wahrscheinlich ein Fehler ist, wenn man bedenkt, dass Country-Musik ja vor nichts zurückschreckt. Er lässt ihn trotzdem.

Nachdem er die Grenze zu New Mexico überquert hat, nimmt er willkürlich ein paar Abzweigungen, immer weiter in Richtung der Berge. Runter von den Asphaltstraßen auf die Staubwege, querfeldein, solange das Fahrwerk mitspielt, bis er schließlich auf einen verwucherten Traktorpfad gerät. Ohne Licht fährt er noch so weit wie möglich, doch als es endgültig zu unwegsam wird, bleibt er stehen und checkt auf seinem Handy die Uhrzeit. Viertel nach elf.

Er gräbt ein vier Fuß tiefes Loch und rollt die Leichen hinein. Zwar bricht es ihm das Herz, doch letztendlich wirft er das AR-15 hinterher. Dann klettert er hinab, schlitzt die Abdeckplanen mit seinem Taschenmesser auf und leert den Kalksack darüber aus. Beim zweiten Mal ist er schlauer.

49. Limo

Zwei Uhr morgens und Junior hat keine Ahnung, warum er jetzt noch am Straßenrand vor Jennys Haus in seinem Wagen sitzt. Vor allem, weil auch sein eigenes Haus schräg gegenüber wäre. Doch genau das tut er. Obwohl er seit geraumer Zeit schon den Drang verspürt, hinüberzugehen und an ihr Fenster zu klopfen. Sich ins Haus zu stehlen und in ihr Bett zu kriechen. Nach Casey zu sehen, einfach nur dazusitzen und auf sie hinabzublicken, seine Hand an ihre Stirn zu legen, an ihre Wange.

Junior kann sich noch gut erinnern, wie seine Mutter ihn oft mit dieser Geste weckte, als er noch ein Junge war, und das ähnlich früh am Morgen. Eine Hand an seiner Stirn, dann an seiner Wange, als fühle sie nach seiner Temperatur. Was sie vielleicht auch tat, wenn man bedenkt, dass er den Abend mit Henry verbracht hatte, während sie als Bedienung in einem All-you-can-eat-Pfannkuchenlokal die Spätschicht hatte.

Damals wohnten sie in einem Doppeltrailer außerhalb von Longmont, Colorado, mit ausreichend Platz für ein Pferd.

Obwohl sich Henry, soweit Junior weiß, nie eins leisten konnte. Wenn seine Mutter die Spätschicht arbeitete, ging er mit Henry meist in die einzige Bar in Gehweite.

In dem Schuppen war kaum Platz für 50 Leute, aber das war nie ein Problem. Es waren eh selten mehr als zehn auf einmal da, und meist nur abgewrackte Rodeoreiter. Dafür hatte der Laden eine Barkeeperin, ein rothaariges Mädchen Anfang zwanzig, das ganze Abende lang mit Henry am hinteren Ende des Tresens herumstand. Oder – wenn sich mal wieder die Gelegenheit bot, weil außer ihr, Henry und Junior niemand in der Bar war – die Eingangstür abschloss und sich mit seinem Vater in den Lagerraum verkroch.

Junior versuchte es zu ignorieren, wenn sie sich gemeinsam davonschlichen. Ein weiterer Verrat an seiner Mutter. Doch er liebte diese Kneipe und hatte keinerlei Absicht, sich in die Nesseln zu setzen. Es gab da auch noch einen Fernseher, etwas, das sie sich in ihrem Trailer nicht leisten konnten, und wenn wenig los war, öffnete der Rotschopf obendrein den Flipper und ließ ihn umsonst spielen. Und wenn der Junge müde war, bereitete Henry ihm fürsorglich ein Bett in einer der drei Sitzecken, in denen sich sonst eine Bande halb verkrüppelter Bullenbändiger zu wöchentlichen Euchre-Spielen versammelte.

Und dann war da ja noch Henry. Damals hatten sich all seine gebrochenen Stellen noch nicht versteift, so dass er sich noch mit lockerer, geradezu lässiger Anmut bewegte, einer Anmut, die ihm so leicht fiel wie seine Freundschaften. Solange er nicht zu Hause war, war es geradezu unmöglich, ihn nicht zu mögen, und in der Bar lief er stets zur Höchstform auf. Er ließ den Jungen das Gespräch führen und so weit er wollte vom Thema abschweifen, ohne ihn je zu gängeln. Er ließ Junior den Vortritt und brachte sich helfend ein, erzählte

Witze, lachte und zog wie üblich sein Ding durch. Wie in jeder Bar, in die er je einen Fuß gesetzt hatte, machte er sich damit bei jedem beliebt. Und so ebnete er Junior den Weg in seine Welt.

Meistens endeten diese Nächte, als sich schließlich der Rauch verzog, das feuchtfröhliche Gerede verstummte und selbst der Fernseher ausging, und dann war das Letzte, woran sich Junior noch erinnern konnte, wie er sich erschöpft in seiner Sitzecke zusammenkringelte und auf den warmen Klängen von Henrys Stimme in den Schlaf treiben ließ. Später kam er wieder halbwegs zur Besinnung, als Henry ihn aufhob und nach Hause trug, den ganzen Weg zu seinem eigenen Bett. Und viel später wachte er meist noch ein letztes Mal auf, wenn auch nur für einen kurzen Augenblick, als seine Mutter ihre Hand an seine Stirn legte, an seine Wange.

Nur um dann tief in der Nacht vollends aufzuwachen, diesmal von dem Gebrüll, das Henry und Connie veranstalteten, wann immer sie sich wieder einmal an die Gurgel gingen.

Doch eines Nachts, und dieser Erinnerung ist sich Junior nie so ganz gewiss, stand er plötzlich am Zaun hinter ihrem Haus. Kaum acht Jahre war er alt. Einer von Henrys Rodeokumpels stand neben ihm, ein Mann mit scharfen Zügen und einem langen, zotteligen Schnurrbart. Schweigend standen sie da und beobachteten, was sich keine 15 Meter vor ihnen auf der anderen Zaunseite abspielte, sahen einfach nur zu, wie Henry Connie an den Haaren rückwärts zerrte. Brüllend und kratzend schlug sie über ihrem Kopf nach seinen Händen und Armen, während ihre Füße scharrend nach Halt suchten.

»Meinst du nicht, dass wir was tun sollten?«, bildet Junior sich ein, gefragt zu haben. Er sah zu dem Freund seines Vaters auf, der weiter an seiner klumpigen, selbst gedrehten Zigarette paffte.

»Da misch ich mich nicht ein«, sagte der Mann. »Aber ich hab 'n paar Limos in meinem Truck. Wie wär's, wenn wir uns was holen?«

Henry ließ Connies Haare los, und schlagartig fiel sie aufs Kreuz. Er stand über ihr und sah auf sie hinab, das Kinn gereckt wie ein Hahn. Dann drehte er sich um und stolzierte auf den Zaun zu. Vier oder fünf Schritte weit schaffte er es, ehe sie sich hinter ihm wieder aufrappelte. In ihrer schmutzig blonden Mähne hatten sich trockene Grasbüschel und Erdklumpen verheddert. Wie eine Furie stürmte sie gebückt los und hechtete ihm auf den Rücken. Gemeinsam gingen sie zu Boden und rollten in einem Gewirr aus dreschenden Gliedern und wirbelndem Staub durch das hohe Gras. Sie schrien und zischten, bis das Getöse plötzlich abebbte und nur mehr Henrys Ächzen zu hören war. Das und das dumpfe Klatschen von Fäusten, die auf schutzloses Fleisch einschlugen.

»Ich glaub, wir holen uns jetzt lieber die Limos«, sagte Henrys Freund.

• • •

Connie war zwei Tage lang im Krankenhaus, und es dauerte eine weitere Woche, bis sie wieder arbeiten konnte. Ihre Krankentage verbrachte sie mit Henry in der Küche, wo sie unentwegt schwarzen Kaffee tranken und redeten. Die Jalousien ließen sie dabei zu, so dass es bedrückend dunkel war, während sie mit geballten Fäusten eine Art Todespakt schlossen, den Junior weder verstand noch verstehen wollte. Er hatte zwar Sommerferien, blieb aber lieber in seinem Zimmer, hörte Radio und las Comics. Er hegte beiden gegenüber einen verzweifelten Hass. Und als seine Mutter schließlich doch zurück zur Arbeit ging, weigerte er sich, mit Henry in die Bar zurückzukehren.

So ist es mit den meisten seiner Erinnerungen. Sie nagen am Rande seines Gedächtnisses. Kommen ihm bruchstückhaft. Eine Verschwörung flüsternder Stimmen. Krach im Schlafzimmer. Eiter und Blut, das seiner Mutter am nächsten Morgen wieder mal aus einem geschwollenen Auge rinnt. Henry, der auf der Türschwelle sitzt und wartet, bis Junior aus der Schule kommt. Seine Arme um den Jungen schlingt und ihm betrunken die Ohren vollweint.

Und dann ihr Tod. Selbst der ging irgendwie auf Henrys Konto, war es doch ihr Tod, der ihn dazu brachte, seine Sauferei aufzugeben. Junior weiß, dass Henrys Entzug ein Eingeständnis seiner Mitschuld an ihrem Tod darstellte. Ebenso weiß er, dass der Tod seiner Mutter für Henry, sobald er trocken war, nur mehr ein weiteres Kapitelchen in Henrys Lebensgeschichte wurde.

Und Junior weiß auch nur allzu gut, welche Rolle er selbst in dieser Geschichte spielt. Die eines Terroristen, der sich gewaltsam aufdrängt und eine Bedeutung einfordert, die ihm noch nie zustand. Henrys Lebensgeschichte genügt sich selbst, erklärt und korrigiert und heilt sich selbst. Es gibt nichts, womit sie nicht fertigwerden würde. Nichts außer plötzlicher Gewalt.

Noch immer starrt Junior zu Jennys Haus hinüber. Er steckt sich eine Zigarette an und saugt den Rauch hart in die Höhlung hinter seinem Adamsapfel, um nicht mehr denken zu müssen. Nicht an den stillen Jungen, der tagelang bei seiner verkaterten Mutter saß und ihre Wunden pflegte. Und nicht an seine Mutter, die mit ganzem Herzen versuchte, so gut auszuteilen, wie sie einsteckte, und es doch nie wirklich vermochte. Junior rollt das Fenster hinunter, hustet einen nikotinträchtigen Schleimbatzen aus seiner Lunge hoch und spuckt ihn auf die Straße hinaus.

Plötzlich bleibt er regungslos sitzen.

Jennys Eingangstür hat sich einen Spaltbreit geöffnet und ein Mann kommt heraus. Ein junger Kerl mit Ziegenbart, der anscheinend einen Blaumann trägt.

Junior lässt seinen Wagen an, und der Mann zuckt zusammen, ehe er einen Gang zulegt und den Gehsteig entlangeilt, geradewegs zu einem Honda Accord, den Junior noch nicht einmal wahrgenommen hatte.

Dann klingelt Juniors Handy.

50. Freude

Seit Patterson die Leichen ausgeladen hat, kann er gar nicht mehr aufhören zu grinsen. Er fährt auf den Highway hinaus, spürt, wie ihm noch immer literweise Adrenalin und Vicodin durch die Adern pumpen, und drückt der Corvette prompt das Gaspedal durch. Er versucht nicht einmal, sich ans Tempolimit zu halten. In dieser Rakete könnte er wohl sowieso jedem Bullen entwischen, der dumm genug wäre, ihn anhalten zu wollen. Der Gedanke, dass dies dann vermutlich auf eine Mordanklage hinausliefe, geht ihm zwar kurz durch den Kopf, doch für Patterson gibt es schlicht kein Halten mehr. Offenbar gibt es kein besseres Heilmittel für Herzschmerz, als einen Mordanschlag zu überleben und ein Auto zu klauen.

Er ist bereits in Fort Garland, als er sein Handy herausholt und Junior anruft.

»Was zum Teufel willst du?«, fragt Junior in einem rauen Flüsterton.

»Ich bin auf dem Weg zu dir.«

»Ich bin beschäftigt.«

»Nimm dir die Zeit.«

»Muss es denn wirklich ausgerechnet jetzt sein?«

»Ja, irgendwie schon.«

Schweigen. »Also gut.« Juniors Stimme klingt wie eine zerbrochene Gipskartonplatte. »Kommst du zu mir nach Hause?«

So weit hat Patterson noch nicht vorausgedacht. »Lieber nicht. Fällt dir sonst wo ein?«

»Wie weit bist du noch weg?«

»Mindestens drei Stunden. Vielleicht vier.«

»Weißt du, wo die *Bar Bar* ist?«, fragt Junior.

»Downtown ist wahrscheinlich auch keine gute Idee.«

»Was auch immer dein Problem ist, geh lieber offen damit um. Glaub mir.«

»Wenn du meinst.« Patterson legt auf.

...

Die *Bar Bar* ist die einzige Bar in Denver, die schon um sechs Uhr in der Früh aufmacht, sprich in etwa zur selben Zeit, als Patterson davor hält. Es ist ein vergipster Kasten knapp außerhalb der Innenstadt, inmitten von verlassenen Lagerhallen und Autowerkstätten. Der Laden hatte angeblich noch nie einen Namen, doch über dem Eingang hängen drei Neonbuchstaben – *Bar* – sodass sie wohl schon immer schlicht *Bar Bar* genannt wurde. Von Mittag bis Zapfenstreich hausen hier obdachlose Bettler und verbitterte Indianer, doch um sechs Uhr morgens kann man hier noch alle möglichen Leute treffen. Eine Edelstripperin, die den Geruch von Babyöl und Parfum in Gin ertränkt, einen Fernsehanwalt, der sich auf der Herrentoilette die letzte Nase Koks gönnt, einen überarbeiteten Bullen, der noch ein paar

Bourbon-Absacker in Angriff nimmt, ehe er sich endlich aufrappelt und heimgeht zu seiner zukünftigen Exfrau. Alle möglichen Leute.

Patterson hockt sich an den Tresen zu Junior, der neben einem Obdachlosen mit blutverkrustetem Bart sitzt. Junior schaut Patterson an und schüttelt den Kopf.

»Krieg dich mal wieder ein«, sagt er. »Dein Grinsen halt ich jetzt nicht aus.«

»Das ist die Lust am Leben«, erwidert Patterson. »Pure Freude.« Er kippt den Bourbon runter, den Junior ihm bestellt hat. »Entschuldige, dass ich dich mitten in der Nacht aus dem Bett geholt habe.«

»Ich hab eh nicht geschlafen.« Junior klopft seine Taschen nach einer Zigarette ab. Er wird fündig und zieht eine ganze Schachtel heraus.

»Hier darfst du nicht rauchen«, sagt Patterson. »In Denver darf man doch mittlerweile in keiner Bar mehr rauchen. Hast du mir selbst erzählt.«

»Stimmt«, erinnert sich Junior und zündet sich eine Zigarette an. »Geht mir aber am Arsch vorbei.«

»Hey«, ruft der Barkeeper. »Hey.«

Junior ignoriert ihn.

»Ich rede mit dir, du Arschloch«, sagt der Barkeeper. Er ist Anfang dreißig, trägt einen Schnurrbart und ein Hawaiihemd. Sieht nicht unbedingt hart aus, lässt mit seiner Körperhaltung jedoch erahnen, dass er in seinem Job schon mehr als genug Scheiße hat schlucken müssen und problemlos damit fertig wird. »Hier wird nicht geraucht, du Arschloch. Wenn du rauchen willst, gehst du raus.«

»Nenn mich noch ein Mal Arschloch und ich drück die Kippe in deinem Ohr aus«, sagt Junior.

»Das war als Kosewort gemeint«, erwidert der Barkeeper.

»Jetzt drück sie aus oder geh raus. Ich bin nämlich derjenige, der den Strafzettel kriegt, nicht du.«

Junior lässt die Zigarette aus den Fingern fallen und tritt sie auf dem Boden mit der Spitze seines Cowboystiefels aus. Patterson fällt fast vom Stuhl, als er sieht, dass Junior gehorcht. Dann nimmt er ihn zum ersten Mal, seit er die Bar betreten hat, richtig in Augenschein. Junior sieht aus, wie er selbst wohl ausgehen hat, eine halbe Minute nachdem er Mel und den Biker überlebt hatte. Völlig verstört.

»Na also«, sagt der Barkeeper. »Jetzt kannst du dich verpissen. Deinen Scheiß brauch ich hier nicht auch noch.«

Patterson fischt einen Zwanzig-Dollar-Schein aus seinem Geldbeutel. »Wie wär's damit?« Er bietet ihn dem Barkeeper an.

Der beäugt den Schein und lässt ihn in seiner Tasche verschwinden. »Kein Mist mehr«, sagt er und zeigt auf Junior.

»Kein Mist mehr«, stimmt Patterson ihm zu.

»In Ordnung.« Der Barkeeper wendet sich ab und geht ans andere Ende des Tresens.

Patterson schüttelt den Kopf und will etwas zu Junior sagen, verkneift es sich jedoch. Er setzt zu etwas anderem an, verkneift sich jedoch auch das. Schließlich fragt er: »Stimmt irgendwas nicht mit dir?«

»Was zur Hölle soll mit mir nicht stimmen, Partner? Du hast doch mich angerufen.«

Also erzählt Patterson es ihm. Erzählt ihm alles, angefangen damit, wie Chases Frau und der Biker in seiner Hütte aufkreuzten, bis hin zu dem Loch, in dem er sie begraben hat.

Junior wirkt geradezu beeindruckt. »Du bist ja 'n gottverdammter Killer.«

»Das war mein letztes Mal«, verspricht Patterson.

»Kann ich dir nur empfehlen«, meint Junior. »Es gibt in unserem großen Staat Colorado schließlich nicht unendlich viele Orte, an denen man heimlich ’ne Leiche vergraben kann.«

Patterson antwortet nicht.

»Aber alles kein Problem, Partner«, fügt Junior hinzu.

Patterson sieht ihn an. »Nein?«

»Null«, sagt er und zieht dabei sein Handy aus der Tasche. »Eher eine Gelegenheit.« Er steht auf und geht mit seinem Handy vor die Tür.

51. Idiot

Noch am Vormittag kommen sie auf Vicentes Vorhof an. Er winkt sie durch das Tor und an den Schrottbarrikaden vorbei auf einen Parkplatz bei der Garage. Junior und Patterson klettern aus dem Wagen.

»Wie fährt sie sich?«, fragt Vicente. »Fährt sie sich gut?«

»Einmalig«, antwortet Patterson. »So was bin ich noch nie gefahren.«

Vicentes Finger fangen an zu zucken. Hinter der Brille breitet sich ein Grinsen auf seinem braunen Gesicht aus, und um ihn herum scheint die Luft regelrecht zu schwirren. Patterson sieht den Anflug eines Schmunzelns in Juniors Zügen, doch als Vicente einen Blick auf ihn wirft, ist es bereits wieder verflogen.

»Sie ist eine Pracht«, sagt Vicente. Er geht einen Bogen um das Auto, berührt es hier und da, bis er schließlich stehen bleibt und den Turbolader bestaunt. »Sieben Minuten, sechsundzwanzig Komma vier Sekunden auf dem Nürburgring«, sagt er mit gedämpfter Stimme. »Habt ihr das gewusst? Und das in der Grünen Hölle, der gefährlichsten Rennbahn der

Welt. Das ist die schnellste Zeit, die ein Serienwagen da je erreicht hat. Die schnellste aller Zeiten.« Mit feuchten Augen dreht er sich zu ihnen um.

»Na, wenn mir das mal nicht komplett am Arsch vorbeigeht«, sagt Junior. »Das ist übrigens Patterson. Dem hast du für die Karre zu danken.«

Vicente sieht Patterson einen Augenblick lang an.

»Danke, Patterson. Kommt rein. Trinkt 'n Bier. Euer Geld geb ich euch drinnen.«

Die Luft in der Garage ist vor lauter Öl und Staub ganz schmierig. Vicente zählt ihnen das Geld vor – zwei Stapel zu je 10.000 Dollar – und reicht beiden eine Flasche Importbier aus einer Kühltruhe. Sie trinken das Bier, während Vicente die Corvette in die Garage fährt und die Kühlerhaube öffnet. Er ist so hellauf begeistert, dass Patterson langsam etwas nervös wird.

Wenig später sieht Patterson, wie ein weiterer Mann in die Garage kommt. Er ist größer als Vicente, viel größer, hat einen langen schwarzen Pferdeschwanz und ein Gesicht wie ein heranrasender Güterzug. Er sagt etwas zu Vicente, das Patterson nicht hören kann. Dann lehnt er sich an die Wand und schaut dem anderen Mexikaner ein paar Minuten lang zu.

»Ein geselliger Typ, nicht wahr?«, sagt Patterson zu Junior.

»Mach dir um den keine Sorgen«, meint Junior. »Der ist nichts als ein großer Teddybär.«

»Das kann nicht dein Ernst sein.«

Junior steht auf. »Ist es auch nicht.« Er geht zu dem Mann hinüber, stellt sich zu ihm und fängt an zu reden. Der Mann verzieht keine Miene, zuckt nicht einmal mit der Wimper. Patterson wartet nur darauf, dass er Junior jeden Augenblick den Kopf von den Schultern reißt. Doch als dieser losgeworden ist, was er auf dem Herzen hatte, dreht er sich um und kommt zurück.

»Du kannst auf dem Boden schlafen«, sagt er zu Patterson.

»Wenn du meinst. Ich fühl mich aber okay, wir können also auch gleich auf die Mesa zurückfahren.«

»Ich brauch Schlaf«, erwidert Junior. »Und was zu essen. Ich kenn da 'ne Kneipe. Komm, ich spendier dir 'n Bier.«

So gut er sich auch fühlt, Patterson hat den Mund bereits offen, um allein schon gegen die Idee, mit Junior ein Etablissement aufzusuchen, in dem Alkohol ausgeschenkt wird, Protest einzulegen. Doch ehe er auch nur ein einziges Wort über die Lippen bringt, klingelt sein Handy. Einen Augenblick lang starrt er die Wand an. Dann gräbt er es aus seiner Tasche hervor, hält es in der Hand und lässt es so lange klingeln, bis es schließlich von selbst verstummt.

Dann fängt es erneut an zu läuten.

»Hallo?«, meldet er sich.

»Bist du mit Henrys Sohn unterwegs?«, fragt Laney gut gelaunt.

»Bin gerade auf dem Rückweg.«

»Du bist ein Idiot«, sagt sie.

»Es war eine Art Notfall.«

»Einer der dümmsten Menschen, die ich in meinem Leben je getroffen habe«, fährt sie fort.

»Bis heute Nachmittag bin ich wieder zurück. Versprochen.«

»Tust du mir einen Gefallen?«, bittet sie. »Rufst du mich an, wenn du zurück in der Hütte bist? Nur damit ich weiß, dass du noch lebst. Ich glaub nicht, dass das zu viel verlangt ist, wenn du bedenkst, dass ich es war, die dich letztes Mal wieder zusammengeflickt hat.«

»Ich ruf dich an, sobald ich 'ne Runde geschlafen hab«, sagt

Patterson. »Vielleicht kauf ich sogar 'n paar Hähnchen und brat sie überm Feuer.«

»Meinst du, dass du noch mal aus der Nummer rauskommst?«

»Dein Junge, Gabe. Weiß der, wie man 'nen Ball fängt?«

»Du gibst dir ja richtig Mühe«, erwidert sie.

»Dann bring ich auch noch 'n Handschuh und 'n Baseball mit«, sagt er.

»Ruf mich an, wenn du heimkommst.«

Er legt auf.

»Henry?«, fragt Junior.

Patterson schüttelt den Kopf und steckt sein Handy wieder in die Tasche.

»Ich wusste ja gar nicht, dass du auch noch andere Freunde hast«, sagt Junior.

»Freundlich ist die ganz und gar nicht«, meint Patterson.

»So eine hab ich auch.«

52. Visionär

Ganz so schnell fahren Patterson und Junior dann allerdings doch nicht los. Erst einmal setzen sie sich an den Schachtisch und schauen zu, wie Eduardo und Vicente um den Wagen schreiten. Vicente hat ein Notizbuch in der Hand und weist den anderen Mann gelegentlich auf etwas hin. Seine Begeisterung hat sich inzwischen etwas gelegt, so dass Patterson allmählich wahrnimmt, wie er wohl wirklich ist: überlegt in seiner Planung, was das Auto anbelangt, und doch zugleich entschieden darin, die Details seinem Partner zu überlassen. Patterson stellt fest, dass er der Visionär ist. Und Eduardo, der aussieht, als würde er sogar nach einem Ringkampf mit einem Müllwagen als Sieger dastehen, sein Job ist es zu gewährleisten, dass Vicentes Visionen auch realisiert werden.

Dann sieht Patterson zu Junior hinüber, der vor sich ins Leere starrt. Versucht sich auszumalen, wie Junior in das Doppelgespann passt. Oder ob er es überhaupt tut. Und dann fragt er sich, warum er ausgerechnet Junior anrief, statt den geklauten Wagen einfach in irgendeinen Graben zu fahren. Eine praktische Antwort fiele ihm schon ein. Eine leuchtend orange Corvette ZR1 würde überall auf der Welt Aufmerksamkeit erregen, doch im San Luis Valley wäre das mit einer UFO-Landung gleichzusetzen. Und dennoch fällt ihm auch eine andere Antwort ein, eine, über die er gar nicht erst groß nachdenken will.

Das Adrenalin ist inzwischen verpufft, und das gute Gefühl, das ihn übermannte, nachdem er Mel und den Biker überlebt hatte, klingt auch bereits ab. Er versucht, sich noch etwas daran festzuhalten, erinnert sich noch einmal daran, wie viel Glück er doch hatte. Dass er nicht den geringsten Anspruch darauf hat, mit einem Bier in der Hand in dieser Garage zu sitzen. Doch es nützt alles nichts. Und das hohle Gefühl, das sich nun in ihm ausbreitet, ist noch etwas, worüber er lieber nicht groß nachdenken will.

»Langsam geht also auch dir ein Licht auf«, sagt Junior.

Patterson merkt, was ihm wohl schon seit geraumer Zeit ins Gesicht geschrieben steht. »War ’n harter Monat«, sagt er.

»Wohl wahr«, meint Junior.

»Und es wird noch härter.«

Junior nickt. »Auch wieder wahr.«

Mittlerweile hält Eduardo das Notizbuch und Vicente diktiert ihm, was er hineinzuschreiben hat. Gemeinsam hocken sie vor einem der Hinterreifen.

»Wie zur Hölle schaffen die es?«, fragt Patterson.
Doch Junior antwortet ihm nicht.

Justin

Ich bin schon über einen Tag lang wach und kann trotzdem nicht einschlafen. Selbst hier auf der Couch nicht. Ich kann nicht aufhören, an dich zu denken. Und an einen Freund von mir, Chase. Und an seine Frau, Mel. Was mir einfach nicht aus dem Kopf gehen will, ist der Gedanke, dass sie unmöglich einen anderen Grund gehabt haben kann, um Chase zu suchen, als dass sie ihn vermisste. Was auch immer er ihr angetan und wie sehr auch immer er sich selbst zugrunde gerichtet hatte, sie vermisste ihn. Seine Abwesenheit hatte ein Loch in ihr aufgerissen, das sie mit nichts anderem füllen konnte. Egal welche Geschäfte sie geführt hatte, egal was sie laufen hatte, sie schmiss es alles weg, um einen Mann zu finden, der sie an Händen und Füßen gefesselt in einer Badewanne liegen gelassen hatte. Doch nun sind sie beide dahin, sie und Chase. Und das Loch gibt es nicht mehr, niemand vermisst mehr etwas. Was sie einander bedeuteten, ist so komplett verschwunden, als hätte es nie existiert.

Carmichael, Juniors Grenzschutz-Drogendealer, hatte zumindest in einem unrecht. Amerikaner verschwinden eben doch. Und zwar ständig. Werden einfach vom Erdboden verschluckt. Das weiß ich von den vielen Jahren, die ich jetzt schon in Katastrophengebieten arbeite. Ein plötzliches Erdbeben, eine einzige Sturzflut, und schon ist alles weg. All die Verträge, die dir dein vermeintliches Eigentum sichern sollten. Der ganze Papierkram, den du ein Leben lang angesammelt hast, um zu belegen, wer du bist. Nach dem Hurrikan

Katrina sind Menschen wochen- und monatelang spurlos in FEMA-Gefängnissen verschwunden. Andere sind in den Fluten verschwunden, als hätte es sie gar nicht erst gegeben.

Wenn du in Katastrophengebieten arbeitest, bekommst du es mit Leichen zu tun. Nicht jedes Mal, und nicht die ganze Zeit, aber hin und wieder wirst du eben doch mit ihrer Entsorgung beauftragt. Wenn du den Job antrittst, sagt dir das zwar keiner, aber wenn du lang genug Stromleitungen freiräumst, siehst du mehr Unfälle, als du zählen kannst, und einige davon sind nun mal tödlich. Wenn du in schwindelerregender Höhe mit einer Kettensäge hantierst, kann es eben passieren, dass du über die Klinge springst.

Manchmal glaube ich, dass Henry und Bruder Joe die Sache genau verkehrt herum sehen. Die Frage ist nicht, wie man außerhalb des Systems leben, sondern wie man drin bleiben kann. Das Leben – oder das, was man für sein Leben hält – kann in einem Sekundenbruchteil komplett aus den Fugen geraten. Wenn du mir nicht glaubst, frag jeden beliebigen Gefängnisinsassen. Vielleicht lautet die wirkliche Frage nicht, wie du die Welt dazu bringen kannst, dich zu vergessen. Vielleicht lautet sie vielmehr, wie du sie dazu bringen kannst, dich anzuerkennen. Selbst Elternschaft, das Recht an deinem eigenen Kind, kann dir irgendein Bürokrat aus einer Laune heraus streitig machen.

Und manche sterben einfach.

Ich war dir kein besonders guter Vater. Das weiß ich. Ich dachte, ich hätte alle Zeit der Welt, um ein besserer zu werden. Also habe ich meine Zeit mit dir verschleudert, als wäre sie unbegrenzt. Die meisten Nächte habe ich versoffen, und wenn etwas im Fernsehen kam, das ich sehen wollte, habe ich dir gesagt, dass du den Mund halten sollst. Tagsüber war ich für gewöhnlich abgekämpft und verkatert. Meist hätte ich so ziemlich alles andere lieber getan, als mit dir zu spielen.

Aber es gab auch unsere Gutenachtgeschichten. Die habe ich recht gut hingekriegt, an manchen Abenden zumindest. Du in dein Bett gekuschelt und ich darauf ausgestreckt neben dir. Immer mit einer Bierflasche in der Hand und meinen Stiefeln an den Füßen, was deine Mutter ohne Ende angepisst hat, aber immerhin war ich da. Im Winter wurde es so kalt, dass wir unseren Atem sehen konnten, als wir so dalagen und redeten, und das obwohl unser alter Ofen auf Hochtouren lief. Ich bin ein guter Geschichtenerzähler. Zumindest erzähle ich gerne Geschichten. Die meisten nahm ich aus dem Leben, Alltagsmist, den ich so hinbog, dass er für dich interessant wurde.

Ich habe das Gefühl, dass ich dir noch immer solche Geschichten erzähle, als wären sie das Einzige, das noch zwischen deinem Dasein und deinem Nichtmehrsein steht. Dein Dasein, daran muss ich festhalten. Wenn ich dir nicht weiterhin diese Geschichten erzähle, bleibt mir gar nichts mehr. Wenn ich damit aufhöre, bist du weg.

Ich war auch ein guter Zuhörer. Zumindest glaube ich es. Als du deinen Superman-Fimmel hattest, haben wir uns viel darüber unterhalten, ob er denn ohne seinen Umhang überhaupt fliegen könnte. Und dann das Thema Gott. Ich weiß nicht einmal, wo das plötzlich herkam, aber ich habe dir alles erzählt, was ich dazu sagen konnte. Was nicht besonders viel war. Und dann hast du mir alles erzählt, was du zu dem Thema wusstest, und das war schon wesentlich mehr, allerdings nicht komplett bibelkonform.

Jetzt kann ich überhaupt nicht mehr über Gott reden.

Manchmal sind wir mitten im Gespräch eingeschlafen, gleich da auf dem Bett. Du unter die Decke gekuschelt, ich oben drauf. Laney musste reinkommen und mich aufwecken, wenn sie selbst jemanden zum Reden brauchte.

Ich hoffe, ein paar dieser Erinnerungen bedeuten noch etwas. Es gibt Momente, in denen ich das Gefühl nicht loswerde, dass dein Tod dich mitsamt all unserer gemeinsamen Zeit in ein bodenloses Loch hinabgerissen hat.

53. Verruchteste

Es ist so gut wie unmöglich, den Schaden zu ermessen, den sich kaputte junge Männer eigenhändig zufügen können. Nächtelang den Schädel vollaufen lassen. So viele Drogen nehmen, wie sie sich nur leisten können. Sich unaufhörlich und umständlich im Kreis drehen, und das in Gesprächen, die nur kaputte junge Männer ertragen können. Gesprächen, die vor lauter Selbstmitleid und Selbstverachtung unter so viel Spannung stehen, dass sie fast schon zwangsweise in plötzlichen Ausschreitungen körperlicher Gewalt enden. Eine Bierflasche durch ein Fenster, ein Küchentisch in Stücke zertrümmert, ein unvorhergesehener Faustkampf. Sie weiden sich geradezu an Aggression, sei es an ihrer eigenen oder der anderer.

Und dann erst der nächste Tag. Der Selbstekel, wenn die Erkenntnis einsetzt, dass alles was dich auffrisst, dich förmlich in Stücke reißt, in etwa so einzigartig ist wie deine Haarfarbe. Harte Kindheiten sind keine Mysterien, sondern Grundelemente des Lebens. Die Alltagshölle, die so gut wie jeder erlebt hat. Schlimm genug, wenn es dir so ergangen ist, aber noch erbärmlicher, wenn du dich später davon kaputt machen lässt, wenn du's längst hinter dir hast.

Junior ist sich nicht sicher, dass er all das wirklich hinter sich hat. Mittlerweile ist er schlichtweg so angewidert von der

Gesellschaft anderer Menschen, dass er nicht einmal mehr jemanden haben will zum Lügen und Jammern. Er ist einer der wenigen Menschen, die lieber in Gesellschaft ihrer eigenen Erinnerungen trinken. Nur leider hat er immer öfter den Eindruck, als sei das seine einzige Wahl.

Was jedoch noch lange nicht bedeutet, dass er sich das Recht herausnimmt, sauer auf Jenny zu sein, nur weil sie sich einen neuen Freund gesucht hat. Treue war noch nie eine von Juniors Stärken. Selbst in ihrer glücklichsten Zeit, als Casey noch ein Baby war, gab es da die Fahrten nach El Paso und die Huren, die Carmichael ihm auftrieb. Es ist ziemlich schwierig, sich über eine Frau zu ärgern, weil sie mit einem anderen abgehauen ist, wenn man ihr keinen Grund gegeben hat, bei einem zu bleiben. Und Junior weiß das auch alles. Doch es hält ihn nicht davon ab, in der nächsten Nacht an ihrem Haus vorbeizufahren und nach dem Honda Accord Ausschau zu halten. Und in der darauf folgenden Nacht genauso.

In der zweiten Nacht, so gegen elf, entdeckt er den Wagen. Und genau wie beim letzten Mal geht es auf zwei Uhr morgens zu, als der ziegenbärtige kleine Wichser aus ihrem Haus kommt, und das auch noch in denselben Klamotten. Junior wartet, bis er seine Lichter einschaltet und losfährt, dann folgt er ihm in einiger Entfernung, über die Auffahrt zur I-70, hinunter zur I-25 und quer durch die Stadt in Richtung Colfax Avenue.

Ab da meint Junior, ihn zu kennen. Die Colfax Avenue wurde vom *Playboy* einmal als die verruchteste Straße Amerikas beschrieben, und so salonfähig sie zehn Jahre später auch erscheinen mag, die Prostitution und Kleinkriminalität dort wären immer noch genug für zehn Städte. Junior folgt ihm entlang einer Reihe billiger Säuferkneipen und schäbiger Motels. Genau die Art Absteigen, in denen er selbst versackte, bevor er anfing, für Vicente zu arbeiten. *The Motel Bar X. The Aristocrat. The Driftwood.*

Doch der Accord hält nicht an. Er fährt und fährt, und ehe Junior sich versieht, sind sie in Lakewood, wo plötzlich *Home Depot* und *King Soopers* angesagt sind. Und wo Junior merkt, dass er die Colfax Avenue noch nie zuvor so weit hinuntergefahren ist.

Schließlich biegt der Accord doch noch ab, in eine Wohngegend voller billiger Reihensiedlungen, wie sie mittlerweile jedes freie Bauland im Großraum Denver verschluckt haben. Er hält vor einem scheißebraunen Zweifamilienhaus, vor dem bereits drei oder vier andere Autos stehen, und plötzlich wird Junior eines klar: Der kleine Hurensohn wohnt noch bei seinen Eltern. Junior parkt ein, zwei Häuser weiter, und lacht fast schon laut auf, ruft sogar fast Jenny an, nur um sie auszulachen.

Der Mann steigt aus und wirft einen Blick auf Juniors Wagen. Junior sieht ihm an, wie unschlüssig er ist, ob er ihn nun stellen soll oder vielleicht lieber doch nicht. Junior zündet sich eine Zigarette an und lässt das mal schön sein Problem sein. Bedächtig gräbt der Mann in einer seiner tiefen Hosentaschen, zieht eine Schachtel heraus und zündet sich seinerseits eine Kippe an. Dann geht er zum Hauseingang hinüber, setzt sich auf die Treppe und starrt rauchend zu Juniors Wagen hin, zu dem Lichtpunkt, den Juniors Zigarette bildet.

Als er seine eigene zu Ende geraucht hat, drückt er sie aus und geht hinein.

Junior bleibt noch eine ganze Zeit lang sitzen. Seiner Gedanken ist er sich kaum bewusst, weiß nur, dass es keine guten sind. Manche haben mit Bekannten von ihm zu tun, die dieses Haus jederzeit anzünden würden, und das für nicht mehr, als er von Vicente für die Corvette bekommen hat. Wieder andere haben damit zu tun, wie es wäre, den Mittelsmann auch einfach zu überspringen und das Haus selbst abzufackeln.

Er tut es jedoch nicht. Und als er schließlich aufhört zu beben, fährt er nach Hause.

54. Katastrophe

Letztendlich ruft Patterson Laney doch an. Zuerst erledigt er allerdings noch sein Wochenpensum für Paulson. Am Samstag kauft er dann ein paar Hähnchen und sogar einen Baseball samt Handschuh. Selbst eine Feuerstelle gräbt er hinter seiner Hütte, kleidet sie mit flachen Steinen aus und entfacht auch gleich ein Feuer darin. Dort sitzt er auf einem Felsbrocken, eine Dose *Milwaukee's Best* in der Hand und Sancho hinter dem Ohr kraulend, als er aufblickt und Henry neben sich stehen sieht.

»Worüber denkst du nach?«, fragt Henry.

»Ich denk überhaupt nicht nach«, sagt Patterson. »Das hab ich mir gewissermaßen zum Prinzip gemacht.«

Henry bleibt auf seinen Stock gelehnt stehen. »Erzählst du mir diesmal davon?«

»Wahrscheinlich nicht.«

»Passiert so ziemlich jedes Jahr um die Zeit herum, nicht wahr?«, meint Henry. »Nicht mit meinem Sohn, aber genau nach dem Muster.«

Patterson krault Sancho noch ein wenig hinter dem Ohr, dann streichelt er ihn zwischen den Augen. Der alte Hund brummt vor Behagen. »So ungefähr.«

Henry blickt in den Himmel hinauf. Er strahlt in einem lichten Blau, und nicht ein Tropfen Feuchtigkeit hängt in der

Luft. Man kann den Staub, die Hitze riechen, kann fast schon hören, wie im Stausee am Fuß der Hochebene nur noch Brackwasserreste vor sich hin dümpeln.

»Kommen dir je Zweifel, ob wir hier überhaupt was zu suchen haben?«, fragt er.

»Andauernd.«

»Als Weiße, meine ich.«

»Ich weiß, was du meinst.«

»Es gab hier ganze Städte, die einfach verschwunden sind. Einfach weg. Ein paar alte Knacker, die sonst nichts haben, bleiben vielleicht noch, aber das war's auch schon. Selbst Denver sieht immer mehr wie eine Insel aus. Außerhalb der Stadt kaufen Indianer das ganze Land auf und treiben neue Bison-Herden durch die Prärie.«

Patterson hat aufgehört, Sancho zu kraulen. Reibt ihm aber noch die Seite. Sancho hat die Augen geschlossen und schläft langsam ein.

»Wie sich zeigt, hatten wir nie auch nur den blassesten Schimmer, wie das Leben hier wirklich läuft«, meint Henry.

»Der Gedanke ist mir auch schon gekommen.«

»Seit Wochen hat's jetzt schon nicht mehr geregnet«, fährt Henry fort. »Und letzten Winter hat's so gut wie keinen Schnee gegeben. Das ist eine Tatsache. Ohne Wasser können Menschen aber nicht leben, und früher oder später wird die ganze Gegend hier knochentrocken sein. Aus dem Nichts lässt sich aber auch Wasser nicht herzaubern, also blüht uns wohl das gleiche Schicksal wie den Dinosauriern.«

»Gut so«, sagt Patterson. Ein trockener Wind umweht sie. Patterson schließt die Augen gegen den Staub und lässt sie eine Weile lang geschlossen. Seine Hand lässt er auf den Rippen seines Hundes ruhen, spürt ihn atmen. Er schwebt.

»Wusstest du, dass Emma manchmal die Nacht mit mir

verbringt? Sie kommt zum Abendessen rüber, und dann geht sie mit mir ins Bett. Ich bezahl sie dafür.«

»Das geht mich nichts an.«

»Ich kann nicht mal mehr ficken«, fährt Henry fort. »Meistens krieg ich nicht mal mehr einen hoch, und wenn doch, tut's zu sehr weh. Ich bezahl sie dafür, dass sie einfach nur bei mir schläft. So nennen wir's zwar nicht – Bezahlung für Beischlaf –, aber jede Woche stock ich ihr eigentliches Gehalt um 100 Dollar auf. Für sogenannte Haushaltskosten.«

»Na und? Warum zur Hölle auch nicht?«

»Du kapierst es nicht. Ich erzähl dir das doch nicht, damit du dich für mich schämst. Ich erzähl's dir, weil du dein Leben vereinfachen musst. In deinem Kopf ist viel zu viel los, und doch gehst du vor Einsamkeit noch ein. Du bist eine einzige Katastrophe.« Er legt seine Hand auf Pattersons Schulter und lässt sie eine Weile lang dort liegen. Dann zieht er sie zurück. »Kümmere dich heute Abend gut um sie«, sagt er. »Du wirst ihren guten Willen noch brauchen.«

»Ich weiß«, sagt Patterson.

55. Pause

Nachdem es dunkel geworden ist, und lange nachdem sie die Hähnchen gegessen und Patterson mit Gabe den Baseball hin und her geschmissen hat, schüttet er eine Gallone Benzin auf einen Haufen abgerissener Kiefern- und Salbeizweige und setzt ihn mit einer Fackel in Brand. Mit einem tiefen Bumm schießt eine Stichflamme empor und lässt den Wald plötzlich blau und gelb erstrahlen. Als Patterson zu ihm hinübersieht, kichert Gabe ihn an, wie er es noch bei keinem Kind gesehen hat. Laney schüttelt nur den Kopf, tut es jedoch auf eine Art, die Patterson zu verstehen gibt, dass er schon in Ordnung ist. Allerdings gibt ihm das auch noch etwas anderes zu verstehen. Er weiß, was jetzt auf ihn zukommt.

Dann schläft Gabe ein und sie bringen ihn in das Bett auf dem Dachboden. Kurz darauf hat Laney einen Joint in der Hand, Patterson liegt rücklings auf dem dreckigen Boden vor dem Feuer, sein Avrilla-Sweatshirt als Kissen, und Sancho liegt ausgestreckt neben ihm. Laney sitzt im Schneidersitz und kratzt mit einem Stock im Sand herum. Ihr Gesicht ist so zwar von ihrem Haar verschleiert, doch er spürt, wie sie ihn ansieht, und er weiß bereits, was sie sagen wird, ehe sie es tut.

»Es ist bald wieder so weit«, sagt sie.

Patterson nickt.

»Ich werd dich nicht damit nerven«, fährt sie fort. »Aber du könntest mitkommen, wenn du möchtest.«

»Ich denk drüber nach.«

»Wir legen ihm normalerweise Blumen aufs Grab und gehen danach zu Ha Ha's zum Pizzaessen«, sagt sie. Und nach einer Pause, die wahrscheinlich länger wirkt, als sie ist: »Wir haben gehofft, dass du mitkommst.«

»Wir?«

»Ich«, sagt sie. »Aber Gabe hätte auch gerne, dass du mitkommst. Er mag dich. Und er ist Justins Bruder.«

»Ich werd drüber nachdenken.«

»Du meinst, du wirst drüber nachdenken, aber ich soll jetzt lieber den Mund halten.«

»Ich meine, dass ich drüber nachdenken werde.«

»Okay«, erwidert sie und schweigt einen Moment lang. »Warum, glaubst du, lebt Henry hier draußen?«

»Weil er meint, hier in Sicherheit zu sein, wenn die Scheiße erst mal so richtig am Dampfen ist. Seiner Meinung nach hat es die Regierung darauf abgesehen, uns alle umzubringen, aber hier, meint er, kommen sie nicht an ihn ran.«

»Wie das Zeug aus der Radiosendung? Bruder Joe?«

»Genau so.«

»Weißt du, wenn du auf Achse bist, hör ich die Sendung manchmal auch. Ich hör rein, wenn ich Sehnsucht nach dir habe.«

Patterson sieht sie an.

Ihre Unterarme und Hände sind braun und staubig. Sie malt etwas in den Schmutz, streicht es wieder durch und legt den Kopf schräg, um ihr misslungenes Kunstwerk zu betrachten. Ihr Hals ist so lang und weiß wie der Bauch einer Schlange, und so fein von Venen gezeichnet, dass diese förmlich über ihrer Haut zu schweben scheinen.

Ein kalter Schauer läuft Patterson über sein gegerbtes Gesicht, und spätestens jetzt weiß er, dass er in Schwierigkeiten ist. Er setzt an, um etwas zu sagen, vermutlich irgendetwas Dummes, nur um ein Messer in den Moment zu rammen und die Luft rauszulassen, doch sie kommt ihm zuvor.

»Willst du wissen, was ich denke? Warum Leute all diese Dinge glauben?«

»Sag's mir«, bittet er sie.

»Ich denke, dass es um Verlust geht. Dass ein Loch in dir entsteht, wenn du einen Menschen oder eine Sache, die dir wichtig ist, verlierst. Genau an der Stelle, wo das Verlorene einmal in dir gelebt hat. Ich glaube, da kommen all diese Verschwörungstheorien her. Es ist, als ob alle, die daran glauben, ein bodenloses Loch in sich hätten, aber niemandem davon erzählen können, weil es ja lediglich ein Loch ist, also erfinden sie Geschichten, die genauso schrecklich und beängstigend sind wie ihr Loch. Diese Geschichten schmeißen sie dann hinein und hoffen, dass es sich so wieder füllen lässt.«

Patterson weigert sich, den Köder zu schlucken. Er wendet seinen Kopf ab und blickt den Funken nach, die im Aufwind des Feuers kurz durch die Luft flattern, ehe sie von der Tinte des Nachthimmels gelöscht werden und ihrem dunklen Ende entgegensegeln. Als wüsste er, dass es an der Zeit ist, sich aus der Affäre zu ziehen, winselt Sancho, steht auf und wandert davon, bis er aus dem Feuerlicht verschwindet. Patterson blickt ihm nach.

»Und weißt du, warum du hier oben lebst?«, fährt sie fort.

»Weil's billig ist«, sagt Patterson. »Und weil ich in der Regel in Ruhe gelassen werde.«

Sie schüttelt den Kopf. »Du lebst hier oben, weil du nicht zulassen willst, dass auch nur irgendetwas das Loch in dir füllt. Und das ist auch nicht besser.«

Dann sitzt sie plötzlich auf ihm, ihr Atem heiß von Marihuana und Tabak. Sie fährt ihm mit den Händen durchs Gesicht, küsst ihn in wilden Schüben. Und er stößt seine Hände unter ihr Hemd, klammert sie an sich und zerrt an ihrer Jeans. Sie tut es ihm gleich, zerrt den Reißverschluss seiner Hose auf, und obwohl sie vom Gras ganz dehydriert und trocken ist, ficken sie im Schmutz, kommen irgendwie mit Wasser und Spucke zurecht, und als sie schließlich wieder voneinander abfallen, sacken sie schlaff zu Boden. Doch die Spannungen haben sich nicht gelöst, verändert hat sich rein gar nichts.

•••

Nachdem Laney auf seinen Dachboden gestiegen und neben Gabe eingeschlafen ist, sitzt Patterson auf der Veranda. Das Blanca Massiv ist unter dem Nachthimmel schwer zu sehen, ein schwarzer Schattenriss, fast schon so verborgen, als herrsche eine Mondfinsternis. Patterson denkt wieder einmal an

Snippy, das Pferd, das zuerst verstümmelt wurde. Er hat selbst schon gesehen, wie Pferde scheuen. Hier auf der Mesa, gemeinsam mit Henry. Das Ducken, das seitliche Ausreißen, der zurückgeworfene Kopf. Plötzlich sieht er Snippy in einem ganz neuen Licht. Wie es wohl gewesen sein muss, in der Haut dieser Stute zu stecken? Was auch immer über sie hergefallen ist, ihr war es fremd, und Patterson bezweifelt, dass er sich auch nur eine Vorstellung von ihrem schieren Terror machen kann. Für sie hätte zwischen einem Hubschrauber und einem Raumschiff nicht der geringste Unterschied bestanden.

Es gibt Zeiten, da sehnt er sich geradezu danach, dass seine Veranda ihn in eine andere Himmelsrichtung blicken ließe. Vielleicht in den Süden, hinaus aus dem Tal. Tut sie aber nicht, also sitzt er da und starrt in den Norden. Und geht innerlich zugrunde.

Justin

Meistens ist dein Gesicht unmittelbar vor meinem inneren Auge. Und meistens sorge ich selbst dafür. Ich schreibe dir, weil es mich zwingt, dich aus meinem Gedächtnis zu graben und anzuschauen. Es ist der immer gleiche Albtraum, in dem ich nach etwas suche, das ich nicht finden kann, und schließlich feststelle, dass du es bist. Wenn ich nicht weiterschreibe, weiß ich, dass du immer tiefer in mir versinken wirst, bis ich dich letztendlich nicht mehr ausgraben kann. Du wirst endgültig untergehen, und mir wird das Gleiche bleiben wie jedem anderen. Eine Erinnerung an einen sehr lieben kleinen Jungen, den es nicht mehr gibt. Aber für mich gibt es dich noch.

Nur jetzt gerade gelingt es mir nicht, dich aus den Tiefen meiner Erinnerung zu bergen. Gerade jetzt, wo es auf deinen

Todestag zugeht, kann ich dein Gesicht nirgends finden. Und so ist es jedes Jahr. Ganz egal wie gründlich ich mein Gedächtnis auch durchforste, du bist einfach nicht da.

Aber er ist es. Court ist da. Wo ich dich auch suche, ich finde nur ihn. Als es auf deinen ersten Todestag zuging, dachte ich, ich müsste ihn umbringen, um dich zurückzubekommen. Als das Datum näher rückte und ich nichts als ihn in meinem Kopf hatte, war ich schon so weit. Ich war überzeugt, ihn erst aus meinen Gedanken tilgen und wieder dich darin finden zu können, wenn ich ihn auslösche. Und das nicht etwa mit einer Pistole. Sein Tod wäre nicht annähernd so sauber geworden. Ich hatte vor, ihn mit meinen Fäusten zu Tode zu prügeln.

Es war deine Mutter, die mich davon abhielt. Ein Telefonat mit ihr. Ich erzählte ihr die ganze Geschichte. Dass ich Court nicht mehr aus meinem Kopf brachte. Dass ich ein Bild von dir in die Hand genommen, es angestarrt und 20 Sekunden später vergessen hatte, wie du aussahst. Dass ich nicht mehr schlafen konnte vor lauter Angst, dich ganz zu vergessen.

Sie erklärte mir, dass es ihr auch so ging. Dass es mit deinem Todestag zusammenhing, mit dem Versuch, unsere Erinnerungen an dein Leben mit deinem Tod zu begraben. Sie sagte mir, sie sei sich sicher, dass es wieder vergehen werde. Dass dein Todestag wie ein Mond sei, der unsere Erinnerungen an sich ziehe, wie bei Ebbe und Flut, und dass es schon wieder vergehen werde. Sie überzeugte mich, dass es Court genauso ginge. Dass keine Strafe, die ich ihm je auferlegen könnte, schlimmer wäre. Sie überzeugte mich, ihn sich selbst zu überlassen.

56. Scheißarsch

Die Sache ist die, wenn man drei oder vier Tage am Stück nicht schläft und nur noch von Kokain und Adrenalin angetrieben wird, dann wird man vom Schlaf, wenn er einen schließlich doch einholt, wie von einer Dampfwalze überrollt. So ist es zu erklären, dass Junior, dessen Wagen wieder einmal mit gutem Blick auf Jennys Haus am Straßenrand steht, bewusstlos hinter dem Lenkrad hängt.

Zumindest bis jemand an das Fenster klatscht, an dem sein Kopf ruht. Dann versucht er, in drei Richtungen gleichzeitig zu springen, knallt mit dem Kopf an den Türrahmen und schnippt die Zigarette weg, die zwischen seinen Fingern abgebrannt ist.

Als er aus dem Fenster sieht und Jennys Gesicht erkennt, überlegt er sich einen Augenblick lang, einfach den Schlüssel ins Zündschloss zu stecken und davonzufahren. Stattdessen rollt er jedoch das Fenster herunter und probiert es mit seinem besten Grinsen.

»Wie geht's denn, Fräulein?«

»Sperr die Tür auf«, erwidert sie.

Er streckt sich über den Beifahrersitz und entsichert die Tür, während sie um den Wagen geht.

»Was tust du vor meinem Haus?«, fragt sie und steigt in den Charger.

Er reibt sich den Schlaf aus seinem guten Auge. Dann hebt er die Klappe, holt sein Taschentuch heraus und reibt sich damit sein schlechtes Auge. »Schlafen.«

»Komm mir nicht auf die dumme Tour, Junior«, sagt sie. »Weiß Gott nicht jetzt.«

Junior findet ein halbvolles Bier zwischen den Sitzen und nimmt einen Schluck.

»Halt mich nicht hin, Junior«, sagt sie. »Was fällt dir ein, mich auszuspionieren?«

Er zuckt mit den Schultern.

»Junior?«

Er nimmt einen weiteren Schluck Bier. Würgt ein wenig daran, aber schluckt es trotzdem.

»Junior?«

»Willst du die Wahrheit?«

»Ich will die Wahrheit«, sagt sie. »Nur die Wahrheit.«

»Die Wahrheit ist, dass ich keine Ahnung habe.«

Sie nickt. »Das ist wohl so ziemlich das Einzige, das ich dir abnehme.«

Junior weiß, dass er den Mund halten sollte. Doch noch will ihm das nicht so ganz gelingen. »Dein Freund wohnt bei seinen Eltern.«

Sie sieht ihn an.

»Das ist alles, was ich dazu sagen werde. Wenn du dir schon einen Freund suchst, dann find wenigstens einen, der sich um meine Tochter kümmern kann.«

»Und wie schlägst du dich in der Hinsicht momentan, Junior? Als Versorger deiner Tochter?«

Nun ist es an Junior zu schweigen.

»Ich werd mich nicht entschuldigen, Junior.«

»Verlang ich auch gar nicht.«

»Ich mein's ernst. Für nichts. Weder dafür, dass wir umziehen, noch dafür, dass ich einen Job gefunden hab, und schon gar nicht für meine Partnerwahl. Du hast kein Recht, über mein Leben zu bestimmen.«

»Ich weiß.« Er nimmt erneut einen Schluck von dem warmen Bier und wischt sich mit dem Handrücken den Mund ab. »Aber für dich muss doch mehr drin sein als so 'n Scheißarsch, der in seiner Arbeitsuniform zu 'nem Date kommt.«

»Herrgott, Junior.« Sie starrt ihn einfach nur an. Das Licht der Straßenlaterne verzerrt die schweren Schatten in ihrem Gesicht. Er versucht, ihrem Blick auszuweichen, schafft es jedoch nicht. »Was zur Hölle wirst du nur mit dir anfangen?«

Er zuckt erneut mit den Schultern.

»Was du momentan tust, funktioniert nicht. Nur damit du's weißt. Ich bin mir schon bewusst, dass du's anders siehst, aber du siehst es leider falsch.«

Junior hebt abermals die Bierdose an, als wolle er noch einen Schluck daraus nehmen, entscheidet sich dann aber dagegen und lässt sie aus dem Fenster fallen.

Ihre Stimme wird sanfter. »Du bist hier willkommen, wann immer du willst, Junior. Das meine ich genau so, wie ich es sage. Und sobald ich meinen Job anfange, kann ich dir helfen, was anderes als die Fahrerei zu finden. Und Casey kannst du auch sehen, jederzeit.«

»Und was, wenn ich einfach nur hier draußen sitzen und das Haus anschauen will?«, fragt er.

»Das ist auch okay«, sagt sie. Sie streckt ihre Hand nach ihm aus und schmiegt sie ihm an die Wange. Er legt seinen Kopf hinein. »Wir vermissen dich, Junior. Du weißt es wahrscheinlich nicht mal, aber so ist es.« Dann öffnet sie die Tür, steigt aus und geht zu ihrem Haus zurück.

Junior blickt ihr nach. Blickt ihr nach, bis sie ihre Eingangstür erreicht und im Haus verschwindet.

Und einen Augenblick lang spielt er mit dem Gedanken, ihr zu folgen.

57. Fast

Patterson hockt neben einem benachbarten Grabstein und beobachtet Laney und Gabe. Laney ist ganz in Schwarz. Schwarze Jeans, schwarzes Hemd und eine kurze schwarze Lederjacke, was Patterson lediglich vor Augen führt, dass er überhaupt nichts Schwarzes trägt. Justins Grabstein steht am Rande eines kleinen Pappelhains, und so dünn und vertrocknet die Bäume auch sind, überragen sie ihn dennoch, den kleinen, schlichten, grauen Gedenkstein.

Patterson hatte nicht viel zu sagen, als es um die Friedhofswahl ging. Es war eins von hundert Dingen, die ihm glatt am Arsch vorbeigingen, als sein Junge starb. Doch nun ist er froh, dass Laney diese Stelle gewählt hat. Er kann sich nicht erinnern, auch nur ein einziges Mal hier gewesen zu sein, als der Friedhof nicht braun war. Um ihn herum die braunen Lehmziegelmauern, das braune Eisentor, die halbherzigen braunen Holzkreuze, die hier immer noch wie Unkraut sprießen, und die lose braune Erde, die anstelle von Gras den ungepflegten Boden bedeckt. Selbst die chinesischen Ulmensprösslinge, die mittlerweile halb Taos überwuchern, sind braun. Es hat etwas Beruhigendes, all dieses Braun.

Die Sache ist die, Patterson leidet wieder unter den alten Panikattacken. Schweißausbrüche, Herzrasen, Augenflimmern. Als ob seit Justins Tod nicht ein einziger Tag vergangen, als ob es alles erst heute passiert wäre. Er versucht, mit jedem ihm bekannten Trick auf Distanz zu gehen, nicht nur mit all den Ablenkungen, die er sich im Laufe des letzten Monats geschaffen hat, sondern mit sämtlichen Mitteln, auf die er seit jeher schon vertraut. Er nimmt zwei weitere Vicodin, schluckt sie trocken und lehnt sich mit einem Arm auf Sanchos Rücken. Vicodin bringt ein bisschen Distanz.

Laney sagt etwas. In ihren Händen hält sie Blumen, die sie vorhat auf das Grab zu legen. Was für Patterson keinen Sinn ergibt. Welcher Junge will schon Blumen? Gabe scheint mehr Verständnis zu haben. Er hält zwei zusammengerollte Comichefte in seiner Faust, die wohl als Geschenk gedacht sind. Zum ersten Mal ist Patterson dankbar für den Jungen. Dankbar und traurig, als seine Mutter vor seinen Augen anfängt zu weinen.

Patterson wünscht, er könnte Laney geben, was sie von ihm braucht. Nicht zum ersten Mal wünscht er sich, jemand anders zu sein als er ist. Er krault Sancho zwischen den Schulterblättern. Den Hund, der treu neben ihm steht, weil er spürt, dass Patterson ihn braucht. An Sancho geklammert schafft er es fast, sich zu überzeugen, dass er zumindest die eine Untat, von der er weiß, sie würde es für Laney noch schwerer machen, nicht auch noch begehen wird.

Fast.

58. Verjüngen

Nächte zu Hause verbringt Junior damit, durch die Gänge zu streifen, immer wieder ins Wohnzimmer zu marschieren und von dort stets zurück ins Schlafzimmer. Während ihm noch das Kokain des vergangenen Tages durch die Adern strömt, reißt ihn schon das geringste Geräusch aus dem Schlaf. Jede Luftveränderung im Haus kann ihn wecken. Um etwas Ruhe zu finden, legt er sich ständig an anderen Stellen hin. Heute Nacht war es das Bett, dann die Couch, schließlich der Schlafzimmerboden zwischen dem Bett und der Wand, wo der Hartholzboden seinen Rücken kühlt. Da liegt er gerade, auf dem Boden seines Schlafzimmers, als er mit dem Gefühl aufwacht, dass sich vor der offenen Tür etwas in der Luft verändert hat.

Dann hört er, wie leise die Haustür geschlossen wird, sehr leise, und schlagartig ist er hellwach.

Ein weiterer Vorteil seiner Fußbodenlage ist, dass er seinen Mossberg-Selbstlader unter dem Bett aufbewahrt. Es ist ja nicht so, als hätte er in seiner Branche noch nie die Möglichkeit in Betracht gezogen, dass jemand in sein Haus eindringen könnte. Er dreht sich auf die Seite, so dass er die Schlafzimmertür im Visier hat, und legt sich behutsam die Shotgun an die Schulter. Kaum richtet er den Kornring auf die unteren fünfzehn Zentimeter des Wohnzimmerdurchgangs aus, als plötzlich ein Paar Tennisschuhe und etwa zehn Zentimeter Khakihose davor auftauchen.

Die Mossberg hat ein Röhrenmagazin mit sieben 00-Schrotpatronen, die jeweils neun Metallkügelchen mit acht Millimeter Durchmesser enthalten. Anders als eine Pumpgun kann der Selbstlader diese Geschosse in Serie abfeuern, sprich so schnell, wie Junior den Abzug drücken kann.

Er drückt ihn so schnell er nur kann. Der Widerhall der Shotgun ist so laut, dass es ihm Löcher ins Gehör reißt, gelbe Einschusslöcher aus Lärm und Licht. Doch sobald er das Feuer eröffnet, nimmt er kaum etwas davon war. Wie in Zeitlupe, und wie durch einen rauchenden Tunnel, sieht er die Kugeln einschlagen, sieht, wie sie dem Mann Gewebe und Blut und Socken und Khakistoff von den Knöcheln fetzen, bis nur noch Knochen zu sehen sind. Ein gellender Schrei scheint zu ertönen, doch Junior hört nicht mehr gut genug, um sich wirklich sicher zu sein. Dann geht der Mann zu

Boden und Junior schießt ihm ins Gesicht. Verwandelt die obere Hälfte seines Kopfes in eine offene Schale loser Hirnmasse. Nachladen erübrigt sich. Der Mann ist bloß noch ein Blutsack, der langsam auf dem Boden ausläuft.

Junior schnappt sich seine Glock vom Nachttisch und wartet. Als sein Ohrensausen schließlich nachlässt und er nur noch ein dumpfes Klingeln hört, sonst aber keine fremden Geräusche mehr wahrnimmt, tritt er hinter dem Bett hervor. Die Sauerei ist unfassbar. Die blutigen Überreste des Mannes bedecken sowohl den Boden als auch die hinter ihm liegende Wand. Und der Gestank ist noch schlimmer. Kupfernes Blut und Fäkalien. Junior taxiert den Mann, findet Tätowierungen, schwarze Haare, braune Haut.

Barfuß schlurft er durch das Blut und durchsucht seine Taschen. Kein Geldbeutel, kein Ausweis. Nichts, außer einem kleinen schwarzen Lederbuch. Junior schlägt es auf und schafft es trotz seines schlechten Spanisch, den Abschnitt zu übersetzen: Es ist besser, Herr eines Peso zu sein als Sklave von zwei; es ist besser, im Kampf zu sterben als auf Knien und entwürdigt; es ist besser, ein lebender Hund zu sein als ein toter Löwe.

Im Blut hockend, senkt Junior den Kopf. Er sieht den Rest seines Lebens vor sich, erneut wie durch einen Tunnel. Doch diesmal verjüngt er sich, schrumpft rasant zusammen, so dass Junior bis an sein Ende sehen kann. Er muss ins Blut fassen, um Halt zu finden.

Dieses Mal gibt es kein Entrinnen. Selbst in Juniors Nachbarschaft wird die Polizei gerufen, wenn jemand in einem Schlafzimmer eine Shotgun leer schießt. Was bedeutet, dass ihm noch ungefähr 20 Minuten bleiben, um sich klarzuwerden, was er mit dem Rest seines schnell schwindenden Lebens machen will.

Sein erster Gedanke ist, sich auf und davon zu machen. Vielleicht in den Norden, um in Montana unterzutauchen. Vielleicht in den Süden, nach Mexiko.

Sein zweiter Gedanke ist, dafür zu sorgen, dass diejenigen, die ihm hier den Rest seines Lebens verpfuscht haben, auch kapieren, was das heißt.

59. Sanft

»Ich weiß, dass es hart ist, Schatz«, sagt Laney zu Patterson. Gabe ist im Bett. Er ist auf der Autofahrt nach Hause eingeschlafen, erschöpft von den vielen Geschichten über seinen Bruder, die Laney ihm ans Bein gebunden hat.

»Ich fahr gleich wieder«, sagt Patterson. Er lehnt an Laneys Spülbecken, in seiner Hand ein Wasserglas voll Bourbon. Die Flasche wird er selbst einmal hiergelassen haben. In der Spüle liegen schmutziges Geschirr und tote Fliegen.

»Ich will gar nicht, dass du fährst«, erwidert sie. Sie sitzt vornübergebeugt auf einem gepolsterten Stuhl an dem kleinen Schreibtisch, an dem sie ihre Finanzen regelt. »Ich will, dass du bleibst. Das will ich von dir.«

Der Whiskey entfacht ein kleines Feuer in Pattersons Magengrube. »Ich weiß nicht, wie du es schaffst«, sagt er.

»Menschen überleben, Schatz«, meint sie. »Warum gehst du nicht rein und siehst nach Gabe? Sieh, wie er schläft.«

Patterson trinkt den Bourbon aus. Er weiß, dass er fahren sollte.

»Sieh, wie er schläft«, wiederholt sie. »Es wird dir helfen.«

Patterson stößt sich vom Spülbecken ab. »Ich muss fahren.«

»Bitte nicht.« Sie steht auf, geht einen Schritt auf ihn zu. Er lässt sie in seine offene Hand laufen und stößt sie zurück. Ist dabei weniger sanft, als er sein könnte.

»Patterson«, sagt sie. Abermals geht sie auf ihn zu. Abermals stößt er sie zurück. »Sei doch nicht dumm«, sagt sie. »Bleib.«

Er geht auf die Tür zu, doch sie kommt ihm zuvor. Er streckt seine Hand aus, um sie wegzuschieben. Sie weicht ihm aus.

»Ich muss fahren«, wiederholt er. Er hört Panik in seiner Stimme. Versucht an Laney vorbeizukommen, tritt einen Schritt vor, doch wieder stellt sie sich ihm in den Weg. Er schubst sie zur Seite. Sie prallt gegen den Geschirrschrank bei der Tür, dass das Geschirr darin klirrt. »Ich muss fahren«, sagt er erneut.

Ihr Gesicht läuft rot an. »Du fährst jetzt nicht.« Sie schlägt zu und trifft in an der Stirn. Wollte ihn wohl auf den Mund schlagen, ist aber aus der Übung. Sie versucht es noch einmal und trifft ihn am Kinn. Er schubst sie erneut von sich. Diesmal stolpert sie gegen den Schreibtisch und wirft eine Tasse um, aus der klappernd ein Haufen Stifte auf den Boden fällt. Sie stößt sich vom Tisch ab und schwingt mit offenen Händen nach ihm. Eine Rechte an die Wange, eine Linke an den Kiefer, eine weitere Rechte aufs Auge. Dann ballt sie ihre Hände zu Fäusten und lässt sie auf ihn niederhageln. Irgendwann geht ihr die Puste aus. Sie lässt die Fäuste wieder fallen, dann die Schultern hängen. Ihr schwerer Atem ist der eines Tiers.

Patterson gibt ihr eine Ohrfeige. Sie schreit auf und zieht ihren Kopf ein, ehe sie zaghaft versucht zurückzuschlagen, doch er packt ihre Hand und klatscht ihr noch eine auf die andere Seite. Mit ihrer freien Hand schlägt sie wild um sich, doch Patterson fängt auch die und stößt sie erneut gegen den Schreibtisch. Polternd kippt der Stuhl um und das Kissen fällt vom Sitz.

»Ich fahre jetzt«, sagt er.

»Wehe du fährst jetzt.« Ihr Atem geht noch immer schwer. »Du Scheißkerl.«

60. Schwäche

Es ist früh am Morgen, und doch sind die beiden bereits in der offenen Garage. Während der schwere Wandventilator unermüdlich gegen die scharfen Dämpfe ankämpft, macht Eduardo sich unter der Kühlerhaube der Corvette zu schaffen. Vicente sitzt mit überschlagenen Beinen an seinem Schachtisch. Er trägt ein langes Unterhemd mit Ölspuren, trinkt einen Espresso und liest die *New York Times*. Als Junior eintritt, blickt er zu ihm auf und nickt, sagt jedoch nichts. Nippt stattdessen an seinem Espresso und wendet seine Aufmerksamkeit wieder der Zeitung zu. Das Sonnenlicht, das durch die Fenster fällt, liegt wie ein verstaubter gelber Teppich auf dem Boden. Dann dreht sich Eduardo um.

»Hallo, Junior«, sagt er.

»Ein Mann ist in mein Haus eingedrungen«, erwidert Junior.

Eduardo lehnt sich vor, hebt einen Putzlumpen auf und wischt sich die Hände daran ab. »Ein Mann?«

»Ein Mann.«

Vicente faltet seine Zeitung zusammen, legt sie auf den Tisch und stellt seine Espressotasse darauf ab. »Wollte er dir was Böses?« Seiner Stimme nach zu urteilen, meint er die Frage ernst.

Junior nickt. Er setzt zu einer Antwort an, doch plötzlich schnürt es ihm die Kehle zu. Mit belegter Stimme sagt er: »Ich hab ihn umgelegt.«

Eduardo sagt nichts.

»Eine ganze Shotgun hab ich leer gefeuert«, fährt Junior fort. »Als ich mit ihm fertig war, sah er aus wie ein Sieb.«

Eduardo hört mit dem Händewischen auf und schmeißt den Lumpen auf den schmutzigen Boden. »Junior hat seinen Freund nach El Paso mitgenommen«, sagt er zu Vicente. »Hat ihn einfach so zum Spaß mitfahren lassen. Carmichael hat's mir erzählt.«

Junior zieht das kleine schwarze Lederbuch aus seiner Hosentasche und zeigt es den beiden. »Das ist eins von ihren Büchern«, meint er.

»Nüchtern ist er auch nie«, fährt Eduardo fort. »Der bringt uns beide noch in den Knast. Oder vorher schon um.«

»Was hast du getan, Eduardo?«, fragt Vicente sanft.

»Er ist schwach«, antwortet Eduardo. »Und nicht nur schwach. Schwach und dumm. Du glaubst, weil er charmant ist, ist er auch schlau. Ist er aber nicht.«

»Hast du versucht, den Jungen umbringen zu lassen?«, fragt Vicente.

»Um mich mach dir mal keine Sorgen«, erwidert Eduardo.

»War es La Familia?«, will Vicente wissen. »Du bist mit ihnen in Kontakt getreten.«

»Das ist nun mal das Risiko, wenn man mit La Familia zusammenarbeitet«, meint Eduardo. »Ich hab dich gewarnt, Vicente. Ich hab dich gewarnt, und du hast ihn trotzdem in dein Haus gelassen. Er hat deine Schwäche ausgenützt. Deine beträchtliche Schwäche.«

Vicente schüttelt lediglich den Kopf.

Eduardo streckt die Hände aus und richtet sich an Junior: »Hast du mal darüber nachgedacht, was mit uns passiert wäre? Mit Vicente?«

»Ich hab die ganze Herfahrt über nichts anderes nachgedacht«, sagt Junior.

Eduardo öffnet den Mund, um noch etwas zu sagen, doch Junior hat bereits seine Glock gezückt und tut sein Bestes, ihm die Kugel genau zwischen die Zähne zu feuern. Der Schuss geht daneben, doch nur knapp. Das Hohlspitzgeschoss schlägt in Eduardos rechtem Auge ein, dehnt sich aus und zerfetzt mit solcher Wucht seine Schädelknochen und das umliegende Gewebe, dass sich seitlich davon alles in blutigem Dunst auflöst. Staksend kommt er auf Junior zu, doch der senkt den Lauf seiner Pistole und feuert ihm drei Kugeln in die Brust. Eduardo sinkt vornüber zu Boden. Blut spritzt ihm aus Kopf, Mund und Nase.

So etwas wie das Geräusch, das nun aus Vicente hervordringt, hat Junior in seinem Leben noch nie gehört. Es klingt wie der Schrei eines Affen. Er springt von seinem Stuhl auf, die Finger zu Klauen verkrampft, und kratzt nach Juniors Augen. Junior rammt ihm die Glock ans Brustbein und drückt zweimal ab, doch unbeirrt zerfurchen Vicentes Nägel seine Wangen, reißen ihm Haut und Fleisch auf.

Junior versucht zurückzuweichen, sich etwas Platz zu verschaffen. Vicente rückt nach. Junior stolpert über einen Werkzeugkasten, taumelt zu Boden und feuert Vicente noch im Fallen eine weitere Kugel in den Körper, doch Vicente stürzt sich auf ihn. Seine Brille ist zersplittert, blutiger Schaum quillt ihm aus Mundwinkeln und Nase. Junior schmettert ihm die Glock in die Seite, gleich unter den Arm, und drückt erneut zweimal ab.

Erst die zweite Kugel legt Vicente lahm. Junior weiß nicht, was er getroffen hat, doch Vicentes Gesicht wird zur Maske und sein ganzer Körper erstarrt. Blut fließt aus dem Loch in seiner Seite. Dann erschlaffen die Muskeln in seinem Gesicht und er ist tot.

Junior ächzt und stößt Vicente von sich. Um sich blickend steht er auf.

61. Entschuldigung

Dr. Court lebt nach wie vor im selben kleinen Adobehaus knapp außerhalb von Downtown. Zwar hat er sich ein Zweithaus oben im Skigebiet gekauft, sein Hauptwohnsitz jedoch liegt hier in Taos. Als Patterson an der Tür klingelt, meldet sich ein paar Minuten lang niemand. Lang genug, dass Patterson Zweifel kommen, ob er nicht doch endlich weggezogen ist.

Doch dann hört er ihn am Schloss herumfummeln.

Patterson lässt die Tür weit genug aufgehen, dass Court sein Gesicht sehen kann, ehe er sie mit dem Knie ganz aufstößt und ihm mit der Faust die Nase einschlägt. Court fällt hart auf den Rücken, landet mit einem dumpfen Aufprall. Patterson stürzt sich auf ihn und holt aus, um ihm seinen Stiefel in die Seite zu treten, doch der Arzt rollt zur Seite, quer über den Holzboden, eingehüllt in seinen dunklen Hausmantel, der wie ein Stofftornado um ihn herumwirbelt. Dann knallt er gegen den Schirmständer.

Patterson jagt ihm nach, doch zu langsam. Court ist bereits wieder auf den Füßen und schwingt einen Hickory-Spazierstock. Der Knauf schlägt in Pattersons Kiefer ein und lässt jeden Nerv in seinem Kopf aufschreien. Als er sich unter dem zweiten Schwung hinwegduckt, trümmert der Knauf ein Loch in die Trockenbauwand. Den dritten pariert er mit dem Unterarm, packt den Stock mit beiden Händen und zerrt daran. Court lässt los und der Knauf zerschmettert Pattersons Nase. Weit hinten in seiner Nasenhöhle knackt etwas wie ein trockener Zweig und kurz darauf gießt es Blut.

Patterson sticht mit dem Stock nach dem alten Mann, doch der weicht mit Leichtigkeit aus. Er ist flink auf den

Füßen, zu flink für einen Mann seines Alters, und als Patterson ihm den Stock an den Kopf wirft, schnappt er ihn aus der Luft, doch ehe er umgreifen und eine Kampfhaltung einnehmen kann, rammt Patterson ihm die Schulter in die Magengrube und pflügt ihn um.

Gemeinsam fallen sie auf den Holzboden. Patterson landet obenauf, pflanzt dem Arzt seinen Ellbogen in den Solarplexus und bäumt sich auf, um erneut zuzuschlagen. Diesmal jedoch schießen ihm Courts Hände entgegen und packen ihn am Kragen, während er Patterson einen Kopfstoß verpasst, voll auf den Mund. Zähne brechen. Patterson spuckt dem Mann Splitter und Blut ins Gesicht, und mit der rechten Hand greift er nach seinem Hals.

Dann drückt er zu. Kommt sich vor, als versuche er, eine Königsboa zu erwürgen, doch er lässt nicht locker. Lässt ihn den Kopf nicht mehr aus der Schlinge ziehen. Er würgt den alten Mann, würgt ihn hart, und als Court aufhört, sich zu bewegen, schlägt er ihm dreimal auf die Nase, bis er fühlt, wie sie bricht. Erst dann klettert er von ihm herunter und setzt sich mit dem Rücken an die Wand.

Nach fünf bis zehn Minuten rührt sich Court allmählich wieder und kriecht auf die gegenüberliegende Wand zu. Seine Augen sind beide blutunterlaufen, seine Nase ist platt gedrückt, und auf seiner Stirn prangen reihenweise Schnittwunden von Pattersons Zähnen. Patterson spuckt noch ein paar Zahnsplitter aus. Versucht, dabei seine Zunge nicht zu verschlucken. »Du Scheißkerl«, lallt er.

»Ich heirate demnächst«, erwidert Court. Seine Stimme ist heiser und belegt. Sein Atem schwer.

»Du Scheißkerl.«

»Es tut mir so leid.« Er weint, der Schwanzlutscher. »So kann es nicht weitergehen.«

Über all das Blut hinweg wirft Patterson ihm einen herausfordernden Blick zu. »Sonst?«

Court greift unter einen Beistelltisch und zieht eine Baby Glock hervor. Ein Klebeband, das die Pistole eben noch an der Unterseite befestigt hatte, baumelt lose daran und kringelt sich langsam ein.

»Sonst werden Sie mich umbringen müssen.«

Patterson richtet sich unbeholfen auf. »Wart nur ab.«

»Ich halt das nicht mehr aus«, sagt Court. Er weint immer noch. »Das hat doch kein Mensch verdient.«

»Du schon«, sagt Patterson.

62. Roboter

Später, viel später, sitzt Junior auf Caseys Bett und betrachtet sie im Schlaf. Er ist durch das Fenster eingestiegen. Ihr fünf Jahre altes Gesicht scheint im Schlaf etwas fülliger geworden, ihre Augen hinter den Lidern ein wenig angeschwollen zu sein. Sie sieht aus wie eine exotische Frucht, fast schon zum Platzen reif. Fast als warte sie nur darauf, plattgemacht zu werden.

Plötzlich hat Junior ein schlechtes Gewissen, dass er seine Tochter als Frucht sieht. Dann für alles, was sie in ihrem kurzen Leben schon hat sehen müssen. Und für die Gewissheit, dass er sie nach heute Nacht nie wieder sehen wird. Und dass er ihr nichts bieten kann, nichts hinterlassen, das ihr Leben erleichtern könnte.

Junior liebt sie so sehr, dass er sich aufzulösen scheint, wann immer er an sie denkt. Nichts schürt den Selbsthass so sehr wie ein eigenes Kind. Nichts stellt einen so bloß. All die Löcher in dem guten Charakter, den man sich ein Leben lang eingebildet hat. Und wenn einem die Fehler unterlaufen, die Eltern nun mal unterlaufen, selbst wenn sie nicht Junior heißen, dann nagt das schlechte Gewissen so lange an den Rändern dieser Löcher, bis man überhaupt nur noch aus Löchern besteht.

Er blickt auf ihr Gesicht hinab. Lebendig und zugleich zerbrechlich. Er sitzt auf dem Bett und spürt Schuld und Liebe in sich aufwallen. Und so einiges dazu.

Blinzelnd schlägt sie die Augen auf. »Daddy?«

»Hey, Baby.« Er legt ihr seine Hand an die Wange, dann an die Stirn. Sie sind unbeholfen und tapsig, seine Hände. Nicht nur vom Bier. Whiskey ist auch mit im Spiel. Und Kokain.

Sie gähnt. »Ich hab von Robotern geträumt«, sagt sie.

»Von lieben oder bösen Robotern?«

»Roboter sind immer lieb. Die Hexen waren böse, aber du warst da und hast mich beschützt.«

»Das ist ja auch mein Job.«

»Das sagt Mommy auch immer, dass das ihr Job ist.« Sie rümpft die Nase. »Dein Atem stinkt.«

»Das ist so, wenn man erwachsen ist. Da riecht jeder strenger aus dem Hals.«

»Ich weiß«, sagt sie. »Aber dein Atem stinkt mehr als der von den meisten Erwachsenen.«

Junior lacht laut auf. Dann verstummt er. Diese Nächte, in denen Henry spät nach Hause kam, randvoll mit Alkohol und Selbstmitleid. Junior floh dann immer vor seinem Vater, damit der sich nicht an ihn klammern, ihn nicht wieder vollweinen oder anatmen konnte, nach all der Whiskeysauferei.

Plötzlich wird ihm klar, dass ihm keine Fluchtmöglichkeiten mehr bleiben. In den Vereinigten Staaten wartet nur noch der Knast auf ihn. In Mexiko La Familia. Es ist fast schon eine

Erleichterung, dieses Wissen, dass keine Fragen mehr offenbleiben. Dass sein Leben nur mehr auf eine einzige Entscheidung hinausläuft. Und mit einem Schlag kann er nur noch an Henry denken. Henry, dem es all die Jahre über gelungen ist, Juniors kleinen Terrorfeldzug nicht nur wegzustecken, sondern ihn in seine eigene Lebensgeschichte zu integrieren.

»Mich stört dein Atem nicht«, sagt Casey. »Gib mir ’n Kuss, dann kann ich wieder einschlafen.«

63. Dunkler

Mit gebrochenen Zähnen kaut Patterson ein paar Vicodinpillen, die er samt Zahnsplittern mit etwas Blut runterschluckt. Beim *Stop & Go* in Questa hält er noch einmal an, um Bier zu kaufen, ehe er New Mexico endgültig hinter sich lässt und nach Colorado hineinfährt, an der Mesa vorbei, mitten durch San Luis. Das Tal rollt langsam hinter einem Schmerzschleier dahin. Er fährt mit offenem Fenster. Fährt schnell, zu schnell, und nimmt sein erstes Zwölferpack Bier in Angriff. Tut, was er kann, damit sich der Nachtnebel nicht aus seinem Kopf verzieht. Er stemmt sich gegen das Steuer, haut von Zeit zu Zeit sogar gegen das Armaturenbrett, bis sich der Nebel schließlich doch lichtet und er einfach weiterfährt. Links auf die 160 bei Fort Garland und durch Alamosa. In den Rio Grande Nationalpark und hinauf ins San Juan Gebirge. War es im San Luis Valley schon dunkel, wird es in den San Juans noch viel dunkler, als das flache schwarze Nichts des Talbodens in das gezackte Schwarz des vorbeiziehenden Gebirgswaldes übergeht. Tief in die Nacht hinein. Hier und da ein Auto, eine Stecknadel aus Licht im fernen Schwarz, ein Blitz.

Kurz erhellt das Aufflackern seines Feuerzeugs die Fahrerkabine, dann erlischt es wieder und nur die Kippe glüht rot vor der grünen Armaturenbeleuchtung.

Dann eine Seitenstraße, dann noch eine. Schotterpisten. Der Truck holpert über die Spurrillen. Auf einer Anhöhe schließlich eine Stelle zum Halten. Darunter ein Tal, darüber weiteres Gebirge. Er klettert aus dem Wagen, greift sich die Zigarettenschachtel und das restliche Bier, streckt sich auf der Kühlerhaube aus und wartet auf den Sonnenaufgang.

•••

Dann wird er wach. Irgendwie ist er eingeschlafen, und irgendwie wieder aufgewacht. Harte Sonnenstrahlen schießen über die Berge, dringen durch den Nebel, der in den Wipfeln der Drehkiefern hängt, und prallen gegen die Windschutzscheibe. Eine einzige Lichtexplosion. Sein Mund ist so steif und trocken, als hätte er die ganze Nacht lang auf einer Zementmischung herumgekaut. Er dreht sich auf die Seite, verbrennt sich die Backe an der Kühlerhaube und kotzt erst einmal einen Mundvoll Magensäure vor den Truck. Als er seine Zigarettenschachtel zerknautscht in seiner Hemdtasche findet, biegt er sich eine Kippe zurecht und zündet sie an. Der Rauch fährt ihm wie eine Holzraspel über die gebrochenen Zähne und reißt ihm die Lunge auf.

Aus seiner Warte kann er das Blanca Massiv nicht sehen. Er blickt sich um und merkt, dass er überhaupt nichts sehen kann, was ihm bekannt vorkommt. Betrunken Autofahren, ein wahres Erfolgsrezept: Jeden vertrauten Anblick im Rückspiegel lassen, der ganzen Scheiße entkommen, die sich in einem angestaut hat, wenn auch nur für die kurze Zeit, die man auf Achse sein kann. Und in Pattersons Fall führen alle

Wege zurück zum Blanca Massiv. Das wurde ihm klar, sobald er Courts Haus verließ.

Das Problem ist nur, wenn er versucht, sich zu erinnern, wie er hier hergekommen ist – Filmriss. Nichts. Weder ein Straßenschild noch eine Abzweigung. Lediglich der Eindruck, dass er gen Westen gefahren ist. Und die Erkenntnis, dass sein Straßenatlas in seinem Militärrucksack ist, und der wiederum auf der Mesa.

Dann klingelt sein Handy. Er zieht es aus der Tasche und starrt fassungslos, dass er hier Empfang hat, auf das Display. Schließlich nimmt er den Anruf entgegen.

»Wo bist du?«, fragt Junior.

»In den San Juans«, sagt Patterson. »Irgendwo.«

»In den San Juans. Willst du wissen, wo ich bin?«

»Im San Luis Valley?«

»Im San Luis Valley. Ich hab über unser Gespräch von letztens nachgedacht.«

»Welches Gespräch?«

»Über Henry. Über deine Ahnungslosigkeit, was für ein Scheißkerl er wirklich ist.« Im Hintergrund ist ein Feuerzeug zu hören. »Ich hab mir gedacht, ich komm mal runter und erteil dir 'ne Lektion.«

»Kein Bedarf. Außerdem ist gar nicht abzusehen, bis wann ich wieder auf der Mesa bin.«

»Wenn ich du wäre, würde ich mich beeilen.« Junior legt auf.

64. Blut

Über eine kurvenreiche unbefestigte Straße fährt Patterson auf die Hochebene hinauf, mitten hinein in die tief stehenden

Sterne und die noch tiefere Dunkelheit. Die Sternbilder erstrecken sich in kristallklaren Explosionen über den Nachthimmel, endlos und schwindelerregend in seiner vom Alkohol geschärften Wahrnehmung. Er fährt wie jemand, der mit dem Schlaf ringt, so ruckartig reißt er am Lenkrad, bis er schließlich hinter Juniors Charger auf dem Schotterplatz neben Henrys Wohnscheune anhält. Kaum steht er, öffnet er das Handschuhfach und zieht seine 45er heraus.

Das Erste, was er wahrnimmt, als er um die Scheune herumgeht, ist der Geruch. Blut und noch etwas. Etwas Schweres und Nasses und Fruchtiges, etwas, das er weit hinten in seinem Reptilienhirn registriert, etwas, das ihn an Justin erinnert. Ein paar Meter weiter sieht er auf der anderen Zaunseite das Geflacker eines nahezu heruntergebrannten Feuers, das spärliches Licht auf einen Haufen Gestrüpp wirft. Und von irgendwoher hört er ein seltsam nasses Sauggeräusch.

Patterson hüpft über den Zaun auf die Weide und landet beinahe auf einem Hundeleichnam. Zwischen den Augen klafft ein auslaufendes Loch. Patterson verharrt einen Augenblick und sieht auf den Hund hinab. Fassungslos steht er da und traut seinen Augen nicht, bis er sich hinunterbeugt und kein Zweifel mehr bestehen kann.

Es ist Sancho. All die Geräusche und Gerüche der Nacht verschwinden. Patterson fühlt sich, als wäre er plötzlich in einer Druckkabine gelandet. Mit einem Mal ist alles in ihm so schwer, dass er sich weder bewegen noch sprechen kann. Doch eines ist jetzt klar. Er hat keine andere Wahl mehr, wenn er denn je eine hatte. Also unterdrückt er den Würgreiz und zwingt seine Hände, mit dem Zittern aufzuhören.

Dann macht er sich auf den Weg zum Feuer, hinein in das Geflacker aus Licht und Schatten. Als er näherrückt, erkennt er eine männliche Gestalt, die auf dem schmutzigen Boden hockt und die Beine umschlingt. Der Mann lässt den Kopf hängen, und von seinem Gesicht tropft Blut in den Staub.

»Henry?«, fragt Patterson.

Jenseits des Feuers taucht eine weitere Gestalt aus dem Meer der wogenden Schatten auf. Es ist Junior, seine Glock einhändig auf Henry gerichtet.

»Schmeiß was von dem Holz aufs Feuer«, sagt er mit belegter Stimme.

Patterson rührt sich nicht.

Junior fuchtelt mit seiner Pistole herum und richtet sie auf den Kopf seines Vaters. »Sag's lieber du ihm«, fordert er ihn auf.

Fast wie in Zeitlupe dreht Henry seinen Kopf zu Patterson, bis sein Gesicht zu erkennen ist und Patterson spürt, wie ihm schlagartig jeder Muskel erschlafft. Wo einst Henrys linkes Auge war, ist nur noch ein blutiges Loch, so groß wie ein Silberdollar.

»Tu, was er sagt«, krächzt Henry.

»Hast du dich beeilt?«, fragt Junior.

Patterson konzentriert sich auf seine Atmung. Seine 45er hält er weiterhin auf Juniors Brust gerichtet. »Du hättest meinen Hund nicht töten sollen, Junior.«

»Hab ich auch nicht«, erwidert Junior. Er greift in seine Tasche und zieht Chases 380er Kel-Tec heraus. Sie ist kaum so groß wie seine Handfläche. »Henry war's. War nicht mal schwer, ihn dazu zu bringen. Du wärst überrascht, wie schnell der einknickt.«

»Es war er oder ich«, sagt Henry. Blut leckt ihm aus der Augenhöhle die Backe hinunter. »Der hätte mich erschossen, wenn ich's nicht getan hätte.«

Junior hebt die Schultern nach dem Motto: Ich hab's dir ja gleich gesagt. »Jetzt leg die Pistole weg und schmeiß Holz aufs Feuer«, sagt er zu Patterson.

»Dir bleibt nur Zeit für einen Schuss«, erwidert Patterson. »Mich erwischst du nicht.«

»Bitte«, meldet sich Henry zu Wort. »Ich bin noch nicht bereit zu sterben.«

»Ich hab ja gar nicht vor, dich zu erwischen, Patterson«, sagt Junior. »Irgendwie mag ich dich.«

»Bitte«, bettelt Henry.

»Knarre runter, Partner«, sagt Junior. »Das Ganze nimmt jetzt eh seinen Lauf. Kein Grund, es zu beschleunigen.«

Junior steht nur etwa drei Meter von Henry entfernt. Selbst wenn Patterson ihn perfekt trifft, bleibt ihm also noch genug Zeit, um auf Henry zu schießen, vorausgesetzt er will es auch. Und das ist das Einzige an Junior, das Patterson noch nie in Frage gestellt hat, seinen Willen, Henry umzubringen. Patterson bückt sich nieder, legt seine Pistole auf den Boden und geht dann zum Holzhaufen hinüber, um ein paar krumme Kiefernzweige aufs Feuer zu werfen.

Das trockene Holz geht sofort in Flammen auf, knackt und funkt in einem kurzen Aufleuchten, das Patterson sehen lässt, was bisher noch verborgen war. Eine Stute, die erschöpft im Dreck liegt und schnaubt. Die Nachgeburt, die in den Boden sickert, und das Fohlen, das vornübergefallen daliegt. Sein Körper glänzt noch ätherisch im Licht des Feuers, obwohl sein Fell schon von Staubflecken gezeichnet ist.

»Wo ist Emma?«, fragt Patterson. »Hast du die auch umgebracht?«

Er schüttelt den Kopf. »Die kleine Schlampe ist abgehauen.«

»Du hättest Sancho nicht töten sollen«, wiederholt Patterson.

»Ich hab dir doch schon gesagt, dass ich das nicht war«, sagt er. »Das war Henry. Außerdem hat er mir ins Bein gebissen.«

»Henry hat lediglich abgedrückt«, widerspricht Patterson ihm. »Getötet hast du meinen Hund.«

»Das glaubst du doch selbst nicht«, meint Junior.

»Tja. Und was jetzt?«

Die Stute schnaubt, schnaubt noch einmal und plagt sich schließlich mit einer scharrenden Seitwärtsbewegung auf die Beine. Die Nabelschnur zwischen ihr und dem Fohlen reißt, und Junior zuckt mit den Schultern.

»Wir folgen alle unserem Weg«, sagt er, hebt seine Pistole und richtet sie auf das Fohlen. Doch ehe er den Abzug voll durchziehen kann, kommt ein kleiner Stein aus der Dunkelheit geflogen, wie an einer Schnur gezogen, und trifft ihn an der Schläfe. Er taumelt einen Schritt zur Seite und schwingt die Pistole in die Nacht hinaus. Von seiner Schläfe spritzt in hohem Bogen das Blut.

»Du Fotze«, schreit er. »Wenn ich dich erst mal in die Hände krieg, mach ich Hackfleisch aus dir.«

Ein weiterer Stein fliegt von der Seite herbei. Streift den Hinterkopf. Junior klatscht an die Stelle, als hätte ihn etwas gestochen, wendet sich dann aber wieder dem Fohlen zu, das sich inzwischen redlich Mühe gibt, neben der Stute auf den Beinen zu bleiben. Der nächste Stein kommt von hinten und schmettert Junior ins Genick, so dass er nach vorne stolpert und um ein Haar auf Henry stürzt, der kraftlos nach einem seiner Beine greift. Junior tritt den alten Mann weg.

Mehr Ablenkung braucht Patterson nicht. Er hechtet auf Juniors Rücken und alle drei stürzen zu Boden.

Dann ertönt ein Heulen in der Dunkelheit und Emma sprintet ins Licht, ihre Lippen weiß und ihr Mund weit aufgerissen. Mit beiden Händen schwingt sie einen Stein auf Juniors Kopf hinab, doch der weicht aus und der Stein trifft Patterson an der Schulter. Sein Arm ist auf einen Schlag taub.

Junior tritt sich los, reißt Emma den Stein aus der Hand und schmettert ihn ihr ins Gesicht. Blut spritzt. Patterson rappelt sich auf, hält sich den Arm und stakst auf seine Pistole zu, doch noch ehe er danach greifen kann, hat Junior bereits seinen Stiefel auf Emmas Hals und seine Glock an ihrer Stirn.

»Knall ihn ab«, geifert Henry. »Knall ihn ab, Patterson.«

»Na, wenn das mal nicht mutig ist«, meint Junior. »Als sein Kopf aufm Spiel stand, hat er nicht verlangt, dass du mich erschießt.«

»Knall ihn ab«, röchelt Henry erneut.

Junior ignoriert Henry. »Du bist mir ja eine, du kleine Schlampe«, sagt er zu Emma und lehnt sich auf ihre Kehle. Sie keucht, und ihr Gesicht bläht sich auf wie ein Luftballon, der an einem Ende zusammengequetscht wird.

»Knall ihn ab«, stöhnt Henry abermals, und Patterson muss sich zusammenreißen, damit er stattdessen nicht Henry abknallt.

»Nur zu«, sagt Junior, der Patterson den Gedanken vom Gesicht abliest.

Die Weide dreht sich unter Pattersons Füßen. Die Stimmen um ihn herum sind so tief und verzerrt, dass er sie kaum noch versteht. Nur das Pochen in seiner Schulter hört er gestochen scharf. Das und all das gebrochene Glas, das unter seiner Haut zu knirschen scheint, wann immer er sich bewegt. Schock, denkt er sich. Das liegt alles nur am Schock. Doch auch der Gedanke hilft ihm nicht weiter, als er entkräftet zusammensackt.

»Ich hab doch gesagt, dass er sich nicht verändert hat«, fährt Junior fort. »Nüchtern hin oder her, für den ging's noch nie darum, irgendwas aufzugeben. Alles nur Henrys Geschwätz über Henry.«

»Hier geht's nicht um mich«, widerspricht ihm Henry. »Du kannst doch nicht alles mir in die Schuhe schieben, Sohn.«

»Halt's Maul, Henry«, sagt Junior milde. »Es geht ja diesmal wirklich nicht um dich, du dummes Arschloch.« Er bückt sich zu Patterson hinunter. »Was macht die Schulter?«, fragt er leise, fast schon verschwörerisch.

Patterson kann den Whiskey in seinem Atem riechen und die Koksrückstände unter seiner Nase sehen. Sein ansehnliches Gesicht ist mit einem Mal unansehnlich, und Patterson glaubt auch nicht, dass sich das noch einmal ändern wird. Es ist geschwollen und angelaufen, als wären ein paar Adern in seinem Kopf geplatzt und würden langsam sein Gesicht fluten.

»Die Schulter tut weh«, erwidert Patterson.

Einen Augenblick lang scheint Juniors Gesicht sich einfach zu schließen, fast wie eine Jalousie, und ehe es wieder aufgeht, kippt er fast um. Dann fängt er sich und fragt: »Soll ich mal nachsehen, ob was gebrochen ist?«

»Nicht nötig.«

»Hast wahrscheinlich recht.« Junior grinst ihn an. »Ich hab den Eindruck, dass ich dich den ganzen Sommer lang schon zusammenflicke.«

»Ist das dein Eindruck?«

»Wenn's einen anderen Weg für mich gegeben hätte, wär ich ihn gegangen«, sagt Junior. »Wenn's doch nur einen einzigen anderen Weg gegeben hätte.«

Dann tut sich ein Loch in seinem Hals auf. Ein kleines Loch, fast wie ein überdimensionierter Moskitostich. Er wechselt einen verwirrten Blick mit Patterson, als sie verspätet den Pistolenschuss hören. Dann wackeln Juniors Beine und er greift sich an den Hals. Gurgelnd laufen ihm Blut und Speichel aus dem Mund. Die zweite Kugel durchschlägt ihm den Kiefer, zerfetzt Gewebe und Knochen, hinterlässt jedoch nur ein kleines, ausgefranstes Loch. Da versteht er schließlich, was mit ihm geschieht, wirbelt zu seinem Vater herum und reißt seine Pistole hoch, doch Henry lässt ihm keine Zeit und schießt den Rest des Kel-Tec-Magazins leer, mitten ins Gesicht seines Sohns.

Patterson hört jemanden aufstöhnen, der arg nach ihm selbst klingt. Er zuckt vorwärts, um Junior aufzufangen, doch der gleißende Schmerz in seiner Schulter entreißt ihn kurzerhand dem Bewusstsein. Als er wieder zu sich kommt, fummelt er an Juniors Gesicht herum. Wischt es ihm mit dem Daumen und den Fingern seiner guten Hand ab und findet die Ursache der Blutung. Sie sind wenig mehr als leckende Grübchen, diese Schusslöcher. Und da wird Patterson klar, dass er nicht nach Schusslöchern sucht. Dass das, wonach er in Juniors Gesicht sucht, bereits verschwunden ist.

»Das Ding ist ihm aus der Tasche gefallen, als wir am Boden rumgerollt sind«, sagt Henry. »Herrgott, Patterson, er hat mir doch keine andere Wahl gelassen.«

Patterson greift nach seiner 45er und richtet sie auf Henry.

»Nur zu«, sagt Henry. »Wenn du glaubst, dass du das Recht dazu hast, nur zu. Du Dreckskerl.«

Patterson lässt seine Pistole in den Schmutz fallen und hält sich die Schulter. Aus dem Augenwinkel sieht er Emma zu Henry hinüberkrabbeln. Als sie auf ihm zusammenbricht, zieht er ihr geschundenes Gesicht an seine Brust und hält sie fest. »Es ist vorbei, Schatz«, seufzt er. »Wir haben ihn erledigt. Wir haben ihn erledigt, den armen Bastard.«

Jenseits der beiden, fernab an der Nordseite der Hochebene, ragen die fünf Gipfel des Blanca Massivs empor. Als wäre der Fels aus dem Himmel geschlagen. Patterson wünscht sich sehnlich, sich einfach hinlegen zu können, genau hier, doch er kann es nicht. Schon das Atmen treibt ihm lähmende Schmerzen in die gebrochene Schulter, und die Lunge scheint ihm förmlich aus dem Brustkorb bersten zu wollen. Jeder Atemzug nagelt seine Knie fester an den Boden.

Dann packt Henry ihn an seinem guten Arm und hilft ihm auf die Beine. »Geht mir genauso«, sagt er. »Ganz genauso.«

Justin

Ich habe Henry nicht mehr gesehen, seit wir Junior begraben haben. Ich habe ihn nie wieder besucht, und er ist seither auch nicht mehr zur Hütte hochgekommen. Jetzt, wo der Sommer vorbei ist, wissen wir wohl beide, wo wir stehen. Und ich weiß auch, was Junior war. Weiß es wohl so gut wie jeder. Henry hat recht, nicht alle Fehler seines Sohnes gingen auf sein Konto. Junior hat sich nicht zu dem Mann entwickelt, der er letztendlich war, nur weil sein Vater ein Stück Scheiße war. Zumindest nicht allein deshalb. Junior hatte reichlich Fehler, die rein gar nichts mit Henry zu tun hatten.

Aber ich werde Henry nicht die geringste Rechtfertigung bieten für das, was er getan hat. Die verdient er genauso wenig wie Court. Oder ich. Für das, was ich Chase und Mel angetan habe. Gründe und Rechtfertigungen bedeuten einen Scheißdreck.

Deine Mutter allerdings habe ich wieder besucht. Gestern erst, um genau zu sein. Ich bin nach Taos gefahren, Vorräte einkaufen, und da hielt ich bei ihrem Haus. Sie und der Junge saßen im Vorgarten an ihrem Picknicktisch. Im Haus hinter ihnen brannten sämtliche Lichter, doch die beiden saßen draußen, aßen Hamburger von Papptellern, redeten und lachten.

Ich saß lange in meinem Truck, sah ihnen einfach nur zu. Ich war weit genug weg, dass sie mich nicht sehen konnten. Fast schon hinter der Kurve. Ein Wind blies, einer dieser launischen Spätsommerwinde. Hob ein ums andere Mal an und legte sich dann wieder, als wolle er nur andeuten, dass er jeden Moment seine Muskeln spielen lassen und ihre kleine Dinnerparty ohne Weiteres wegfegen könnte. Doch den beiden hättest du davon nichts angesehen. Wie sie dasaßen, in ihren kurzärmligen Hemden, und miteinander aßen und lachten.

Dann wirbelte der Wind eine Staubwolke zwischen uns auf. Es war ein langer, trockener Sommer, und viel ist nicht mehr da, das die Erde am Boden hält. Als sich der Staub wieder legte, saß Laney reglos am Tisch, Hände im Schoß, und starrte leeren Blickes zu mir herüber. Der Junge redete und lachte noch immer. Er hatte mich noch nicht gesehen. Doch deine Mutter starrte wortlos in meine Richtung, bis der Junge schließlich merkte, wen sie da ansah. Dann verstummte auch er und starrte ausdruckslos zu mir herüber.

Sie sagte etwas zu ihm, stand auf und ging auf mich zu. Ich rollte mein Fenster herunter und wartete auf sie.

»Lange nicht gesehen«, meinte sie. »Gestern erst hab ich dran gedacht. Dass es langsam wieder Zeit wird für dich, auf Tour zu gehen.«

»Wird es«, sagte ich.

Sie rümpfte die Nase, als müsse sie niesen, steckte stattdessen jedoch die Hände in die Taschen und fröstelte in der frühherbstlichen Kühle. »Wir essen gerade zu Abend«, sagte sie. »Willst du einen Burger?«

»Danke, nein«, lehnte ich ab. Ich sah an ihr vorbei zu Gabe. Er wirkte wie eine Art Geist, gefangen zwischen dem gelblichen Laternenlicht und der untergehenden Sonne. Er kaute auf einem Bissen herum und versuchte, uns nicht zu beobachten. Unendlich klein gegen die kommende Nacht.

»Du hast ja Sancho nicht mehr«, sagte sie. »Wirst also selbst auf dich achten müssen.«

»Das werde ich«, versprach ich. »Und in ein paar Monaten bin ich zurück. Wird eine kurze Saison.«

Sie sah nicht so aus, als glaubte sie mir, und ich kann es ihr wohl nicht einmal verübeln. Sie klopfte mir lediglich kurz auf den Arm, ehe sie ihre Hand wieder zurückzog. Dabei hatte ich es ernst gemeint.

»Wir sind immer hier«, war alles, was sie sagte, und bevor ich irgendwas erwidern konnte, legte ich den Gang ein und fuhr los.

Im Rückspiegel jedoch sah ich ihr nach. Ich fuhr langsam und sah ihr noch lange nach, so lange, bis sie den ganzen Weg zu Gabe zurückgegangen war.

Die Sache ist die, ich kann Gabe kaum sehen, wenn ich ihn anschaue. Ich hoffe, es ist okay, dass ich dir das sage. Er sieht aus, als könnte ihn jeden Augenblick etwas auslöschen, und ich kann nicht anders, als dich an seiner Stelle zu sehen. Wenn ich ihn ansehe, weiß ich, dass der Grat, auf dem ich hier wandere, der Grat zwischen dem, was ich dir schreibe, und dem, was ich verschweige, mit jedem Jahr schmaler wird.

Die Klageschrift deiner Mutter werde ich übrigens nicht unterschreiben. Ich habe sie auch schon angerufen und es ihr mitgeteilt. Nicht allzu lang nach Juniors Beerdigung. Sie hat es akzeptiert und wird ohne mich mit der Klage fortfahren. Ich habe sie gebeten, mich nicht wissen zu lassen, wie es ausgeht. Ich weiß, was sie braucht – dein Tod muss für sie ein Ende finden –, aber ich will damit nichts zu tun haben.

Deine Mutter, sie stellt sich Trauer gerne als eine Reise vor. Als eine kartierbare Route, die mit Verlust beginnt und mit

Bewältigung endet. Oder, wie sie es formuliert hat, als ein Loch, das wir hier oben auf der Mesa versuchen, mit unseren Verschwörungstheorien zu füllen. Etwas, das heilen könnte, wenn wir es nur zuließen. Dasselbe würde wohl auch Dr. Court gerne glauben. Ich bin mir ziemlich sicher, dass er der Einzige ist, der noch glücklicher über dieses Gerichtsverfahren ist als sie.

Ich weiß es besser. Und wenn nicht schon vorher, dann habe ich es inzwischen von Junior gelernt. Nichts endet. Niemals. Und nichts verheilt, weil es nichts zu heilen gibt. Dich verloren zu haben, ist jetzt Teil meines Lebens. Dafür gibt es keine Bewältigung. Der erste Schmerz mag vergehen. Zur Hölle damit, das ist er ja eh schon. Wie ich dir im Frühling schrieb, auf die Mesa zurückzukehren tut nicht mehr ganz so weh, wie es einmal tat. Aber du bist immer noch hier, überall. Wenn ich auf der Veranda sitze, bist du da draußen jenseits des Blanca Massivs. Wenn ich in der Hütte sitze, bist du das, was sich in der Dunkelheit vor dem Fenster meinem Blick entzieht. Du bist in allem, was ich sehe, und in allem, was ich nicht sehe. Niemandem steht es zu, das zu bewältigen. Wir bestehen alle aus dem, was wir verloren haben. Genau wie meine Fehler als Vater zum Teil aus Verlusten vor deiner Zeit bestanden. Nichts endet, nichts verheilt.

Nicht, dass ich es anders zulassen würde.

Danksagung

Mit diesem Buch stehe ich tief in der Schuld aller Leute, die es im Laufe der vielen Überarbeitungen gelesen haben und die Güte hatten, trotzdem nette Dinge darüber zu sagen. Ihre Unterstützung war das Einzige, das mich aufrechterhielt, als alles danebenzugehen schien. Das sind unter anderem Frank Bill, Ward Churchill, Christa Faust, Sophie Littlefield, Natsu Saito und Charlie Stella.

Dasselbe gilt für Gary Heidt, Oliver Gallmeister und Adam Wilson, ohne deren Scharfsinn und Geleit ich zweifelsohne noch immer damit ringen würde, und das ohne Ziel vor Augen. Ohne sie könnte es jetzt niemand lesen, so viel steht fest.

Aus demselben Grund wäre dieses Buch schon im Kindesalter gestorben, wäre da nicht mein Bruder, Stephen Whitmer, gewesen, der mich auf eine dringend erforderliche Erkundungstour ins San Luis Valley mitnahm, ausgerüstet nur mit Townes van Zandt und einem Zelt. Auch ohne David Staub wäre nichts aus diesem Buch geworden. Abgesehen von den unzähligen Stunden, in denen er aufopferungsvoll mit mir auf meiner Veranda darüber sprach, nahm er sich auch noch die Zeit, die Superfund Sites und Absturzkneipen im Norden Denvers auszukundschaften. Danken muss ich auch Joshua Mork. Der arme Kerl hat mich wahrscheinlich mehr über den Roman reden hören als sonst jemand. Und Kim und Robert Garcia darf ich auch nicht vergessen, bin ich ihnen doch fürs Ausleihen ihres Hundes zu Dank verpflichtet.

Was mich zu dem Menschen bringt, der mehr als jeder andere für dieses Buch verantwortlich ist: Lucas Bogan. Ich danke ihm nicht nur für all die Holzfällergeschichten, die er mich hat klauen lassen, sondern auch für all die Bergsteigerei, Herumfahrerei, Geschichtenaustauscherei und Tagträumerei. Mit anderen Worten, für eine lebenslange Freundschaft. Dieses Buch geht auf dein Konto, Mann.

Zu guter Letzt danke ich meinen vier Eltern und zwei Kindern, die ein Segen sind, den ich mir mit nichts verdient habe. Das Glück, diese sechs Menschen in meinem Leben zu haben, kann ich mir gar nicht erklären. Jeden Morgen erwache ich zutiefst dankbar, dass es sie gibt, und das wissen sie hoffentlich.

Ray Banks

Saturday's Child

Aus dem Englischen
von Robert Brack
296 Seiten, Klappbroschur
Polar Verlag
ISBN 978-3-945133-25-5
EUR (D) 14,90 / EUR (A) 15,40

Cal Innes, eben noch im Gefängnis, versucht sich auf freiem Fuß als Privatermittler ohne Lizenz. Einer seiner ersten Klienten ist ausgerechnet der lokale »Gang-Lord« Tiernan, der ihn bittet, einen abtrünnigen Rogue-Casino-Dealer aufzuspüren, nachdem dieser mit einem Batzen Geld durchgebrannt ist. Was Innes ein Katz-und-Maus-Spiel mit Tiernans psychotischem, Pillen fressenden Sohn Mo einbringt, Mit Callum Innes, Maurice Tiernan und Mo sind Ray Banks Charaktere gelungen, die in der besten Tradition des British Noir stehen.

Ray Banks wurde 1977 im schottischen Kirkcaldy geboren, verbrachte Ray Banks seine Zeit zunächst mit einem angefangenen Studium und diversen Jobs vom Hochzeitssänger bis zum Croupier. Seine Kriminalromane werden für ihre moralische und emotionale Komplexität gelobt. Im Polar Verlag erschien 2015 bereits von ihm „Dead Money".

»Virtuos und mit einer gehörigen Portion Sarkasmus variiert der schottische Autor Ray Banks Motive des klassischen Privatdetektivromans amerikanischer Prägung.« Joachim Feldmann

Ken Bruen

Füchsin

Aus dem Englischen
von Karen Witthuhn
184 Seiten, Klappbroschur
Polar Verlag
ISBN 978-3-945133-31-6
EUR (D) 12,90 / EUR (A) 13,30

Angie, kaltschnäuzig und herzlos, manipuliert Männer wie Frauen, um sie für ihre Pläne einzusetzen. Auch wenn die erste Bombe im Paradise Cinema nicht explodiert, hält sie die Southeast London Police Squad um Dective Sergeant Brand mit weiteren Bombenankündigungen und Erpressungen in Atem. Als sinnlichste, verrückteste Serienmörderin überhaupt terrorisiert sie die Straßen Londons.

Ken Bruen 1951 in Galway geboren. Seine Bücher wurden mehrfach mit renommierten nationalen und internationalen Preisen ausgezeichnet und seine Jack-Taylor- Reihe wurde 2010 als Serie verfilmt. Im Polar Verlag erschien 2015 „Kaliber“. Ein weiterer Band aus der Inspector Brand-Serie.

»Die Öffentliche Sicherheit ruht in den Händen von gewaltgeilen, saufenden, korrupten und aufs Legalitätsprinzip scheißenden Psychopathen. Das ist doch mal eine Ansage.«

Thomas Wörtche

Matthew F. Jones
Ein einziger Schuss
Aus dem Amerikanischen
von Robert Brack
272 Seiten, Klappbroschur
Polar Verlag
ISBN 978-3-945133-39-2
EUR (D) 14,90 / EUR (A) 15,40

Nach dem Verlust seiner Farm ist John Moon ein verzweifelter Mann. Um nicht zum Sozialfall zu werden, schlägt er sich als Wilderer durch. Bei einem seiner Waldgänge hört er ein Rascheln hinter sich und feuert einen verhängnisvollen Schuss ab. Als er der Blutspur folgt, stößt er auf einen verwahrlosten Steinbruch mitten im Wald, auf Geld und Drogen und eine tote junge Frau, die er durch seinen verirrten Schuss getötet hat. Er sieht sich plötzlich dem Dilemma gegenüber, das Geld an sich zu nehmen und die Tote zu ignorieren oder die Polizei zu rufen und seine Tat zu gestehen. Bevor er sich entscheiden kann, befindet er sich bereits auf der Flucht vor denjenigen, denen das Geld gehört. Männern, die sich nicht um Recht und Gesetz kümmern und nur seinen Tod wollen.

Matthew F. Jones wuchs auf einer Pferde- und Milchfarm im ländlichen New York auf. Er lebt heute in Charlottesville, Virginia. Drei seiner Romane Deepwater, Boot Tracks *und* A Single Shot (Ein einziger Schuss) *wurden verfilmt.*

Nathan Larson

Zero One Dewey

Aus dem Englischen
von Andrea Stumpf
290 Seiten, Klappenbroschur
Polar Verlag
ISBN 978-3-945133-33-0
EUR (D) 14,90 / EUR (A) 15,40

New York nach 2/14, den Börsencrashs, den Bombenanschlägen, der Super-Flu-Epidemie, dem fast völligen Zusammenbruch. Dewey Decimal bewegt sich zwischen Ruinen. Menschlichen und solchen aus Stein. Ein Mann ohne Zukunft und Vergangenheit. Larson zeichnet ein zukunftspessimistisches Szenario von New York nach der Katastrophe am Valentinstag. Dewey wird beauftragt, die Aktivitäten einer wachsenden Gruppe von Anarchisten und Hausbesetzern zu stören und gleichzeitig die Mitglieder des saudischen Königshauses zu beschü en. In einer Stadt, in der marodierende Gangs die Straßen kontrollieren.

Nathan Larson ist Musiker und preisgekrönter Filmkomponist von über 30 Filmen. Seine auf drei Romane angelegte Serie über Dewey Decimal war in Deutschland ein großer Erfolg.

»Ein bis zum Ende konsequent durchgezogenes, radikales Projekt. Furchterregend gut.«
Thomas Wörtche

Christian Roux

Der Mann mit der Bombe

Aus dem Französischen
von Cornelia Wend
160 Seiten, Klappbroschur
Polar Verlag
ISBN 978-3-945133-21-7
EUR (D) 12,90 / EUR (A) 13,30

»Der Mann mit der Bombe« spielt auf dem Höhepunkt der Wirtschaftskrise in Frankreich. Es grassiert die Arbeitslosigkeit und auch Tontechniker Larr verliert seine Stellung. Die Armut trifft nicht nur ihn selbst hart, sondern auch seine Frau Sophie und seine zehnjährige Tochter. Die aussichtlose Lage treibt Larry dazu, eine Bombenattrappe zu bauen und sie in seinem vorerst letzten Vorstellungsgespräch zu testen. Und so beschließt er, mit Hilfe der Bombe eine Bank zu überfallen. Dumm nur, dass die Bank in eben diesem Moment überfallen wird.

Christian Roux wurde am 1. Juni 1963 in Chatou (Yvelines) geboren. Er ist Schriftsteller, Autor und Komponist und lebt in Civry-la-Forêt.

Platz 5 der KrimiZeit-Bestenliste im Juni 2016

»Das ist Noir. Und so dankt der Autor abschließend den Kollegen, die ihm die Türen zum Roman Noir geöffnet haben: Jim Thompson und David Goodis.« Frank Göhre